Claudia Choate
Verlorene Seelen 8 – Mit dir die Sterne sehen

AF221214

Verlorene Seelen 8

Mit dir die Sterne sehen

von
Claudia Choate

Biografische Information der Deutschen Nationalbibliothek: Die Deutsche Nationalbibliothek verzeichnet diese Publikation in der Deutschen Nationalbibliografie; detaillierte bibliografische Daten sind im Internet über dnb.dnb.de abrufbar.

Herstellung und Verlag: BoD – Books on Demand, Norderstedt
1. Auflage 2020

ISBN: 978-3-75199-923-6

INHALTSVERZEICHNIS

DIE GANG

„Fahr' vorsichtig, Mutti. Ich glaube, heute Abend könnte es glatt werden", bat Viktor und reichte seiner Mutter den Autoschlüssel.

„Danke dir, mein Lieber. Ich werde schon aufpassen." Christine Tomanek gab ihrem Sohn einen Kuss auf die Wange und nahm den Schlüssel entgegen. „Und bleib' bitte nicht so lange weg. Morgen ist Schule."

„Versprochen. Spätestens um zehn lieg ich in der Koje."

Seine Mutter lächelte. Sie wusste, dass sie sich auf ihn verlassen konnte. Immerhin blieb ihr auch nichts Anderes übrig, denn ihr fünfzehnjähriger Sohn war schon seit Jahren fast jede Nacht allein zu Hause. Christine musste ja Geld verdienen – und das tat sie eben nachts. Jeden Abend gegen halb acht verließ sie das Haus und kam erst in den frühen Morgenstunden wieder.

Als Viktor klein gewesen war, hatte er die Nächte bei einer Nachbarin verbracht, doch seit einigen

Jahren blieb er allein in der kleinen Zwei-Zimmer-Wohnung in einem heruntergekommenen Sozial-Wohnblock. Viktor kannte es nicht anders, deshalb störte es ihn nicht besonders, auch wenn er natürlich nie jemanden mit zu sich einlud – aus Scham über seine Wohnverhältnisse. Außerdem war es viel spannender, bei seinen Freunden abzuhängen, die – wie man so schön sagt – *zur gehobenen Gesellschaft* gehörten. Auch wollte er nicht, dass irgendjemand mitbekam, dass seine Mutter regelmäßig Alkohol oder Drogen zu sich nahm.

Christine versuchte das zwar vor ihrem Sohn zu verbergen, doch er hatte schon öfter mitbekommen, in welchem Zustand sie früh morgens zurück in die Wohnung kam. Er brachte sie dann in ihr Bett, das gleichzeitig auch sein eigenes war, und ließ sie ihren Rausch ausschlafen, während er in die Schule ging, Hausaufgaben machte und an manchen Tagen sogar den Haushalt schmiss, wenn seine Mutter nicht aus dem Bett kam. Er hasste dieses Leben, aber er liebte seine Mutter, obwohl sie eigentlich nie eine richtige Mutter für ihn gewesen war. Immerhin hatte er nur sie. Seinen Vater hatte er nie kennengelernt. Christine hatte ihm erzählt, dass sein Vater nichts hatte von ihm wissen wollen und sie fallen ließ, als sie ihm mitgeteilt hatte, dass sie schwanger war. Seitdem waren sie allein und dementsprechend war ihre Bindung zueinander.

Viktor schloss die Tür hinter seiner Mutter und blickte sich kurz um. Er hatte noch ein wenig Zeit, bevor er bei Felix sein sollte, deshalb nutzte er die Gelegenheit, um noch eine Maschine Wäsche anzustellen und die Küche aufzuräumen. Dann ging er an den kleinen Tisch in der Küche und packte seine Schulsachen zusammen, die dort noch lagen, weil er bis zum Abendessen gelernt hatte. Der Junge war eigentlich ein recht guter Schüler, trotz seiner Lebensumstände. Diesen Sommer würde er die Realschule abschließen und musste sich dann entscheiden, was er anschließend machen wollte. Aber das interessierte ihn im Moment noch nicht wirklich. Bis zu den Sommerferien war es noch lang und die Mahnungen seines Lehrers, dass es schwierig werden würde, noch für dieses Jahr eine Lehrstelle zu bekommen, ignorierte er geflissentlich. Es würde sich schon irgendetwas finden.

Gegen kurz nach acht zog er sich die Jacke an, schnappte sich seinen Schlüssel und schwang sich aufs Fahrrad. Wenig später kam er an die alte Kfz-Werkstatt, die Felix' Vater gehörte und in der sich sein Freund eine gemütliche Junggesellenbude eingerichtet hatte – mit allem, was das Herz begehrte. Felix hatte alles: Fernseher, Stereoanlage, Spielekonsolen, Computer und vor allem: jede Menge Platz. Auf der gemütlichen Couch konnte man stundenlang liegen, um zu zocken, der Kühlschrank war immer gut gefüllt und in seinem Bett hätte man eine Großfamilie unterbringen können. Dabei war Felix noch nicht einmal volljährig, genauso wenig wie seine Freunde, die regelmäßig dort ein- und ausgingen. Allerdings sah der 17-Jährige älter aus, als er war. Felix hatte eine blonde Stoppelfrisur und sein Körper sah aus wie der eines Boxers, was damit zusammenhing, dass er einen Großteil seiner Freizeit in einem Fitnessstudio verbrachte, das seinem Onkel gehörte. Sein Kumpel Paul war hingegen eher schmächtig, mit braunen Haaren und Irokesenfrisur. Aber beide fuhren Motorrad und liebten es, abends zusammen in Felix Bude abzuhängen.

Viktor war erst seit kurzem in dieser Gruppe, seit die beiden ihn in einem Computerkurs in der Schule kennengelernt hatten, und dabei erfuhren, dass der jüngere einiges draufhatte, wenn es um Computerspiele ging. Dabei hatte er selbst keinen Computer und keine Spielekonsolen zu Hause, doch er hatte sich schon immer dafür interessiert und jeden Kurs in der Schule belegt, der angeboten wurde. Nun stellte er sein Fahrrad neben den beiden Motorrädern der Freunde ab und klopfte an das Tor. Felix öffnete ihm und ließ ihn ein. „Hey, Vito, gut dass du kommst. Du musst mir unbedingt helfen. Ich habe mir das neue Lovekiller-Spiel besorgt und hänge jetzt an einer Stelle."

„*Lovekiller*? Aber ist das nicht erst ab achtzehn?", fragte Viktor, der von den anderen immer Vito, eine Abkürzung für Viktor Tomanek, genannt wurde. *Viktor* war ihnen immer zu brav gewesen, deshalb waren sie mit diesem Spitznamen angekommen.

„Na und?", fragte Paul. „Das stört *uns* doch nicht.

12

Ist ein geiles Spiel. Es wird dir gefallen. Die Grafik ist der Hammer, du kannst wirklich alles sehen, nicht nur, wie das Blut durch die Gegend spritzt, sondern auch jede Menge Titten und mehr"

„Oder hast du etwa Angst vor nackten Weibern?", fragte Felix mit einem sarkastischen Unterton.

„Nein, natürlich nicht", beeilte sich Viktor schnell zu antworten, um nicht als Weichei abgestempelt zu werden.

„Hast du denn schon mal 'ne nackte Frau gesehen?", fragte Felix und ließ seinen Blick neugierig über Viktors Statur wandern.

„Klar hab' ich das. Was denkst denn du?" Das war natürlich eine glatte Lüge, aber er wollte vor den älteren Freunden nicht als Kind dastehen. Er wusste, dass beide eine Freundin hatten, auch wenn seine eigenen Erfahrungen mit dem weiblichen Geschlecht darin bestanden, dass er sich hin und wieder die Artikel von Dr. Sommer in der Bravo durchlas, wenn er mal eine Zeitschrift in die Hände bekam. Aber das würde er niemals zugeben.

Paul hatte nicht übertrieben, die Grafik war tatsächlich sehr detailgetreu, doch er versuchte, die hin und wieder auftauchenden nackten Frauen und Sex-Szenen zu ignorieren, während er den beiden half, durch die verschiedenen Level zu kommen. Gegen neun speicherte Felix das Spiel und schob ein anderes in die Konsole, während Paul an den Kühlschrank ging und drei Bier herausholte. „Willst du?", fragte er und reichte Viktor eine Flasche.

„Lieber nicht", antwortete dieser. „Ich vertrage nicht so viel."

„Ach komm' schon, Vito. Nur *ein* Bier. Das wird dich schon nicht umbringen."

Zögernd nahm Viktor die Flasche entgegen und trank einen kleinen Schluck. Er mochte kein Bier, wollte aber nicht als Spielverderber dastehen. „Warum hast du das Spiel ausgemacht, Felix?"

„Weil die Mädels gleich auftauchen und Monika wäre vermutlich nicht so begeistert davon, wenn sie wüsste, was ich da spiele. Auch wenn wir eine offene Beziehung haben, muss sie ja nicht wissen, dass ich mir beim Zocken regelmäßig einen runterhole." Viktor starrte den Freund einige Sekunden lang sprachlos an, als es auch schon an der Tür klopfte. „Schnell, starte irgendein Level, während ich die Tür aufmache, damit die zwei nichts merken."

Felix ging an die Tür und Viktor beeilte sich, das neue Spiel zu starten. Dann taten er und Paul so, als wenn sie zu dritt gespielt hätten und vom Klopfen unterbrochen wurden. Kurz darauf kam Felix mit Monika und Sabine zurück. Monika war ebenfalls siebzehn, groß und schlank und hatte lange, blonde Haare. Meist trug sie sehr kurze Röcke und Oberteile mit weitem Ausschnitt. Sabine war ein Jahr jünger und mit Paul zusammen. Sie sah Monika recht ähnlich, war jedoch ein bisschen kleiner als sie und nicht ganz so aufreizend gekleidet, wie ihre Freundin. Wie immer waren beide stark geschminkt und eine Parfümwolke flog ihnen voran in das Gemäuer,

14

als sie auf das Sofa zukamen.

Wenig später verschwanden Felix und Monika aus dem Wohnbereich, weil sie sich ein paar CD's von ihm ausleihen wollte, wie sie sagte, während die anderen drei im Wohnzimmer saßen und Bier tranken. Das ungewohnte Getränk versetzte Viktors Magen in Aufruhr und aufgrund dessen entschuldigte er sich, um auf die Toilette zu gehen. Er glaubte jedoch kaum, dass die beiden anderen wirklich mitbekommen hatten, was er sagte, denn Sandra hatte Paul gerade in Beschlag genommen.

Als Viktor in Richtung Badezimmer ging, hörte er ein leises Rumpeln, wie wenn ein Stuhl beim Kippeln gegen die Wand stieß, konnte aber nicht genau zuordnen, wo es herkam. Als er jedoch die Badezimmertür öffnete, wusste er, was das Geräusch verursacht hatte, denn er platzte mitten in das Sexspiel von Felix und Monika hinein. Monika hatte ihre Beine um seine Hüften geschlungen, während er sie mit seinen heftigen Hüftbewegungen immer wieder an die Wand drückte.

Viktor konnte sich vor Schreck nicht bewegen, sondern starrte mehrere Sekunden lang auf das Schauspiel vor seinen Augen, unschlüssig darüber, ob er entsetzt oder erregt sein sollte. Erst als Monika anfing, laut zu stöhnen, Felix ihm den Kopf zuwandte und daraufhin einen bitterbösen Blick in seine Richtung warf, knallte Viktor die Tür zu und rannte mit hochrotem Kopf zurück ins Wohnzimmer. Er zog sich seine Jacke an und lief zu seinem

Fahrrad. Als er sich gerade in den Sattel schwingen wollte, tauchte Felix neben ihm auf und hielt den Lenker fest.

„Wohin so eilig?", fragte er leicht außer Atem.

„Ich... ich sollte mich langsam... auf den Heimweg machen. Es... ist schon spät", stotterte Viktor, noch immer leicht verwirrt.

„Hast du wenigstens gut aufgepasst?"

„Aufgepasst? Was meinst du?"

„Ach tu' doch nicht so, Vito. Ich habe dich doch genau gesehen. Hatte dummerweise vergessen, die Tür abzuschließen. Ging leider ein bisschen zu schnell. Aber vielleicht hast du ja was für die Zukunft gelernt."

„Das brauche ich nicht. Ich habe meine eigenen Erfahrungen."

„Ach ja?", spottete Felix. „Jetzt sag' bloß, dass du schon mal eine gevögelt hast."

„Klar hab ich das", log Viktor. „Und nicht nur eine." Seine Stimme klang jetzt fest und überzeugend und er war froh, dass man in der Dunkelheit die Röte nicht sehen konnte, die noch immer in seinem Gesicht leuchtete.

„Na gut, dann will ich dir mal glauben. Aber das musst du mir mal genauer erzählen."

„Aber nicht mehr heute. Ich muss los." Viktor schwang sich auf das Fahrrad und fuhr davon. ‚Scheiße!', dachte er im Stillen. ‚Wie komme ich aus dieser Nummer bloß wieder heraus?'

16

Glücklicherweise schien Felix den Zwischenfall bald vergessen zu haben, denn er fragte Viktor nicht mehr danach, sodass dieser sich auch nicht irgendwelche Lügengeschichten ausdenken musste. Dennoch gingen ihm die Bilder in dieser Toilette lange nicht aus dem Kopf. Es war ihm peinlich, dass er dort hineingeplatzt war, traute sich aber auch nicht, das Thema anzusprechen und Felix und Monika schien es auch nicht wirklich zu stören, dass er sie beim Sex beobachtet hatte.

Regelmäßig, wenn seine Mutter abends zur Arbeit ging, traf sich Viktor mit der Gang. Wenn sie nicht in Felix' Bude am Zocken waren, zogen die fünf durch die Straßen. Meist tranken sie Bier und rauchten, auch wenn Viktor sich dabei diskret zurückhielt. Ab und an trank er mal ein Bier mit, aber Rauchen kam für ihn nicht infrage. Seine Freunde hatten einen riesigen Spaß daran, Leute abzuzocken oder im Kaufhaus Videospiele oder CD's mitgehen zu lassen. Dabei lenkten die beiden Mädels die Angestellten mit ihrem tiefen Ausschnitt und einem verführerischen Augenaufschlag ab, während Paul und Felix sich die Taschen vollstopften. Viktor war dabei nur ein Mitläufer, aber er tat auch nichts, um die Gang davon abzuhalten.

Es kam, wie es kommen musste. Irgendwann wurden sie erwischt, als sie sich an fremdem Eigentum vergriffen. Panisch rannten sie davon, auf die beiden Motorräder zu, die in einiger Entfernung von dem Laden standen. Felix und Paul warfen sich auf die Maschinen und die Mädchen dahinter und schon ging es los. Viktor war zu langsam gewesen und fiel vom Motorrad, als Felix anfuhr.

Im nächsten Moment war auch schon der Wachmann über ihm und drehte ihm die Arme auf den Rücken. „Hey, loslassen", schrie der Junge. „Ich habe doch gar nichts gemacht."

„Ach ja?", fragte der Mann und hob einen Rucksack hoch, den Felix bei seiner Flucht verloren hatte. „Und was ist das?"

Viktor senkte den Blick. Er wusste genau, was sich in dem Rucksack befand; nämlich die Beute, die Paul dort hineingesteckt hatte. In diesem Moment sah er auch schon die Blaulichter und wenig später wurde er von einem Beamten in den Streifenwagen verfrachtet, während der andere mit dem Wachmann sprach und den Rucksack in Empfang nahm. „Hast du einen Ausweis dabei, Junge?", fragte der Polizist, doch Viktor antwortete nicht. „Du hilfst dir nicht, wenn du schweigst. Wir bekommen auch so raus, wer du bist und wo du wohnst."

„Na dann… viel Vergnügen", antwortete der Junge patzig und sagte kein Wort mehr. Tatsächlich brauchten die Kollegen auf der Wache mehrere Stunden, bis sie schließlich seinen Namen herausfanden. Seine Mutter tauchte nur wenig später in der Wache auf, um ihren Sohn abzuholen. Zu Viktors Freude war sie wenigstens nicht betrunken oder high, als sie das Revier betrat, was vermutlich dazu

18

beitrug, dass er mit ihr nach Hause fahren durfte. Dennoch würde auf ihn ein Verfahren wegen Diebstahls zukommen, was ihn jedoch auch nicht dazu bewegte, die Mittäter zu benennen. Er würde seine Kumpel nicht verraten!

Da sie in dem Laden nur eine CD hatten mitgehen lassen, kam er mit ein paar Sozialstunden davon. Nach der Verhandlung traf er sich wieder mit seinen Freunden im Park. „Hey, echt klasse, dass du dichtgehalten hast, Vito.

„Ach, kein Problem. Die paar Sozialstunden sitze ich doch auf einer Pobacke ab. Wo sind denn eigentlich die Mädels?"

„Die haben heute Weiber-Abend. Wir sind also unter uns. Deshalb wollen wir heute mal was ganz Besonderes machen. Kennst du den Autobahnparkplatz am Eichwäldchen?"

„Nee, wieso?", fragte Viktor überrascht.

„Das wird dir bestimmt gefallen. Da stehen ein paar Wohnwagen, wenn du verstehst, was ich meine. Echt geile Frauen, die wirklich was draufhaben. Und wenn man die Kohle nicht hat, kann man sich doch immerhin etwas Appetit holen, wenn die Mädels da am Waldrand auf den nächsten Freier warten. Komm', das hast du dir echt verdient, nachdem du uns den Arsch gerettet hast." Felix zog den leicht verdatterten Viktor mit sich auf sein Motorrad und wenig später machten sie sich schon auf den Weg zur Autobahn. Nachdem sie die Maschinen abgestellt hatten, schlichen die drei Jungen durch die Bäume, bis zu einer Lichtung, auf der drei Wohnwagen standen. Vor zwei der Wagen stand je eine Dame in leichter Bekleidung, während sie hinter den zugezogenen Vorhängen des dritten Wagens eindeutige Schatten erkennen konnten.

„Wir sollten besser gehen", stellte Viktor fest, dem es peinlich war, die Damen bei ihrer Arbeit zu bespannen.

„Hab' dich nicht so, Vito", sagte Paul. „Wir schauen doch nur ein bisschen zu."

„Seht ihr die da ganz links? Die mit den blonden Haaren?", fragte da Felix und Viktor hatte das Gefühl, er wollte der Frau mit seinen Blicken auch noch das letzte Stückchen Stoff ausziehen, das sie trug. „Das ist Chantal. Eine geile Braut, sag' ich euch. Die erfüllt dir echt *jeden* Traum."

„Woher weißt du das?", fragte Viktor, ohne die Frau auch nur eines Blickes zu würdigen.

„Ich war mal bei ihr."

„Aber du bist doch noch minderjährig."

„Na und? Man sieht es mir aber nicht an. Ich sag' dir, das war echt der Hammer. Die Frau hat mir einiges beigebracht."

„Ernsthaft jetzt?", fragte Paul und auch Viktor war nun neugierig geworden und widmete der Prostituierten jetzt ein wenig mehr Aufmerksamkeit. Im nächsten Moment glaubte er, vor Scham zusammenbrechen zu müssen. Vollkommen bewegungsunfähig starrte er auf die Frau, die nun mit

20

aufreizenden Blicken einem Mann entgegen ging, und ihn wenig später in ihren Wohnwagen führte.

„Da fallen dir die Augen raus, was?", lachte Paul, als er den Gesichtsausdruck des Jungen bemerkte und auch Felix kicherte über dessen Blick. „Der bekommt ja schon vom Hinsehen einen Orgasmus", lachte er, dabei war Viktor meilenweit davon entfernt, sexuell erregt zu sein. Was er fühlte, war pures Entsetzen, denn Chantal, wie Felix sie genannt hatte, war niemand anderer als seine Mutter Christine Tomanek, 34 Jahre und nach seinen bisherigen Informationen Kellnerin in einer Bar. Zu mindestens hatte er das in den letzten fünfzehn Jahren geglaubt. Ein Fehler, wie er feststellen musste.

Viktor drehte sich der Magen um, als er sich vorstellte, wie seine Mutter gerade dabei war, irgendeinen wildfremden Mann zu befriedigen. Er wandte sich ab, lief ein paar Schritte in den Wald und musste sich übergeben. Seine Freunde folgten ihm wenig später. „Was ist denn mit dir los, Vito? Bringen dich ein paar halbnackte Frauen so aus der Fassung? Oder bist du vielleicht schwul?"

„Quatsch, Felix. Natürlich bin ich nicht schwul. Was denkst du von mir? Und mit den Nutten hat das auch nichts zu tun. Ich muss mir bei dem Kantinenfraß im Gericht den Magen verdorben haben. Kannst du mich bitte zurückbringen?"

„Klar, Mann. Wenn es dir so beschissen geht."

Wenig später setzten die beiden Viktor an seinem Fahrrad ab und dieser schwang sich in den Sattel, um nach Hause zu fahren. Fast die ganze Nacht lag er in seinem Bett und stellte sich vor, wie seine Mutter mit dutzenden von Männern schlief. Er musste sie zur Rede stellen, gleich morgen früh.

Doch als Christine nach Hause kam, war sie nicht in der Lage für ein Gespräch. Sie war total high und Viktor schaffte es gerade mal, sie ins Bett zu bringen. In den nächsten Wochen rutschte seine Mutter immer weiter ab, war oft schon betrunken, wenn er von der Schule kam oder hatte irgendetwas eingeworfen. Viktor bekam diese Bilder nicht mehr aus dem Kopf, er schämte sich für seine Mutter, glaubte, man würde ihm an der Nasenspitze ansehen, dass er die Brut einer Hure war, vermutlich von irgendeinem Freier, bei dem sie nicht aufgepasst hatte. Jetzt war ihm auch klar, warum er keinen Vater hatte.

Viktor konnte mit der Situation nicht umgehen und war in der Schule unaufmerksam und fahrig, vergaß seine Hausaufgaben und fand oft nur wenig Schlaf. Nur bei seinen Freunden kam er ein wenig aus sich heraus und vergaß zwischen Bier und Videospielen hin und wieder den Beruf seiner Mutter.

„Hey, Vito", sagte Felix eines Abends zu ihm, als sie wieder einmal zusammen zockten. „Wir haben uns was überlegt."

„Ja?"

„Ich denke, es wird Zeit, dich offiziell in unsere Gang aufzunehmen. Immerhin hast du bewiesen, dass du dichthalten kannst, wenn es darauf ankommt, und ich denke, wir können es riskieren. Du müsstest nur noch eine kleine Prüfung ablegen."

„Eine Prüfung?", fragte Viktor überrascht. „Was für eine Prüfung denn?"

„Nichts Besonderes. Nur einen Kinobesuch mit Monika."

Viktor lachte. „Was ist denn das für ein Aufnahmeritual? Kinobesuch mit deiner Freundin? Was ist denn schon dabei?"

Die anderen warfen sich einen Blick zu und Paul meinte dann: „Es gibt einen kleinen Haken. Der Film, der dort läuft, ist nicht ganz... sagen wir mal... jugendfrei. Traust du dir das zu?"

„Klar traue ich mir das zu", sagte Viktor sofort. Er hatte inzwischen schon viele Filme und Videospiele in diesem Raum gesehen, die erst ab achtzehn waren, da würde er auch einen Kinofilm überstehen.

Monika kam auf ihn zu und beugte sich zu ihm hinunter, sodass er ihr genau in den Ausschnitt schauen konnte. „Dann also abgemacht. Morgen Abend, 21:00h vorm Kino in der Schillerstraße."

Der Junge rückte ein wenig zurück, bevor er fragte: „Schillerstraße? Aber morgen ist Mittwoch, da ist das Kino doch geschlossen."

„Nicht für mich", antwortete das Mädchen. „Das Kino gehört meinem Vater und ich habe einen Schlüssel."

„Weißt du denn, wie die Projektoren funktionieren?"

„Klar. Ich habe früher oft geholfen und kenne

mich aus. Also? Machst du mit – oder kneifst du?"

„Natürlich mache ich mit", sagte Viktor und so stand er am nächsten Abend vor dem Kino und wartete auf die anderen.

BENUTZT

Wenig später tauchte auch Monika auf, zog einen Schlüssel aus der Tasche und öffnete die Tür. „Warten wir nicht auf die anderen?", fragte Viktor, als sie anschließend die Eingangstür wieder abschloss.

„Die kommen nicht. Deine Prüfung darfst du allein ablegen", antwortete das Mädchen und öffnete eine weitere Tür. „Such' dir schon mal einen guten Platz, ich schmeiße inzwischen den Film an und komme gleich nach."

Viktor blickte ihr nach und ging dann in den Kinosaal. Es war ein kleines Kino mit nur zehn Reihen. Nach einem kurzen Umsehen setzte er sich schließlich in die vorletzte Reihe in die Mitte und wartete auf Monika. Der Vorspann begann und wenig später kam das Mädchen mit zwei Flaschen Bier in den Saal und setzte sich neben ihn. Der Film, den sie angestellt hatte, war wirklich nicht jugendfrei, doch Viktor ließ sich nichts anmerken. Dennoch war er beinahe froh, als er es überstanden hatte.

Während der Abspann noch lief, stand Monika auf. Viktor wollte sich ebenfalls erheben, doch sie drückte ihn zurück in den Kinosessel. „Warte noch einen Moment", flüsterte sie und stemmte sich auf die Rückenlehne des Vordersessels. Ihre Füße stellte sie dabei rechts und links von ihm auf die Armlehnen. Dabei öffnete sie die Beine leicht, wobei ihr verboten kurzer Rock noch etwas höher rutschte. Mit Schrecken stellte Viktor fest, dass sie keine Unterwäsche trug und damit den Blick auf ihre Scham preisgab. Geschockt starrte er zwischen ihre Beine und bekam dabei erst gar nicht richtig mit, wie sie ihre Bluse öffnete, unter der sie ebenfalls nichts anhatte. Dann rutschte sie von der Lehne, beugte sich über ihn und fuhr mit ihren Händen an den Innenschenkeln seiner Beine hinauf und hinunter, griff ihm in den Schritt und fing an, seine Genitalien zu kneten. Viktor krallte sich an den Armlehnen fest, war aber unfähig, einen Ton von sich zu geben oder sie daran zu hindern. Er schloss die Augen, um einen klaren Gedanken zu fassen, als er das untrügliche Geräusch seines Reisverschlusses hörte, den sie ganz langsam öffnete und den Bund seiner Boxershorts nach unten schob. Sofort schnellte sein Glied daraus hervor und nur Sekunden später hatte er einen Orgasmus, den er nicht kontrollieren konnte und der ihm unheimlich peinlich war, zumal seine Erregung direkt im Anschluss in sich zusammenfiel und Monikas folgende Bemühungen, es erneut zu erregen, im Sande verliefen. Sie stand auf, zog ihren Rock gerade und entfernte sich. Viktor war inzwischen knallrot im Gesicht, saß immer noch mit offenem Hosenstall auf dem Sessel, bespritzt mit seinem eigenen Ejakulat, als ihm endlich klar wurde, was passiert war. Schnell schloss er die Hose und rannte hinter Monika her. Dabei lief er direkt in Felix und Paul hinein, die Tränen lachend im Eingangsbereich standen. Da begriff er, dass sie alles mit angesehen hatten. Am liebsten wäre er im Erdboden versunken und versuchte, an den Jungen und Monika vorbeizukommen, um zum Ausgang zu gehen.

„Wie war das?", fragte Felix spöttisch. „Du hast schon mit mehreren gevögelt? Das sah aber eben ganz anders aus, mein Freund. Vielleicht sollte ich dir ein bisschen Nachhilfe geben."

„Lass' mich in Ruhe!", schrie Viktor, wütend darüber, dass er sich überhaupt auf ihr dämliches Spiel eingelassen hatte. Doch die drei ließen ihn nicht in Ruhe. Da die Eingangstür verschlossen war, hatten sie genügend Zeit, den Fünfzehnjährigen zu verspotten, wobei Bezeichnungen wie *Schlappschwanz* und *Milchbubi* noch harmlos waren. Schließlich hielt Paul ihn sogar fest, während er zuschauen musste, wie Felix vor seinen Augen mit Monika ausgiebigen Sex hatte. *‚Damit er lernt, wie es richtig geht'*, wie sich Felix ausdrückte. Erst danach öffneten sie die Tür und Viktor konnte endlich verschwinden.

Zu Hause angekommen ging er unter die Dusche. Er fühlte sich schmutzig, besudelt und gedemütigt. Monika hatte ihn zwar nicht im klassischen Sinne vergewaltigt, er hatte keinen Geschlechtsverkehr mit ihr gehabt, aber er fühlte sich dennoch benutzt und missbraucht. Schließlich lag er in seinem Bett und versuchte, die Erinnerung an die letzten zweieinhalb

Stunden aus seinem Gedächtnis zu streichen.

In den nächsten Wochen machte er einen großen
Bogen um Felix und die Gang, mit denen er nichts
mehr zu tun haben wollte. Dennoch blieb es nicht
aus, dass er ihnen auf dem Schulhof begegnete, da
Monika und die Jungen in die elfte gingen und
Sabine sogar in seiner Klasse war. Immer wieder
steckte sie ihm Zettelchen zu, auf denen ein nach
unten baumelndes Glied gezeichnet war mit den
Worten *Schlappschwanz*. In der Klasse erzählte sie
herum, dass Viktor beim Sex versagt hätte und die
Sticheleien der Mitschüler machten ihm schwer zu
schaffen. Seine Noten sackten immer mehr ab und
eine Arbeit nach der anderen ging in die Hose. Kurz
vor den Osterferien rief ihn sein Klassenlehrer Herr
Stanke nach dem Unterricht zu sich. Herr Stanke
war um die fünfzig, hatte graue Haare und unterrichtete Mathe, Chemie und Physik. Eigentlich war
er ganz in Ordnung, aber auch streng, wenn man
Mist baute.

„Was ist eigentlich mit dir los, Viktor? Du warst
immer mein bester Schüler, aber seit einiger Zeit
haben deine Leistungen stark nachgelassen. Hast du
irgendwelche Probleme zu Hause?"

Viktor starrte den Mann an. Vor seinem geistigen
Auge erschienen Bilder: seine Mutter halbnackt vor
einem Wohnwagen – ein Polizist, der ihn abführte –
die peinliche Situation im Kino – seine Mutter im
Drogenrausch – die Mobbingattacken in der Schule.

„Nein, eigentlich nicht", sagte er dann und bemühte sich, eine feste Stimme zu haben.

„Ich würde gerne mal ein Wort mit deinen Eltern reden."

„Das geht nicht", sagte Viktor schnell. „Meine Mutter arbeitet viel und hat keine Zeit, in die Schule zu kommen. Sie würde bestimmt ihren Job verlieren, wenn sie sich extra freinehmen muss." In Wahrheit war seine Mutter in letzter Zeit so gut wie nie nüchtern. Der Lehrer würde das bestimmt sofort merken.

„Und was ist mit deinem Vater?"

„Der ist im Ausland", log der Junge.

Der Lehrer betrachtete ihn einen Moment und lenkte dann ein: „Also gut, Viktor. Bis zu den Ferien sind es noch zwei Wochen. Wenn sich bis dahin nichts ändert, werde ich nicht mehr um ein Gespräch mit deinen Eltern herumkommen."

„Danke, Herr Stanke", sagte der Junge erleichtert und nahm sich vor, extra gut aufzupassen und zu lernen, um den Lehrer zu überzeugen, dass ein Gespräch mit seiner Mutter vollkommen überflüssig war.

Als er aus dem Schulgebäude trat, wurde er bereits von der Gang erwartet. „Na, mein Freund", begrüßte ihn Felix und baute sich in voller Größe vor ihm auf. „Nettes Gespräch mit dem Pauker gehabt?"

„Woher weißt du das?", fragte Viktor irritiert, doch dann fiel sein Blick auf Sabine, die noch im Raum gewesen war, als Herr Stanke ihn zu sich gebeten hatte.

„Was hast du ihm erzählt?", fragte Paul nun und stellte sich neben seinen Kumpel.

„Gar nichts", verteidigte sich Viktor.

„Und wenn ich dir das nicht glaube?", fragte Felix.

„Dann kann ich es auch nicht ändern." Die Antwort kam trotzig, obwohl sich der Junge alles andere als mutig fühlte, während die vier anderen um ihn herumstanden. Immer weiter entfernten sie sich von dem Schulgelände, auf dem um diese Zeit so gut wie nichts mehr los war. Die meisten Lehrer und Schüler waren nach der achten Stunde gegangen. Da öffnete sich die Haupttür ein weiteres Mal und Herr Stanke trat heraus. „Alles in Ordnung, Viktor?", fragte er, als er die Gruppe um den Jungen herumstehen sah. Viktor wollte schon antworten, als er sah, wie Felix etwas aus der Tasche zog und ihm vor den Blicken des Lehrers verborgen zeigte.

„Ja, klar. Wir unterhalten uns nur", antwortete er daraufhin und der Lehrer war zu weit entfernt, um zu bemerken, wie blass der Junge auf einmal war und dass seine Hände anfingen zu zittern.

„Braver Junge", flötete Monika und strich ihm, wie einem kleinen Hund, über den Kopf, was Viktor einen eisigen Schauer über den Rücken jagte. Wenig später brachten die vier ihn in ein Waldstück, das nicht sonderlich beliebt war und drückten ihn neben einer Feuerstelle nieder.

„Was soll das?", fragte er ängstlich, während Paul

ihm eine Flasche Bier in die Hand drückte. „Hier, trink!", befahl er, doch Viktor schüttelte den Kopf. „Ich will nicht trinken."

„Komm' schon! Ein Bier unter alten Freunden wird ja wohl möglich sein", sagte Felix daraufhin.

„Freunde? Du spinnst wohl. Ihr seid nicht mehr meine Freunde. Nicht nach allem, was ihr getan habt."

„Ach, hab' dich doch nicht so", sagte Monika und griff ihm in den Schritt. „So schlimm war es doch nicht im Kino. Du bist doch auch auf deine Kosten gekommen."

Viktor schlug ihre Hand weg. „Fass' mich nicht an, du Schlampe!", zischte er drohend. Im nächsten Moment wurde er an den Haaren nach hinten gezogen, sodass er aufschrie, woraufhin er eine Ladung Bier in den Mund bekam. Dann hielten sie ihm die Nase zu, sodass er gezwungen war, die Flüssigkeit hinunterzuschlucken. Als er versuchte, um Hilfe zu rufen, bekam er eine weitere Ladung in den Mund. Die vier Jugendlichen schienen Spaß daran zu haben, ihn abzufüllen, feuerten sich gegenseitig an und tranken selbst fleißig mit. Viktor merkte, wie ihm der ungewohnte Alkoholgenuss zu Kopf stieg, sogar schneller, als er vermutet hätte, denn er hatte gerade einmal zwei Flaschen Bier getrunken, als ihm schwindelig wurde und er nach hinten umfiel. Dann wurde es dunkel.

Viktor wurde von lauten Sirenen geweckt, die in

seinem Kopf widerhallten und ihm wie Pfeile ins Gehirn stachen. Er öffnete die Augen. Es war stockdunkel – wie spät es war, wusste er nicht. Langsam richtete er sich auf. Dabei bemerkte er etwas Kaltes in seiner Hand und als er hinunterblickte, ließ er erschrocken die Pistole fallen, die er eben noch umklammert gehalten hatte. Panisch sprang er auf und blickte sich um. Er befand sich in einem Laden oder einem Kiosk; vor ihm lag ein Mann am Boden, der eine Wunde in der Brust hatte. Durch die Fenster konnte er das Blaulicht sehen, das immer näherkam. *Das werden sie **mir** anhängen*', dachte Viktor mit Entsetzen und stürmte, ohne nachzudenken, aus dem Laden. Dabei rannte er einen Mann um, der vor der Tür neben seinem Fahrzeug stand und ein Handy in der Hand hielt. Vermutlich hatte *er* die Polizei gerufen. Viktor stieß ihn zur Seite und stürmte auf das Fahrzeug zu. Er hatte Glück, der Schlüssel steckte.

Ohne sich irgendwelche Gedanken darüber zu machen, dass er weder einen Führerschein noch irgendwelche Fahrpraxis hatte, drehte er den Schlüssel um und trat das Gaspedal durch. Er handelte einfach instinktiv. Glücklicherweise handelte es sich um einen Wagen mit Automatikgetriebe, bei dem er nicht schalten musste. Viktor hatte keine Ahnung, wohin er fuhr, er wollte einfach nur weg – weg von diesem Laden, weg von der Leiche am Boden und vor allem weg von der Polizei, die ihn verdächtigen würde. Erstaunlicherweise schaffte er es über rote

Ampeln und Kreuzungen aus dem Ort heraus, ohne einen Unfall zu bauen und fuhr auf die Autobahn. Im Rückspiegel konnte er das Blaulicht sehen. Immer mehr geriet der Junge in Panik, als plötzlich auch *vor* ihm Blaulicht auftauchte. Streifenwagen standen quer auf der Fahrbahn und Polizisten standen mit gezückten Waffen daneben.

Viktor wollte bremsen, um die Männer nicht zu gefährden, doch in seiner Panik verwechselte er die Bremse mit dem Gaspedal und wurde nur noch schneller. Vor Angst, er könnte in die Männer hineinfahren, verriss er das Lenkrad und prallte in die Leitplanke. Der Wagen überschlug sich und blieb dann irgendwann liegen. Viktor flog dabei in die Frontscheibe, dann wurde es erneut dunkel um ihn.

Die Polizisten erholten sich schnell von ihrem Schreck und forderten Rettungsmittel an, die wenig später eintrafen und den Jungen aus dem Wrack befreiten und versorgten. Als Viktor schließlich schwer verletzt auf einer Trage lag und einer der Sanitäter sein Portemonnaie einem der Beamten in die Hand drückte, zog dieser seinen Schülerausweis hervor. „Der Junge ist gerade mal fünfzehn", stellte dieser kurz darauf fest und gab Viktors Daten an die Leitstelle weiter. Inzwischen hatten sie erfahren, dass er vermutlich einen Kiosk überfallen und dabei den Besitzer des Ladens angeschossen hatte, bevor er in das Auto stieg und nach einer halsbrecherischen Verfolgungsjagd mit der Polizei in der Leitplanke endete.

Nun schwebten beide in Lebensgefahr und es war noch lange nicht raus, ob überhaupt einer von beiden überleben würde. Der Polizist blickte auf den Jungen vor sich. Wie konnte ein so junger Mensch, noch ein halbes Kind, so etwas tun?

Doch nachdem sie wenig später in den frühen Morgenstunden die Leiche von Viktors Mutter mit einer Überdosis in deren Wohnung vorfanden, wunderte sie überhaupt nichts mehr.

Viktor hatte bei dem Unfall schwerste Verletzungen im Bauchraum, einige Brüche und schwere Schnittwunden im Gesicht davongetragen. Doch den Ärzten gelang es, sein Leben zu retten und seine Verletzungen zu versorgen. Zwei Wochen nach dem Unfall wurde er aus dem künstlichen Koma geholt und wachte langsam wieder auf. An die Ereignisse des verhängnisvollen Tages konnte er sich nicht mehr erinnern und wunderte sich daher, dass er sich nicht bewegen konnte und starke Schmerzen hatte. Es dauerte eine Weile, bis er begriff, wo er sich befand. „Was ist passiert?", flüsterte er, als sich der Arzt zu ihm umdrehte.

„Du hattest einen Unfall, Viktor. Kannst du dich nicht mehr daran erinnern?" Viktor versuchte, den Kopf zu schütteln, was ihm jedoch Schmerzen im ganzen Körper zu bescheren schien. „Am besten bewegst du dich so wenig wie möglich. Es wird noch einige Zeit dauern, bis du dich wieder schmerzfrei bewegen kannst."

34

Viktor schloss die Augen, schlief aber nicht sofort wieder ein. Kurze Zeit später hörte er, wie der Arzt zu jemandem sprach: „Finden Sie das nicht ein wenig albern?"

„Wieso?", antwortete eine zweite, männliche Stimme. „Der Junge hat einen Raubmord begangen und ist mit einem Fahrzeug Amok gefahren. Ich muss dafür sorgen, dass er nicht die Fliege macht."

„Der Junge ist erst einmal mein Patient", antwortete der Arzt daraufhin streng, „Er hat beide Beine gebrochen, eine schwere Wirbelprellung und schwerste, innere Verletzungen. Selbst, wenn er weg *wollte*... er ist überhaupt nicht in der Lage, aufzustehen und *die Fliege zu machen*, wie sie das nennen."

„Sie verlangen aber jetzt nicht, dass ich auch noch Mitleid mit dem Kerl habe. Er ist ein Schwerverbrecher der schlimmsten Sorte."

„Er ist ein Kind", widersprach der Arzt. „Von mir aus bleiben Sie hier sitzen, wenn Sie das unbedingt für notwendig erachten, aber stören Sie uns nicht bei unserer Arbeit."

Dann war es still und Viktor starrte an die Decke des abgedunkelten Zimmers. Was hatte der Mann, der vermutlich ein Polizeibeamter war, gesagt? Er wäre ein Schwerverbrecher und er hätte einen Mann ermordet? So etwas würde er niemals tun! Das konnte doch alles nicht sein.

AMNESIE

Stundenlang versuchte der Junge, sich an irgendetwas zu erinnern, bis er schließlich erschöpft ein-
schlief. Erfolg hatte er noch immer nicht gehabt und
auch eine Woche später konnte er sich an rein gar
nichts erinnern, so sehr er es auch versuchte. Inzwischen war er wieder etwas klarer im Kopf,
sodass sein behandelnder Arzt, Dr. Winter, die
Erlaubnis zu einer Befragung gab.

Zwei Tage später klopfte es an die Tür und kurz
darauf traten mit dem Arzt zwei uniformierte
Beamte ein, in voller Montur mit Schutzwesten und
Pistolen. Viktor bekam Panik. Würden sie ihn jetzt
wegbringen? Sofort schnellte sein Blutdruck in die
Höhe und sein Herz fing an zu rasen. Dr. Winter trat
auf den Jungen zu und versuchte, ihn zu beruhigen.
„Viktor, du brauchst keine Angst zu haben.
Niemand will dir etwas tun. Die Polizisten haben
nur ein paar Fragen an dich."

Viktor starrte mit aufgerissenen Augen auf die
Beamten. Einer blieb an der Tür stehen, sein Kollege
– ein recht junger Mann, wie es schien – trat näher an
das Bett heran und zog sich einen Stuhl zurecht, auf
den er sich setzte. „Hallo Viktor. Ich bin Marko
Bäumler. Ich würde dir gerne ein paar Fragen stellen

über den Unfall, bei dem du verletzt wurdest."

„Aber ich weiß doch nichts", sagte der Junge verzweifelt und der Polizist warf dem Arzt einen fragenden Blick zu.

„Viktor hatte bei seiner Einlieferung 2.4 Promille, da ist es nicht verwunderlich, dass er sich an nichts mehr erinnern kann. Der Unfall allein könnte Auslöser für eine retrograde Amnesie sein, auch ein Schockerlebnis davor oder einfach die Alkoholintoxikation."

„Können diese Erinnerungen zurückkommen?", fragte der Polizist interessiert.

„Möglich, aber versprechen kann ich das nicht. Wir müssen abwarten. Vielleicht erinnert er sich, wenn sie ihm sagen, um was es geht. Aber bitte überfordern sie den Jungen nicht. Er ist noch lange nicht über den Berg."

Der junge Polizist nickte und wandte sich wieder an den Jungen. „Viktor, was ist das letzte, an das du dich erinnern kannst?"

Viktor dachte einen Moment nach. „Ich habe mit Herrn Stanke gesprochen."

„Wer ist Herr Stanke?"

„Mein Klassenlehrer. Ich hatte in letzter Zeit ein paar Probleme in der Schule und da wollte er mit mir reden."

„Darf ich fragen, was das für Probleme waren?"

Viktor warf einen ängstlichen Blick auf den zweiten Beamten, der noch immer wie ein Wachmann an der Tür stand und böse zu ihm herüberstarrte. Sein Kollege folgte dem Blick des Jungen. „Peter? Macht es dir etwas aus, wenn du draußen wartest?" Der Mann schüttelte den Kopf und verschwand auf den Flur hinaus, woraufhin sich Marko Bäumler wieder dem Jungen zuwandte und ihn freundlich anlächelte. „Du brauchst keine Angst zu haben, Viktor. Niemand wird dir etwas tun."

Der Junge blickte dem jungen Polizisten minutenlang in die leuchtend blauen Augen, die ihn freundlich anstrahlten. Er hätte nicht sagen können, warum, aber irgendwie vertraute er diesem Mann, obwohl er bisher mit Polizisten eher schlechte Erfahrungen gemacht hatte. Und dann fing der Junge an zu erzählen. Von seinen Freunden, die ihm Bier gegeben hatten und denen er bei ihren Spielen half, von der Drogensucht seiner Mutter, die er versucht hatte, zu verschleiern und schließlich von dem Abend im Kino und wie ihn die anderen anschließend fertig gemacht hatten."

„Mach' dir keine Gedanken, Viktor. In deinem Alter ist es gar nicht so außergewöhnlich, wenn man noch nicht mit einem Mädchen geschlafen hat. Das muss dir überhaupt nicht peinlich sein, auch wenn dir andere Jungs vielleicht etwas Anderes erzählen wollen. – Du hast vorhin erzählt, dass du mit deinem Lehrer gesprochen hast. Hast du ihm das auch alles erzählt?"

Viktor schüttelte den Kopf. „Nein. Ich habe niemandem davon erzählt."

„Kannst du mir die Namen der Jugendlichen

sagen, mit denen du dich immer getroffen hast, und vor allem von dem Mädchen, das mit dir im Kino war?"

Wieder ein Kopfschütteln, während der Arzt seinen Puls überprüfte und sich dann an den Polizisten wandte. „Es tut mir leid, aber das muss für heute erst einmal reichen. Die Befragung hat den Jungen bereits viel zu sehr angestrengt. Besser, Sie kommen in ein, zwei Tagen nochmal vorbei, wenn er sich wieder ein bisschen erholt hat. Vielleicht kann er sich dann auch an mehr erinnern."

Der Polizist nickte, wünschte Viktor noch eine gute Besserung und entfernte sich, während der Junge erschöpft die Augen schloss. Auch in den nächsten Tagen versuchte er krampfhaft, sich an mehr zu erinnern, als er bisher wusste. Doch nichts half – je mehr er es versuchte, desto schwärzer schien das Loch zu werden. Dass seine Mutter ihn bis heute noch nicht besucht hatte, wunderte den Jungen wenig, denn entweder war sie arbeiten oder lag betrunken oder zugedröhnt in der Wohnung. Vermutlich hatte sie noch gar nicht mitbekommen, dass er nicht nach Hause gekommen war. Und in der Schule dachte man vermutlich, er würde schwänzen, nachdem Herr Stanke ein ernstes Gespräch mit ihm geführt hatte. Er wusste auch nicht, dass er zwei Wochen lang im Koma gelegen und die Ferien bereits angefangen hatten, sondern ging davon aus, dass der Unfall, von dem der Arzt gesprochen hatte, erst vor wenigen Tagen passiert war. Vermutlich würde sein Lehrer nun doch seine Mutter informieren und der ganze Schwindel über seine Wohnverhältnisse und ihre Abhängigkeit würde herauskommen.

Zwei Tage nach seinem ersten Besuch tauchte Marko Bäumler erneut im Krankenhaus auf, diesmal jedoch nur in Begleitung von Dr. Winter. Es war kalt draußen und infolgedessen trug der Polizist über seiner Uniform eine Polizeijacke, die er beim Eintreten öffnete und in die Innentasche griff, während er ihn begrüßte. Sofort bemerkte er, wie der Junge zurückzuckte und den Kopf einzog, obwohl dieser genau sehen konnte, dass seine Waffe ganz normal am Gürtel hing. Wovor hatte der Junge also Angst? „Keine Sorge, Viktor. Ich habe dir nur etwas mitgebracht. Damit dir nicht so langweilig ist." Er zog er ein Buch hervor, reichte es dem Jungen und hängte seine Jacke schließlich über den Stuhl, auf den er sich auch diesmal niederließ.

Mit zitternden Fingern nahm Viktor das Buch entgegen, blickte den Mann irritiert an und sagte: „Danke."

Der Polizist betrachtete ihn sehr aufmerksam, während er das Buch kurz ansah und schließlich auf seinen Nachttisch legte. Man konnte sehen, dass ihm die Bewegung noch immer Schmerzen verursachte. „Wovor hattest du gerade Angst, Viktor?", fragte er dann leise, nachdem der Junge sich ihm wieder zugewandt hatte.

„Angst? Was meinen Sie?", fragte dieser.

„Mach' mir bitte nichts vor, Junge. Ich bin lange genug dabei, um zu wissen, wenn man mich anlügt. Also? Was, dachtest du, würde ich aus der Jacke ziehen?" Viktor senkte den Blick auf die Waffe am Gürtel des Polizisten und dieser begriff. „Du dachtest, ich würde eine Waffe ziehen?" Der Mann stand kurz auf. „Wie du siehst, wäre das eine blöde Bewegung, um an meine Pistole zu kommen, die ich auf der rechten Seite am Gürtel trage, so wie alle Kollegen. Außerdem sind wir hier nicht in einem amerikanischen Krimi, wo man einfach so eine Waffe zieht. Das geschieht nur in Ausnamefällen und bestimmt nicht in einem Krankenhauszimmer."

Der Polizist ließ sich wieder auf den Stuhl sinken und wartete. Als Viktor noch immer nicht sprach, meinte er: „Ich bin mir eigentlich sicher, dass du das wusstest und meine Pistole auch gesehen hast. Also warum hast du geglaubt, ich könnte eine Waffe unter der Jacke haben? Hast du diese Bewegung vielleicht selbst gemacht?" Kopfschütteln. „Oder vielleicht jemand anderer und du hast es gesehen?" Jetzt senkte der Junge den Blick. Für den Polizisten eine ziemlich eindeutige Antwort. „Viktor – wer hat diese Waffe gezogen – und wo und wann?"

„Auf dem Schulhof", gab der Junge kleinlaut zurück, denn durch die Bewegung des Mannes war ihm die Szene wieder eingefallen.

„Hast du dir dort die Waffe besorgt, mit der du auf den Mann geschossen hast?"

„Nein!", rief Viktor beinahe panisch. „Ich habe

keine Waffe besorgt. Ich habe noch nie mit einer Waffe geschossen. Das würde ich niemals tun! Nur weil wir in einer Sozialwohnung leben, ich keinen Vater habe und meine Mutter eine einfache Kellnerin ist, bin ich doch noch lange kein Krimineller." Er hatte sich richtig in Rage geredet und der Arzt drückte ihn sanft zurück in die Kissen, um ihn zu beruhigen.

„Das sagt auch niemand, Viktor. Aber wenn du mir nicht sagst, was passiert ist, kann ich dir auch nicht helfen." Marko Bäumler betrachtete ihn nachdenklich und fragte sich, ob er wirklich keine Ahnung hatte, was seine Mutter all die Jahre gearbeitet hatte. Inzwischen hatten sie eine Menge über Christine Tomanek erfahren und wussten auch, dass die Nachbarn ebenfalls diese Information über den Kellner-Job hatten und dass sie sich bis vor wenigen Monaten ganz gut um ihren Sohn gekümmert hatte, bis sie schließlich anfing zu trinken. Hatte die Frau all die Jahre ein perfektes Doppelleben geführt und selbst ihren Sohn belogen?

Viktor hatte noch immer den Kopf gesenkt, während er versuchte, sich seine Begegnung mit der Gang in Erinnerung zu rufen. Als Marko Bäumler bereits wieder aufstehen wollte, weil er dachte, der Junge würde nichts sagen, hob dieser plötzlich den Kopf. „Felix hat die Waffe aus seiner Jacke gezogen."

Sofort setzte sich der Polizist wieder hin und hob interessiert den Kopf. „Felix? Ist das einer deiner Freunde?"

„Das habe ich zu mindestens mal geglaubt. Er hatte die Idee mit dem Kinobesuch. Das Mädchen... die, die mich... berührt hat... sie ist seine Freundin."

Der Polizist nickte verstehend. „Und warum hat er die Waffe gezogen? Hat er dich damit bedroht oder wollte er sie dir einfach nur zeigen?"

„Er wollte mich warnen. Damit ich Herrn Stanke nichts sage. Sie haben mich auf dem Schulhof abgefangen, direkt nach dem Gespräch mit meinem Klassenlehrer. Sie haben geglaubt, ich hätte ihm von dem Vorfall im Kino erzählt oder ihren ständigen Mobbing-Aktionen. Herr Stanke kam aus der Schule und fragte, ob alles in Ordnung sei, als die anderen um mich rumstanden. Da zog er die Waffe und bedeutete mir, ihn abzuwimmeln. Ich hatte Angst, er könnte sie benutzen und habe gesagt, dass alles in Ordnung sei."

„Kannst du dich noch an die Waffe erinnern? War sie groß oder klein; hatte sie einen langen Lauf oder einen kurzen; hast du vielleicht eine Bezeichnung gesehen?", fragte der Beamte und machte sich schnell ein paar Notizen.

Wieder dachte der Junge einen Moment nach. Er war erschöpft und Schweiß stand ihm auf der Stirn, woraufhin der Arzt meinte. „Ich glaube, wir sollten besser wieder Schluss machen. Es regt ihn zu sehr auf."

„Nein", sagte Viktor in diesem Moment. „Nur noch zwei Minuten. Ich glaube, ich erinnere mich wieder. Die Waffe war zweifarbig – unten schwarz und der obere Teil des Laufes war silbergrau. Ich kenne mich nicht aus damit, aber ich würde sagen, ein eher kurzer Lauf. Hinten an der Seite war ein kleiner Hebel und auf dem Lauf war etwas geschrieben. Vorne war so etwas, das wie ein Banner aussah und dahinter standen Zahlen. Ich glaube, es könnte eine 300 oder auch eine 380 gewesen sein."

Der Polizist zog sein Handy hervor und schien nach etwas zu suchen. Dann drehte er es zu dem Jungen um und zeigte ihm ein Foto. „Könnte es die hier gewesen sein?"

Viktor betrachtete das Bild aufmerksam und nickte schließlich. „Ja, das könnte sein. Aber ganz sicher bin ich nicht. Hilft Ihnen das weiter?"

„Wir werden sehen", antwortete der Polizist und erhob sich. „Das ist eine Walther PK 380 neun Millimeter. Diese Waffe wurde neben dem Opfer gefunden." Er zog seine Jacke wieder über und verabschiedete sich, während der Junge dem Mann nachstarrte. Als er begriff, was der Mann gerade gesagt hatte, fing er an zu zittern und zu schwitzen und sagte immer wieder: „Ich war das nicht. Ich habe auf niemanden geschossen. Das kann doch alles nicht sein."

Viktor steigerte sich so in seine Panik hinein, dass er schließlich ruhiggestellt werden musste, damit er sich selbst nicht verletzte. Herr Bäumler stand derweil auf dem Flur und bekam seinen Anfall noch halb mit, während er sich gegen eine Wand lehnte und nachdachte. Er kannte die Spurenlage, hatte sich mit dem Fall mehr beschäftigt, als er eigentlich sollte. Er wusste nicht warum, aber er glaubte dem Jungen. Viktor machte nicht den Eindruck eines abgebrühten Räubers, der wild um sich schießt und Menschen verletzte. Und dennoch wurde er mit der Waffe in der Hand gesehen, kurz bevor er diese fallen ließ und flüchtete. Auf der Pistole waren ausschließlich Fingerabdrücke des Jungen und das Opfer war noch nicht in der Lage, irgendwelche Angaben zum Hergang zu machen. Und dann war der Junge zweifelsohne mit dem Fahrzeug des Melders geflüchtet und durch die Stadt und über die Autobahn gerast – und es grenzte an ein Wunder, dass er dabei nur sich selbst verletzt hatte, zumal er auch noch stark alkoholisiert war. Was könnte in dieser Nacht passiert sein, außer dem Offensichtlichen? Marko Bäumler war noch nie jemand gewesen, der sich mit der einfachsten Erklärung zufriedengab, aber manchmal gab es eben keine andere. Viktor hätte ohne weiteres die Waffe des Freundes stehlen oder sonst wie an sich nehmen können, um den Überfall zu begehen. Vielleicht hatte er Geldsorgen oder wollte seine Mutter aus dem Milieu herausholen und es war irgendwie eskaliert. Er würde auf jeden Fall wiederkommen und den Jungen weiter befragen.

Als der Polizist das nächste Mal vorbeikam, fand er den Jungen in einem Rollstuhl sitzend vor. Seit seinem Unfall waren fast vier Wochen vergangen und er durfte endlich wieder aufrecht sitzen. Laufen konnte er nicht, da sein rechter Unterschenkel und das linke Bein noch immer in Gips waren. Aber die inneren Verletzungen verheilten gut und die Schnitte im Gesicht waren ebenfalls auf dem Weg der Heilung. Marko Bäumler sah ihn das erste Mal ohne Verbände und Pflaster und stellte fest, dass Viktor mit seinen braunen Haaren und den grünen Augen eigentlich ein sehr attraktiver Junge war. Er wirkte etwas älter als fünfzehn, was vielleicht daran lag, dass er früh hatte Verantwortung zu Hause übernehmen müssen. Allerdings wusste er auch, dass einige der Narben, die sein Gesicht durchzogen, wohl für immer bleiben würden. Im Moment leuchteten sie rot und wirkten abstoßend, aber mit der Zeit würden sie vermutlich immer mehr ver-blassen.

„Darf ich?", fragte der Polizist und deutete auf einen Stuhl neben dem Jungen. Viktor nickte, während er weiter aus dem Fenster starrte und die weißen Wolken beobachtete, die an einem blauen Himmel vorbeizogen. „Dir scheint es inzwischen etwas besser zu gehen. Wie ich höre, kannst du in wenigen Wochen entlassen werden."

Viktor drehte sich zu ihm um und der Polizist konnte die Tränen sehen, die in seinen Augen glitzerten. „Und dann? Ab in den Jugendknast? Oder gleich auf den elektrischen Stuhl? Ich habe ihren Kollegen gehört, der seit Wochen vor der Tür hockt. Er hat mich einen Schwerkriminellen genannt, einen Mörder und ich weiß nicht einmal, was passiert ist."

„Bist du das denn – ein Mörder?", fragte der Polizist leise und war gespannt auf seine Reaktion.

„Ich weiß es nicht, verdammt noch mal. Ich weiß nur, dass wir im Wald waren und dann ist alles dunkel."

„Moment." Herr Bäumler horchte auf. Von einem Wald hatte er bisher nichts erzählt, aber sie hatten Waldboden an seinen Schuhen gefunden. „Wann warst du im Wald?"

„Nach der Schule, als Felix mich mit der Waffe bedroht hat. Nachdem mein Lehrer verschwunden ist. Sie haben mich auf ihren Motorrädern mitge- nommen und in einen Wald gebracht. Da waren eine Feuerstelle und ein Zelt. Paul hat Bierflaschen aus dem Zelt geholt und wollte, dass ich das trinke."

„Und du hast getrunken?"

„Nein, ich habe mich geweigert. Er sagte etwas von einem Freundschaftstrunk und ich habe ihn angeschrieben, dass sie nicht mehr meine Freunde wären. Und dann hat Monika…" Er warf einen Blick auf seinen Schritt und legte schützend seine Hand zwischen die Beine. Der Polizist verstand. „Hat sie dich angefasst?"

„Ja, sie hat es wieder getan. Aber diesmal habe ich mich gewehrt und sie weggestoßen, sie sogar als Schlampe bezeichnet. Das war wohl ein Fehler."

„Warum, Viktor? Was ist dann passiert?"

„Sie haben mich an den Haaren gezogen und als

ich schreien wollte, haben sie mir das Bier eingeflößt und mich gezwungen, es zu schlucken."

„Wieviel musstest du trinken?", fragte der Polizist nun, während sein Stift unaufhörlich über seinen Block raste.

„Ich weiß nicht genau. Ich glaube etwa anderthalb Flaschen oder so." Herr Bäumler überlegte. Selbst wenn er zwei Flaschen Bier getrunken hätte, wäre er nie auf einen derart hohen Alkoholspiegel gekommen. Doch dann machte der Junge eine Bemerkung, die ihn aufhorchen ließ: „Aber irgendwie hat das Bier anders geschmeckt als sonst."

„Was meinst du mit *anders*?"

„Na ja, ich habe ja vorher nur ein paar Mal ein Bier getrunken, aber ich habe mich nie so komisch gefühlt nach einer halben Flasche. Sonst war ich immer noch ganz fit, habe mich nie betrunken gefühlt oder so. Aber dort im Wald war das anders. Bereits nach den ersten Schlucken wurde mir übel und schwindelig. Und irgendwann wurde ich einfach ohnmächtig."

Wieder kritzelte der Polizist auf seinen Block. Jetzt machte die Geschichte langsam einen Sinn. „Erzähl' weiter, Viktor. Kannst du dich noch an etwas Anderes erinnern. Wann bist du wieder aufgewacht und vor allem wo? Warst du noch im Wald oder irgendwo anders?"

Viktor dachte angestrengt nach und plötzlich erinnerte er sich wieder. „Es war dunkel und mein Kopf tat so weh. Dieser Ton verursachte mir Schmerzen im Kopf."

„Welcher Ton?"

„Eine Sirene glaube ich. Ich lag auf dem Boden und es war kalt und dunkel. Als ich aufstand, hielt ich etwas in der Hand und ließ es fallen, als ich es erkannte."

„Die Waffe?", vermutete der Polizist und Viktor nickte.

„Ja, die Waffe. Ich habe mich total erschrocken. Es ist etwas Anderes, in irgendeinem Videospiel mit einer Waffe herumzuschießen und dann plötzlich eine in der Hand zu haben. Ich hatte Angst vor dem Ding, wusste nicht, wie die dorthin kam. Ich habe mich umgesehen und sah diesen Mann am Boden. Und plötzlich wurde mir klar, dass man mich dafür verantwortlich machen würde. Ich war dort, ich hatte die Waffe in der Hand, direkt neben einem Toten. Ich hörte die Sirenen und sah die Blaulichter, die man schon von weitem erkennen konnte und geriet total in Panik. Ich wollte einfach nur weg. Mir war schwindelig und ich glaube, ich bin gegen jemanden gerannt, als ich durch die Tür bin und dann stand da plötzlich dieses Auto. Dabei kann ich gar nicht Autofahren, aber in dem Moment war die Angst vor der Polizei größer als die Angst vor dem Wagen. Ich bin einfach eingestiegen und losgefahren. Immer geradeaus. Ich war so froh, dass die Straßen leer waren, ich wollte niemanden gefährden. Irgendwie kam ich dann auf die Autobahn und sah die Lichter hinter mir, die mich verfolgten. Ich weiß nicht, warum, aber ich hatte Angst um mein Leben. Ich weiß, dass das Blödsinn ist, weil Sie einen Unbewaffneten nicht einfach erschießen würden, aber in dem Moment habe ich das geglaubt."

Er senkte verlegen den Kopf und der Polizist verspürte plötzlich Mitleid mit dem Jungen. Er tätschelte ihm kurz die Hand. „Das könnte eine Nebenwirkung des Alkohols gewesen sein, Viktor. Da nimmt man Dinge anders wahr oder sieht Sachen, die gar nicht da sind. – Weißt du noch, was dann passiert ist?"

Viktor nickte, schloss für einen Moment die Augen und erzählte dann weiter: „Plötzlich waren vor mir auch Lichter und ich konnte die Polizisten erkennen, die neben den Wagen standen. Ich bin alt genug, um zu wissen, was passiert wäre, wenn ich dort reingerast wäre. Aber ich wollte niemanden verletzen."

„Und warum hast du dann nicht einfach angehalten?"

„Aber das wollte ich doch! Ich habe wie verrückt auf das Pedal getreten, aber der Wagen wurde immer schneller. Da wusste ich nicht, was ich tun sollte und habe einfach versucht, auszuweichen. Plötzlich drehte sich alles. – Und jetzt glauben alle, ich sei ein Mörder." Der Junge schlug die Hände vor das Gesicht und fing an zu weinen. Marko Bäumler unterdrückte den Instinkt, ihn einfach in die Arme zu nehmen. Jetzt machte alles einen Sinn: die Fingerabdrücke auf der Waffe, die fehlenden

Schmauchspuren an seiner Kleidung, sowie die fehlenden Fingerabdrücke an der Kasse des Ladenbesitzers, obwohl bei Viktor keine Handschuhe gefunden worden waren und auch das Fehlen der Beute machte nun Sinn. Warum sollte jemand bei einem Überfall Handschuhe tragen und dann die Waffe mit Fingerabdrücken versehen am Tatort zurücklassen? Das war von vornherein ein Punkt gewesen, der ihn gestört hatte.

Neuigkeiten

Der Polizist wartete, bis sich der Junge beruhigt hatte und sagte dann leise: „Nein, mein Junge, ich glaube das nicht."

„Was glauben Sie nicht?", fragte Viktor.

„Ich glaube nicht, dass du ein Mörder bist."

„Nein?" Der Junge wirkte erstaunt.

„Nein", antwortete der Polizist ruhig. „Erst einmal ist der Mann nicht tot. Er lebt und ist gestern aus dem Koma erwacht. Leider ist er noch nicht vernehmungsfähig, wird es aber hoffentlich in den nächsten Tagen sein und wenn es so war, wie du sagst, wird er deine Geschichte vermutlich bestätigen können."

Bei diesen Worten hellte sich das Gesicht des Jungen wieder auf. „Das heißt, ich kann vielleicht wieder nach Hause – ich muss nicht in den Knast?"

„Das entscheide nicht ich, Viktor, sondern der Richter. Aber wenn wir deine Geschichte beweisen können, bleiben nur noch die Flucht und die Entwendung des Wagens. Aufgrund deines Zustandes gehe ich aber davon aus, dass du mildernde Umstände bekommst, vielleicht ein paar Sozialstunden, so wie damals bei deinem Diebstahl."

„Das war nicht *mein* Diebstahl!", sagte Viktor mit

fester Stimme. „Ich habe nie etwas gestohlen, sondern nur meine Freunde in Schutz genommen, als die abgehauen sind. Ich würde nie etwas stehlen. Aber ich bin trotzdem ein schlechter Mensch. Ich wusste, was sie da taten, aber ich habe sie nie daran gehindert. Ich wollte nicht... ich habe endlich mal dazugehört, obwohl die anderen älter sind. Ich dachte, sie mögen mich."

„Du hast die Schuld auf dich genommen, um deinen Freunden zu imponieren?", fragte der Polizist noch einmal nach.

Viktor nickte. „Ich weiß, wie bescheuert ich war. Das brauchen Sie mir nicht zu sagen. Inzwischen habe ich es kapiert. Dabei hätte mir das schon klar werden müssen, als sie mich zu diesem Parkplatz mitgeschleift hatten."

„Welchen Parkplatz?"

Der Junge wirkte verlegen und vermied es, dem Polizisten in die Augen zu sehen. „Ich... ich habe ihnen neulich nicht ganz die Wahrheit gesagt", gab er schließlich zu.

„Inwiefern?"

„Es geht um meine Mutter. Ich sagte Ihnen doch, dass sie Kellnerin ist. Bis vor kurzem dachte ich das auch, aber dann haben mich Felix und Paul zu diesem Parkplatz gefahren. Auf der Autobahn. Dort standen in einem Waldstück drei Wohnwagen, in denen... Sie wissen schon... Frauen für Geld..." Er brach ab.

„Schon klar. Erzähl' weiter", ermunterte ihn Herr

Bäumler.

„Felix hat sich damit gebrüstet, dass er bei einer davon war. Er nannte sie Chantal und schwärmte davon, was für einen tollen Sex er gehabt und was sie ihm alles beigebracht hätte. Ich wollte das eigentlich nicht, aber ich habe mir die Frau dann doch angesehen, als ein Mann kam und sie ihn mit in den Wohnwagen nahm. Ich glaubte meinen Augen nicht zu trauen, denn sie war... die Frau, die da mit Männern schlief,... sie ist..."

„...deine Mutter, richtig?"

Viktor nickte und Tränen rannen ihm über das zerschundene Gesicht. In diesem Moment betrat Dr. Winter das Krankenzimmer, was dem Polizisten ganz gut passte, da er dem Jungen noch etwas mitteilen musste.

„Und du hattest all die Jahre keine Ahnung von der Tätigkeit deiner Mutter?"

„Nein. Ich habe geglaubt, die arbeitet in einer Bar als Kellnerin. Sie ging immer korrekt gekleidet aus dem Haus und kam ebenso wieder. In der Wäsche waren nie irgendwelche Sachen, die darauf hingedeutet hätten, dass sie... diese Dinge tat."

„Hast du sie denn nicht darauf angesprochen?"

„Wie denn? Würden Sie einfach zu Ihrer Mutter gehen und sagen: ‚Hey, Mutti, kann es sein, dass du eine Nutte bist?' – Ich wollte ja eigentlich mit ihr reden, aber etwa zu dieser Zeit fing sie an, immer öfter betrunken nach Hause zu kommen. Ich habe sie dann ins Bett gebracht und mich um den

Haushalt gekümmert."

„Hat deine Mutter auch andere Sachen zu sich genommen, außer Alkohol?" Der Junge senkte verlegen den Kopf. „Du kannst es mir ruhig sagen, Viktor."

„Ich habe mal ein paar Pillen in ihrer Tasche gefunden", gab er leise zu. „Und in letzter Zeit hatte sie plötzlich so rote Punkte am Arm."

„Könnten das Einstiche gewesen sein? So wie beim Blutabnehmen?" Der Junge warf einen Blick auf seinen eigenen Arm, an dem gerade heute Morgen wieder Blut abgenommen worden war und nickte. Herr Bäumler gab dem Arzt ein Zeichen, näher zu kommen. „Viktor, ich muss dir etwas sagen. Deine Mutter… Sie war vermutlich drogenabhängig. Vermutlich noch nicht lange, aber sie scheint es regelmäßig genommen zu haben."

Viktor hob den Kopf und das tränenverschmierte Gesicht blickte den Polizisten fragend an. „Wieso sagen Sie ‚war'? Haben Sie sie verhaftet wegen den Drogen oder ihrem Job? Kommt sie mich deshalb nicht besuchen?"

„Nein, Viktor. Deine Mutter kann dich nicht besuchen kommen. Sie ist tot. Wir haben sie in eurer Wohnung gefunden. Noch in der Nacht deines Unfalles. Scheinbar hat sie sich eine Überdosis gespritzt. Es tut mir leid, Viktor." Er legte dem Jungen die Hand auf die Schulter.

Minutenlang zeigte der Fünfzehnjährige keinerlei Reaktion. Wie eine Statue starrte er ins Leere, verzog keinen Muskel und wirkte vollkommen apathisch. „Ich denke, Sie sollten jetzt besser gehen, Herr Bäumler. Der Junge steht unter Schock. Aber irgendwann musste er es ja erfahren. Und hier können wir uns um ihn kümmern. Wenn Sie wollen, kommen Sie in ein paar Tagen wieder, aber jetzt braucht der Junge erst einmal Ruhe."

Der Polizist nickte und verließ leise das Zimmer, während der Arzt mit Hilfe der Schwester, die kurz darauf das Zimmer betrat, um den Blutdruck zu messen, seinen Patienten wieder in das Bett verfrachtete. In den nächsten Tagen veränderte sich sein Verhalten nicht. Viktor verweigerte die Mitarbeit des Physiotherapeuten, redete mit niemandem und ließ sämtliche Untersuchungen stillschweigend über sich ergehen. Da er auch die Nahrungsaufnahme verweigerte, bekam er wieder Infusionen. Die gesamte Zeit starrte er an die Decke, wenn jemand das Zimmer betrat und bis auf eine gelegentliche Träne, die ihm aus dem Augenwinkel kullerte, zeigte er keinerlei Reaktion.

Am Montagvormittag betrat Dr. Winter zusammen mit einem jungen Mann in Jeans und T-Shirt das Krankenzimmer. „Versuchen Sie Ihr Glück, aber ich kann Ihnen nicht versprechen, dass er irgendeine Reaktion zeigt. Er ist seit der Nachricht über seine Mutter vollkommen apathisch."

Der junge Mann nickte, woraufhin der Arzt das Zimmer verließ und der Mann seinen Rucksack auf den Tisch stellte, sich einen Stuhl nahm und ihn zum

Bett zog. „Hallo, Viktor. Erkennst du mich?" Seine Stimme kam dem Jungen bekannt vor und aufgrund dessen blickte er ein wenig zur Seite, zeigte aber keinerlei Anzeichen des Erkennens. „Marko. Marko Bäumler. Der Polizist, der in letzter Zeit öfter da war. Ich weiß, ohne Uniform sehe ich etwas anders aus, aber ich bin heute nicht dienstlich hier."

Wieder warf der Junge ihm einen kurzen Blick zu, drehte den Kopf dann wieder zur Decke und starrte nach oben. Marko wusste nicht, was er tun sollte und nahm schließlich seine Hand. „Es tut mir wirklich leid, was mit deiner Mutter geschehen ist, Junge. Ich weiß, wie so etwas ist. Meine Mutter ist gestorben, als ich elf war. Damals dachte ich, die Welt geht unter und ich würde nie wieder glücklich werden. Aber irgendwann habe ich eingesehen, dass mein Vater mich brauchte, genau wie ich ihn, und dass wir uns gegenseitig helfen könnten. Und irgendwann wurde der Schmerz erträglicher. Ich habe mir immer vorgestellt, dass meine Mutter auf einer Wolke sitzt und mir zuwinkt, wenn sie vorbeigeflogen ist."

Wieder drehte der Junge den Kopf in seine Richtung. „Meine Mutter kommt aber nicht in den Himmel. Sie war eine verdammte Hure, hat mich jahrelang belogen und mit hunderten von Männern gevögelt."

„Sie wollte dich schützen, Viktor. Weil sie dich geliebt hat", widersprach der Polizist. „Ich glaube nicht, dass sie dir damit schaden wollte. Für sie war es vermutlich einfach nur ein Job. Ein Job, der Geld einbrachte, damit sie für dich sorgen konnte."

So hatte der Junge es noch nicht betrachtet. Dennoch war es ihm unangenehm, der Sohn einer Prostituierten zu sein. „Ich weiß", gab er schließlich zu und erneut rannen einige Tränen über sein Gesicht. „Aber jetzt hat sie mich im Stich gelassen. Gerade, als ich sie gebraucht hätte. Sie ist einfach gegangen und hat mich allein gelassen."

„Was ist mit deinem Vater?", fragte Marko nun.

„Keine Ahnung. Vielleicht irgend so ein Freier. Vermutlich ist ein Kondom geplatzt und meine Mutter hatte es in ihrem Sex-Wahn gar nicht bemerkt. Und dann war es zu spät, um mich wegmachen zu lassen. Ich weiß es nicht. Er hatte nie Interesse an mir oder meiner Mutter."

„Du kennst seinen Namen?"

„Ich glaube, in meiner Geburtsurkunde steht einer. Aber ich habe keine Ahnung, wer der Kerl ist oder wo er wohnt. Er hat sich nie für mich interessiert und deshalb kann er mir gestohlen bleiben."

Die beiden schwiegen eine Weile, während sich der Polizist in Gedanken ein paar Notizen machte. „Herr Bäumler?", fragte Viktor dann.

„Du kannst ruhig Marko sagen, Viktor. Ich bin nicht im Dienst."

„Der Mann. Wie geht es ihm?"

„Du meinst den Ladenbesitzer?" Viktor nickte. „Er ist inzwischen über den Berg und er hat eine Aussage gemacht, wonach zwei Jugendliche – ein

58

Junge und ein Mädchen – in den Laden kamen und um Hilfe baten. Angeblich wäre ein Freund verletzt, den zwei weitere Personen – ebenfalls ein Pärchen – wenig später hereinschleppten. Seiner Beschreibung nach, warst das wohl du gewesen. Er beugte sich zu dir runter, nachdem die anderen dich auf dem Boden abgelegt hatte und stellte fest, dass du stark nach Alkohol gerochen hast. Als er sich wieder aufrichtete, um einen Notarzt zu rufen, stand plötzlich einer der Jugendlichen mit einer Pistole vor ihm und drückte ohne Vorwarnung ab. Danach weiß er nichts mehr."

„Konnte er die anderen beschreiben?", fragte der Junge.

„Er sagte nur, dass es zwei Männer und zwei Mädchen waren und der Schütze ziemlich kräftig gewesen sein muss. Er hätte gewirkt, wie ein…"

„…Preisboxer", vervollständigte Viktor. „Felix, du Schwein."

„Das dachte ich mir beinahe. Viktor, wir brauchen deine Hilfe. Nur du weißt, wer diese Jugendlichen sind. Deinen Erzählungen habe ich drei Vornamen entnommen: Felix, Paul und Monika. Aber du bist der einzige, der die vier identifizieren kann, damit sie ihre Strafe bekommen können. Sie haben schon einmal versucht, dich aus dem Weg zu räumen. Glaubst du nicht, dass sie es noch einmal versuchen würden, es vielleicht sogar schon getan hätten, wenn nicht die ganze Zeit ein Beamter vor deiner Tür gesessen hätte? Du musst endlich den Mund aufmachen und reden, Junge."

Viktor ergriff die Fernbedienung des Bettes und fuhr die Rückenlehne nach oben. Dann drehte er sich zu seinem Nachtschrank um und zog einen Block und einen Stift aus der Schublade. Es dauerte eine Weile, bis er fertig war und den Block an den Polizisten reichte, der ihn entgegennahm und anfing zu lesen:

Felix Hammer, 17 Jahre, Klasse G11a
Paul Meier, 17 Jahre, Klasse G11a
Monika Levi, 17 Jahre, Klasse G11c
Sabine Balder, 16 Jahre, Klasse R10a
Gesamtschule am Fischteich, Neustadt

„Danke, Viktor. Das hilft uns weiter. Bitte entschuldige mich einen Moment. Aber diese Information muss ich dringend an die Kollegen von der Kripo weitergeben." Er stand auf, zog sein Handy aus der Tasche und gab seinen Kollegen die Daten durch.

Als er zurück an das Bett trat, blickte Viktor ihn ängstlich an. „Sie werden mich umbringen."

„Nein, mein Junge. Das werden sie nicht. Meine Kollegen sind in diesem Moment auf dem Weg zur Schule und werden die vier verhaften. Mit Hilfe deiner Aussage und der des Ladenbesitzers werden sie für viele, viele Jahre hinter Gitter kommen. Und zwar nicht nur wegen der Sache im Laden. Hier geht es um gemeinschaftlichen Raub und versuchten Mord, schwerer und gefährlicher Körperverletzung, einen Verstoß gegen das Jugendschutzgesetz, weil sie dir harten Alkohol eingeflößt haben, falsche Verdächtigung und gemeinschaftliche, sexuelle Nötigung. Die vier können von Glück sagen, wenn sie nur nach Jugendstrafrecht verurteilt werden, aber auch diese Strafe wird vermutlich recht hoch ausfallen."

„Und wenn sie mich im Knast fertig machen?"

„Ich glaube nicht, dass du eine Jugendstrafe bekommen wirst, Viktor. Nicht nach den jetzigen Erkenntnissen. Und selbst wenn es so wäre, würde man dich von den anderen getrennt halten, damit genau so etwas nicht passieren kann."

Der Polizist blieb noch eine ganze Weile bei dem Jungen. Er hatte ihm etwas zu Lesen und ein paar Kleidungsstücke aus der Wohnung mitgebracht, die er in seinen Schrank räumte. Als die Schwester ihm sein Mittagessen brachte, blickte sie erstaunt auf den aufrecht sitzenden Jungen und stellte das Tablett auf den Tisch. „Möchtest du aufstehen?"

Der Junge nickte und die Schwester half ihm in den Rollstuhl, den sie anschließend an den Tisch schob. „Marko?", fragte der Junge, während er mit großem Appetit Nudeln in sich hineinstopfte.

„Ja?"

„Wenn ich wieder gesund bin... was passiert dann mit mir?"

„Wenn du keine weiteren Verwandten hast, bei

denen du unterkommen kannst, wirst du vermutlich vorläufig in ein Heim oder zu Pflegeeltern kommen, die sich um dich kümmern werden." Viktor nickte, er hatte sich so etwas schon gedacht.

Am nächsten Tag wurde seine Bewachung endgültig abgezogen und Viktor bekam nun einen Zimmernachbarn. Seinen sechzehnten Geburtstag feierte der Junge ebenfalls im Krankenhaus. Die Schwestern hatten ihm ein Stück Kuchen mit einer Kerze mitgebracht und Marko kam ihn am Nachmittag mit einem kleinen Geschenk besuchen. Zwei Wochen später wurde der Junge endlich von den Gipsbeinen befreit und durfte nach einer Woche Physiotherapie endlich seine ersten selbstständigen Schritte machen. Es war ein schönes Gefühl, endlich wieder auf eigenen Beinen zu stehen und ohne fremde Hilfe in den Rollstuhl zu kommen.

Marko kam ihn regelmäßig besuchen und Mitte Juni, kurz vor seiner Entlassung, kam er zu einem kleinen Abschiedsbesuch vorbei. Doch diesmal kam er nicht allein. Neben ihm betrat ein gutaussehender Mann Ende dreißig den Raum. Er hatte braune Haare, die ordentlich geschnitten waren und leuchtend grüne Augen, die dem Jungen sofort auffielen und ihn irgendwie an seine eigenen erinnerten. Der Mann wirkte athletisch, durchtrainiert und seine Bewegungen waren geschmeidig. Er blieb an der Tür stehen, während Marko auf den Jungen zukam.

„Hallo, mein Freund. Wie geht es dir?"

„Gut, danke. Ich kann inzwischen schon mehrere Meter laufen. Bald brauche ich den Rollstuhl nicht mehr, sagen die Ärzte. – Du, Marko?" Er warf dem fremden Mann einen Blick zu.

Der junge Polizist lächelte. „Ich habe dir Besuch mitgebracht, Viktor. Das ist Florian Wächter. Er kommt aus der Nähe von Bremen."

Viktor starrte den Mann an der Tür verständnislos an. Sein Name kam ihm bekannt vor, aber das Gesicht hatte er noch nie im Leben gesehen. Jetzt trat der Mann vorsichtig näher und reichte dem Jungen die Hand. „Du weißt vermutlich nicht, wer ich bin, oder?", fragte er und seine Stimme klang freundlich zurückhaltend, während er sich auf die Bettkannte setzte.

Der Junge schüttelte den Kopf und warf einen hilfesuchenden Blick auf den Polizisten. „Herr Wächter ist dein Vater, Viktor. Er ist hier, um dich kennenzulernen."

EINE UNGLAUBLICHE GESCHICHTE

Der Junge starrte den Mann eine Weile ungläubig an. So also sieht ein Mann aus, der sich mit einer Prostituierten vergnügte, sie schwängerte und dann die Fliege machte? Eigentlich wirkte Herr Wächter auf den ersten Blick ganz nett, gar nicht, wie er sich einen Freier vorstellte. Dennoch wurde ihm bei dem Gedanken übel.

Marko legte ihm die Hand auf die Stirn. „Alles In Ordnung, mein Junge? Du siehst gerade gar nicht gut aus."

Viktor stieß ihn weg, schwang die Beine aus dem Bett und zog sich in den Rollstuhl. Ohne ein Wort zu sagen, fuhr er aus dem Zimmer und in Richtung Aufzug. Marko warf dem überraschten Vater einen entschuldigenden Blick zu. „Ich werde mit ihm reden", sagte er schnell und wollte dem Jungen folgen.

„Nein", hielt ihn Herr Wächter zurück. „Ich glaube, das muss ich wohl selbst erledigen. Vielen Dank für ihre Hilfe, Herr Bäumler. Aber den Rest müssen wir allein schaffen." Damit stand er auf und folgte seinem Sohn ins Erdgeschoss, wo dieser sich auf den Weg in den Park machte, der nicht weit vom Krankenhaus entfernt lag. Erst an einem kleinen

Teich blieb er schließlich stehen, weil sich der Reifen des Rollstuhls in einer Wurzel verfing. Langsam trat sein Vater auf ihn zu, beugte sich wortlos nach unten und befreite den Rollstuhl, um ihn anschließend zu einer kleinen Bank nur wenige Meter entfernt zu schieben, auf die er sich ihm gegenübersetzte, sodass sie sich ansehen mussten. „Viktor", sagte er leise. „Ich weiß, dass das alles ein bisschen viel für einen Fünfzehnjährigen ist..."

„Ich bin sechzehn", unterbrach ihn der Junge trotzig.

„Entschuldige. Das hatte ich vergessen. Ich kenne nur den voraussichtlichen Entbindungstermin. Das war damals der zwanzigste Juli gewesen. Ich wusste nicht, dass du zu früh geboren wurdest. Genaugenommen wusste ich nicht mal, ob du ein Junge oder ein Mädchen bist. – Ich würde dich gerne kennenlernen und dir auch ein bisschen von mir erzählen, wenn das okay ist."

„Ich weiß, wer Sie sind. Sie sind ein Mann, der für Geld seine sexuellen Vorlieben austobt; der sich mit Huren trifft. Denn genau das war meine Mutter... eine gottverdammte Hure, die Männern einen runterholte und ihren Körper verkaufte. Jahrelang hat sie mir etwas vorgelogen, mir erzählt, sie sei Kellnerin in einer Bar und würde mich lieben. Aber vermutlich wollte sie mich genauso wenig, wie Sie mich wollten. Ich bin der Sohn einer bezahlten Nacht zwischen einer Schlampe und ihrem Freier und..."

„Das reicht!", unterbrach ihn sein Vater streng

und etwas an seiner Stimme ließ den Jungen sofort verstummen. Hatte er ihn gerade noch als den letzten Abschaum betrachtet, flößte er ihm plötzlich etwas wie Respekt ein, wie er dort mit hoch erhobenem Kopf saß und ihn streng anblickte. „Ich kann mir vorstellen, dass das alles für einen Jungen in deinem Alter schwer zu verstehen ist, Viktor. Aber du hast überhaupt keine Ahnung, was damals passiert ist."

„Ach ja? Hab' ich das nicht?", brauste der Junge erneut auf. „Wie soll es denn sonst gewesen sein?"

Florian Wächter wartete einen Moment, damit sich der Junge wieder beruhigen konnte, bevor er schließlich mit ruhiger Stimme, aber in bestimmtem Tonfall zu sprechen anfing: „Erst einmal habe ich niemals irgendeine Frau dafür bezahlt, mit mir zu schlafen – damals nicht und heute auch nicht. Ich war damals im zarten Alter von zweiundzwanzig für einige Wochen in Bayern gewesen, um ein paar praktische Erfahrungen in der Behandlung von Sportverletzungen bei Pferden zu sammeln. Dort habe ich an meinem ersten Abend deine Mutter in einer Bar kennengelernt. Sie war so schön und freundlich, dass ich mich vermutlich schon an diesem Abend in sie verliebt hatte. Sie machte mir auch ein paar eindeutige Angebote, glaubte, ich hätte Interesse an einem One-Night-Stand, aber das war noch nie meins, auch wenn meine Freunde zu so etwas nicht abgeneigt waren. Sie akzeptierte das und als ich sie fragte, ob wir uns wiedersehen könnten, stimmte sie zu. Von da an traf ich mich regelmäßig nach der Arbeit mit ihr. Wir gingen ins Kino, etwas Essen oder ins Museum und hatten eine wunderschöne Zeit zusammen. Und irgendwann passierte es dann."

„Von Kondomen haben Sie wohl noch nie etwas gehört, oder?", warf Viktor schnippisch ein und sein Vater grinste.

„Oh doch. Das habe ich. Und wir haben auch immer eines benutzt."

„Das sehe ich!"

„Spar' dir bitte deinen Sarkasmus! Du bist erst viel später gezeugt worden. Ich musste irgendwann zurück in den Norden; musste mich um das Gestüt kümmern, auf dem wir lebten. Christine wollte ich damals mitnehmen, aber sie sagte mir, dass sie nicht wegkönne. Den Grund wollte sie mir aber nicht sagen. Doch sie versicherte mir, dass sie mich liebte und dass sie mich wiedersehen wollte und vielleicht würde sie dann mit mir kommen, wenn sie alles geregelt hätte. Wir verbrachten noch einen letzten Abend miteinander. Es war Ende Oktober. Sie kam in die kleine Pension, in der ich wohnte und blieb die ganze Nacht bei mir. Irgendwann in dieser Nacht ist es dann passiert. Christine bat mich, das Kondom wegzulassen. Sie würde ja die Pille nehmen und außerdem hasste sie das Gefühl von Latex. Sie hatte mir versichert, dass sie niemals ohne Kondom mit einem andern Mann geschlafen hätte und da Christine meine erste richtige Freundin gewesen war, stimmte ich schließlich zu. Deshalb kann ich auch genau sagen, wann es passiert ist."

„Ein Schuss, ein Treffer", stellte Viktor genervt fest. Eigentlich interessierte ihn das Liebesleben seines Erzeugers nur wenig. Doch irgendwie hatte er das Gefühl, ihm zuhören zu müssen, auch wenn er sich eine bissige Bemerkung hin und wieder nicht verkneifen konnte.

„Ja, so könnte man es nennen. Ich nenne es Schicksal. Du hast ja keine Ahnung, wie sehr ich mir eine Familie und ein Kind mit Christine gewünscht habe. Ich fuhr am nächsten Tag zurück nach Hause, schwärmte meiner Familie von meiner Freundin vor und telefonierte regelmäßig mit ihr. Von der Schwangerschaft erfuhr ich jedoch erst, als ich sie im Januar besuchen kam, um meine Freundin mit nach Bremen zu nehmen. Ich war überglücklich, als sie mir das Ultraschallbild zeigte und mir sagte, dass du Ende Juli geboren werden solltest. So glücklich, dass ich ihr an Ort und Stelle einen Heiratsantrag machte." Der Mann senkte traurig den Blick und seine Gedanken schweiften zurück zu diesem kalten Januartag vor sechzehn Jahren.

„Und warum haben Sie sie dann doch nicht geheiratet?", fragte Viktor, als der Mann nicht weitersprach.

„Weil sie meinen Antrag nicht angenommen hat", gab der Mann leise zurück und seine Augen glitzerten verdächtig, als er den Kopf hob. „Christine sagte mir, dass sie mich nicht heiraten könne. Sie wollte nicht, dass ich mich für sie schämen müsste. Ich hatte damals keine Ahnung, wovon sie sprach und fragte sie, warum ich mich für sie schämen sollte. Sie wäre eine tolle Frau, liebevoll, wunderschön und mit Sicherheit eine tolle Mutter und Ehefrau. Was sie mir dann erzählte, ließ mir das Blut in den Adern gefrieren. Sie gab zu, dass sie für Geld mit Männern schlief und in einem Bordell arbeitete, sich für irgendwelche Fremden auszog und ihnen jeden Wunsch erfüllte. Mir wurde schlecht bei dem Gedanken, dass ich so getäuscht worden war. Auch wenn sie mir versicherte, dass sie sich wirklich in mich verliebt hatte. Ich ließ sie einfach stehen und rannte davon, musste erst einmal mit mir alleine klarkommen. Am Abend kehrte ich zurück, wollte ihr sagen, dass ich ihr verzeihen könnte, wenn sie umgehend damit aufhörte und dass niemand in Bremen erfahren musste, was sie in Bayern getan hatte." Der Mann stand auf und ging ein paar Schritte auf den See zu.

Während er seinen Blick über die Enten wandern ließ, zog Viktor seine Krücken aus der Halterung am Rollstuhl und stemmte sich hoch. Ein wenig wackelig stand er schließlich hinter seinem Vater und legte ihm die Hand auf die Schulter. „Du hast sie mit einem anderen erwischt, stimmt's?"

Florian nickte. „Ja. Und zwar in unserem Zimmer, das ich in einer Pension angemietet hatte. Sie hatte wohl nicht so schnell mit meiner Rückkehr gerechnet und war so in ihre Arbeit vertieft, dass sie mich gar nicht bemerkte. Und das nur Stunden, nachdem sie mir versichert hatte, dass sie nur mich lieben würde. Ich kam mir damals so verraten, so ausgenutzt vor, dass ich nur meine Tasche geschnappt habe und mit dem nächsten Zug nach Hause fuhr."

„Und ich war Ihnen völlig egal?"

Sein Vater drehte sich zu dem Jungen um. Eben noch zeigte er so etwas wie Zuneigung, was sich an der Berührung und auch dem vertraulichen *Du* gezeigt hatte und nun baute er wieder eine Distanz zwischen ihnen auf, in dem er ihn siezte. „Nein, mein Junge. Du warst mir niemals egal. Ich habe später noch ein paar Mal mit Christine telefoniert, habe sie bekniet, mir das Kind zu überlassen, sobald es geboren wurde. Es hätte bei uns aufwachsen können, weit weg von diesem Milieu. Aber sie wollte davon nichts hören. Sie sagte immer, dass dieses Kind ein Kind der Liebe wäre und dass sie es niemals hergeben würde. Deshalb habe ich ihr angeboten, sie zu unterstützen. Ihr wenigstens Unterhalt für unser Kind zu bezahlen und sie regelmäßig zu besuchen. Aber auch das wollte sie nicht. Irgendwann ging sie nicht mehr ans Telefon und schließlich kamen alle meine Briefe zurück. Christine war untergetaucht, in eine andere Stadt gezogen und ich hatte keine Möglichkeit, sie zu finden. Ich wusste nicht, ob und wann du geboren wurdest, ob ihr gesund und glücklich seid oder ob ihr tot wart. All die Jahre habe ich mit der Hoffnung gelebt, sie und dich irgendwann einmal wiederzutreffen. Ich war erstaunt, als ich vor ein paar Tagen erfuhr, dass Christine meinen Namen in deine Geburtsurkunde eingetragen hatte. Als man mir dann mitteilte, dass sie gestorben sei und du schwer verletzt im Krankenhaus liegst, konnte ich es kaum erwarten, dich kennenzulernen."

„Und jetzt sind Sie vermutlich enttäuscht", gab der Junge kleinlaut zurück.

„Aber wieso denn? Du bist mein Sohn und ich bin froh, dass es dir schon wieder besser geht. Ich werde dich nicht noch einmal verlieren, Viktor. Es gibt noch ein paar Dinge zu klären, aber wenn du entlassen wirst, werde ich dich mitnehmen."

„Wohin?"

„Auf unsere Reitanlage in Hude, das liegt westlich von Bremen. Wir haben Platz genug und du wirst meine Familie mögen. Natürlich wird es eine Umstellung für dich sein – und für uns natürlich auch. Aber wir werden uns schon zusammenraufen. Immerhin sind wir eine Familie. Du kannst dort die Schule fertig machen. Vielleicht gibt es so etwas wie eine Nachprüfung oder du wiederholst die letzte Klasse noch einmal. Vielleicht willst du auch weitermachen und aufs Gymnasium gehen. Soweit ich erfahren habe, bist du eigentlich ein ganz guter Schüler. Aber das klären wir alles, wenn du gesund bist. Jetzt musst du erst einmal wieder auf die Beine kommen." Er half Viktor zurück in seinen Rollstuhl und schob diesen dann langsam zurück zum Krankenhaus. Auf dem Flur trat ihnen Marko entgegen, der auf die beiden gewartet hatte.

„Alles geklärt?", fragte er freundlich.

„Zu mindestens die Grundlagen", gab Florian Wächter zu. „Alles andere werden wir in den nächsten Tagen besprechen. Aber es war wichtig, dass Viktor erfährt, dass er niemals unerwünscht oder ungeliebt war. Ich denke, dass du das erst einmal verdauen musst. Wenn du magst, lasse ich dich jetzt allein und komme dich morgen Vormittag wieder besuchen."

Viktor nickte. Doch als sein Vater sich zur Tür wandte, rief er ihn zurück: „Warte!" Der Mann drehte sich erwartungsvoll um. „Wie soll ich dich nennen?"

Lächelnd kam der Mann wieder zurück, froh darüber, dass sein Sohn sich immerhin dazu entschlossen zu haben schien, ihn zu duzen. „Das liegt ganz bei dir. Wenn du möchtest, kannst du mich gerne Vater oder Papa nennen, denn das bin ich ja schließlich. Andererseits musst du das aber nicht, wenn es dir im Moment unangenehm ist. Dann kannst du mich auch gerne bei meinem Vornamen nennen. Ich heiße Florian."

„Ich... ich glaube, Florian wäre für den Anfang in Ordnung", sagte der Junge und sein Vater nickte verstehend, bevor er sich erneut zur Tür wandte.

Marko wartete, bis er das Zimmer verlassen hatte. „Ist schwer, einen wildfremden Menschen Papa zu nennen, oder?"

Viktor nickte. „Wer sagt eigentlich, dass er mein

richtiger Vater ist? Ich meine, meine Mutter war eine Hu… eine Prostituierte. Sie hat mit hunderten von Männern geschlafen und bestimmt kommen außer ihm noch viele andere in Frage."

„Da mache ich mir eigentlich keine Sorgen drüber. Herr Wächter hat mir alte Fotos von sich und deiner Mutter gezeigt und darauf sieht er dir verdammt ähnlich. Auch jetzt ist die Ähnlichkeit noch recht deutlich zu sehen, wenn man genau hinsieht. Aber wenn du eine hundertprozentige Sicherheit haben willst, müsste man einen Gentest machen. Ich bin mir sicher, dass er zustimmen würde. Aber alles deutet daraufhin, dass nur er in Frage kommt. Deine Mutter war in der Szene bekannt dafür, niemals ohne Kondom zu arbeiten. Sie passte sehr genau auf. Außerdem hat sie deinen Vater auf der Geburtsurkunde eingetragen und dann dein Name."

„Was ist damit?"

„Der vollständige Name deines Vaters lautet Florian Viktor Wächter. Sie hat dich nach deinem Vater benannt."

Viktor dachte noch lange über die Worte des Polizisten und seines Vaters nach, als er wieder allein war und an die Decke starrte. Es sah tatsächlich danach aus, als hätte er einen Vater. Bisher hatte er immer nur eine Mutter gehabt. Wie würde es wohl mit einem Vater sein? Wie lebte er so? Hatte er vielleicht eine Familie oder lebte er noch immer bei seinen Eltern?

All diese Fragen schwirrten ihm im Kopf herum,

als Florian Wächter wie versprochen am folgenden Tag in die Klinik kam. „Ich kann leider nur kurz bleiben, Viktor. Ich habe noch einen Termin beim Jugendamt und in deiner alten Schule. Aber danach komme ich wieder. Soll ich dir irgendetwas aus eurer Wohnung mitbringen? Brauchst du etwas?"

„Nein, Marko hat mir schon ein paar Sachen mitgebracht. Was passiert denn nun mit der Wohnung und unseren Sachen?"

„Ich werde ein paar Leute beauftragen, die eure Sachen einpacken und nach Bremen bringen, damit du in Ruhe schauen kannst, was du behalten magst und was nicht. Gibt es etwas von den Möbeln, dass du gerne behalten möchtest?"

„Nein, eigentlich nicht. Ist eh fast alles vom Sperrmüll."

„Gut, dann werde ich dir ein paar Klamotten einpacken und deine Schulsachen und den Rest von der Firma verpacken und verschicken lassen. Die Möbel entsorgen wir und dann kann der Vermieter die Wohnung wieder freigeben. Ich habe übrigens auch einen Grabstein für deine Mutter in Auftrag gegeben. Ich dachte mir, dass dir das gefallen könnte. Sie wurde auf dem Zentralfriedhof beigesetzt. Wenn du möchtest, können wir das Grab besuchen, bevor wir abreisen."

„Das wäre schön. Da ich schon nicht bei der Beerdigung vor einigen Wochen dabei sein konnte. – Ehm, Florian?"

„Ja?"

„Ich weiß nicht, was man dir erzählt hat. Aber bitte denke nicht allzu schlecht von uns, wenn du in die Wohnung gehst. Ich kann mir vorstellen, dass du etwas Besseres gewöhnt bist, aber mehr konnte sich Mutti nicht leisten."

Florian merkte, wie peinlich ihm das war und schloss ihn vorsichtig in die Arme. „Mach dir keine Gedanken, mein Sohn. Es war euer Zuhause und als solches werde ich es sehen. Den Ort, an dem mein Sohn und seine Mutter lebten. Nur das allein zählt. – Und es gibt wirklich nichts, dass ich dir mitbringen kann?"

„Doch. Aber bitte versprich mir, dass du nicht lachst."

„Natürlich nicht. Was soll ich holen?"

„Auf dem Bett liegt ein Stofftier. Meine Mutter hat mir immer gesagt, dass er mich beschützen soll, wenn sie nachts arbeiten war. Ich habe ihn schon, solange ich denken kann. Es ist…"

„…ein Schäferhund mit Namen Rex", vollendete sein Vater nachdenklich den Satz.

Überrascht blickte ihn der Junge an, als er mit einem Lächeln in die Ferne zu blicken schien. „Woher weißt du das?"

„Weil *ich* ihr dieses Kuscheltier geschenkt habe. Deine Mutter hat mir von dieser Fernsehserie erzählt, die sie als Kind immer gesehen hatte. An unserem letzten Abend, bevor wir in die Pension gegangen sind, waren wir auf einem Dorffest. Und dort hing dieser Stoffhund als Preis beim Dosenwerfen. Es hat mich vier Durchgänge gekostet, aber schließlich habe ich ihn gewonnen. Ich habe ihn deiner Mutter geschenkt. Er sollte auf sie aufpassen, bis ich zurückkommen würde und sie hat ihn Rex genannt. Ich hätte nicht gedacht, dass sie ihn behalten hat."

„Rex war immer bei mir, außer in den letzten Wochen."

„Ich werde ihn nachher mitbringen, mein Sohn. Das verspreche ich dir. Aber jetzt muss ich los. Ich komme gegen drei wieder und dann reden wir in Ruhe. In Ordnung?"

Während Viktor in der Klinik zusammen mit einem Therapeuten an seiner Motorik arbeitete, nahm Vater Florian einen Termin beim Jugendamt wahr, um die Formalitäten für seinen Sohn zu erledigen. Anschließend traf er sich mit Herrn Stanke in Viktors alter Schule, holte die Sachen seines Sohnes ab und erhielt alle erforderlichen Unterlagen, Zeugnisse und Notenstände. Nach einem kurzen Mittagessen ging es weiter zur Wohnung der Tomaneks. Es war ein komisches Gefühl, als er den Plattenbau betrat, an dessen Wänden überall Graffitis prangten. Er leerte den Briefkasten, entfernte das Namensschild und klebte den Briefschlitz zu. Einen Nachsendeantrag hatte er bereits beantragt. Anschließend machte er sich auf den Weg in die Wohnung. Überrascht stellte er fest, dass es nur ein Bett gab. Scheinbar hatten die beiden sich eines teilen müssen. Auch sonst gab es nur wenige, klapprige Möbel, von denen keines erhaltenswürdig erschien. Über dem Bett hing ein Foto von Viktor und seiner Mutter, das er zusammen mit einigen Klamotten seines Sohnes und dessen restlichen Schulsachen, die er auf dem klapprigen Campingtisch in der Küche vorfand, in eine Tasche packte. Viktors Schultasche, die er an dem Tag des Unfalls bei sich hatte, war inzwischen bei einem der Täter gefunden und ihm bereits ausgehändigt worden, sodass er die Bücher am nächsten Tag in der Schule abgeben konnte und ansonsten alles für den künftigen Unterricht zusammen haben sollte.

Schließlich sperrte er sorgfältig ab und brachte die Sachen in seinen Kombi, der vor der Tür wartete. Auf dem Rückweg fuhr er bei der Umzugsfirma vorbei, gab den Schlüssel ab und unterschrieb den Vertrag.

ABSCHIED

Als Florian an diesem Nachmittag erneut das Krankenzimmer seines Sohnes betrat, reichte er ihm lächelnd den großen Stoffhund, den Viktor liebevoll in den Arm nahm, bevor er ihn auf sein Bett legte. „Danke."

„Wollen wir wieder in den Park gehen?", fragte Florian und Viktor nickte. Doch als sein Vater ihm den Rollstuhl hinschob, schüttelte der Junge den Kopf. „Ich würde gerne versuchen, ohne das Ding zu gehen."

„Kein Problem. Aber vielleicht sollten wir ihn besser mitnehmen, damit du dich setzen kannst, falls es zu anstrengend ist." Wieder nickte sein Sohn und gemeinsam schlenderten sie zum Park. Erfreut registrierte der Vater, dass Viktor immer besser wurde. Den ganzen Weg zum Park schaffte er ohne Pause, aber dort angekommen war er dann doch froh, sich setzen zu können. Florian stellte den Rollstuhl neben die Bank und setzte sich neben den Jungen. „Also? Was möchtest du gerne wissen? Du kannst mich alles fragen, was du willst."

Viktor dachte einen Moment nach. „Du hast gesagt, dass du auf einer Reitanlage in Hude lebst. Was genau arbeitest du denn dort? Bist du so etwas wie ein Tierpfleger oder so?"

„Auch. Aber nicht ausschließlich."

„Sondern?", fragte der Junge neugierig.

„Also, genaugenommen bin ich der Besitzer des Hofes."

„Du bist... was?"

„Der Hof gehört mir. Ich habe ihn von meinen Eltern übernommen, nachdem die sich zur Ruhe gesetzt haben. Sie leben nicht weit von uns entfernt und helfen hin und wieder aus, wenn wir Leute brauchen."

„Und was für eine Reitanlage ist das? Ich meine, Reiten ist doch nur was für die Superreichen, oder? Stolzieren da tagein, tagaus irgendwelche reichen Tussis über den Hof, die ihre Luxusgäule Gassi führen?"

Florian war der sarkastische Unterton nicht verborgen geblieben, zwang sich jedoch, ruhig zu antworten. Die Welt, in der sein Sohn aufgewachsen war, war eine völlig andere, als seine. Seine Familie war zwar nie reich gewesen, aber ihnen hatte es auch nie an irgendetwas gefehlt. Sie hatten ein anstrengendes, aber auch schönes Leben geführt, während Viktor es oft schon am Nötigsten gefehlt hatte.

„Nein, so ist es nicht. Heutzutage reiten ganz normale Menschen. Menschen, die hart dafür arbeiten und die diese Tiere lieben. Wir geben Reitstunden für Kinder und Jugendliche und trainieren sie, wenn sie auf Turniere gehen möchten. Außerdem geben wir Menschen die Möglichkeit, ihre Pferde artgerecht unterzubringen und zu versorgen. – Ich möchte dich um etwas bitten, Viktor. Wir alle lieben Pferde von ganzem Herzen. Und ich wäre dir sehr dankbar, wenn du die Wörter Gaul oder Klepper nie wieder erwähnen würdest. Kriegen wir das hin?"

Viktor blickte ihn überrascht an. „Entschuldige bitte. Ich wusste nicht... Es tut mir leid - es wird nicht wieder vorkommen."

„Schon gut. Du wusstest es ja nicht. Ich vermute, dass du noch nie etwas mit diesen Tieren zu tun gehabt hast. Das wird sich bald ändern, denn wenn du bei uns lebst, wirst du nicht drum herum kommen."

„Und wer lebt noch auf dem Hof?"

„Meine Familie natürlich und ein alter Pferdepfleger. Er gehört schon fast zum Inventar und ist so etwas wie mein Onkel. Ich kenne ihn schon, seit ich ein kleiner Junge war."

„Aber sagtest du nicht, dass deine Eltern in der Nähe wohnen und nicht auf dem Hof?"

„Tun sie auch. Auf dem Hof wohnen nur ich und meine Frau mit unserer Tochter."

„Du bist verheiratet?" Viktor schien ein wenig geschockt über diese Erkenntnis. Irgendwie war er davon ausgegangen, dass sein Vater allein geblieben war, nachdem er sich von seiner Mutter getrennt hatte. Scheinbar konnte man ihm die Überraschung ansehen, denn sein Vater fragte amüsiert: „Bist du jetzt enttäuscht?"

„Nein, natürlich nicht. Ich dachte nur..."

80

„Du hast geglaubt, dass ich mich nie wieder auf jemanden einlassen würde, nach allem, was passiert war? Da muss ich dich leider enttäuschen. Aber keine Angst. Ich habe deine Mutter nie betrogen. Finja kam erst über ein halbes Jahr nach unserer Trennung als Reitlehrerin auf den Hof meiner Eltern. Sie zeigte zwar schon recht früh Interesse an mir, aber anfangs wollte ich tatsächlich keine neue Beziehung. Doch irgendwann habe ich aufgegeben, Christine und dich doch noch zu finden und habe mich ab und zu mit ihr getroffen. Und schließlich wurde mehr daraus. Ein Jahr später haben wir geheiratet und ein dreiviertel Jahr später wurde unsere Tochter geboren. Sie ist jetzt dreizehn."

„Das bedeutet ja, dass ich eine kleine Schwester habe."

„Eine Halbschwester, genau", bestätigte Florian. „Ihr Name ist Fiona."

„Und was sagt sie dazu, dass sie plötzlich einen Bruder bekommen soll?"

„Fiona weiß bereits seit Jahren, dass ich noch ein Kind und sie einen großen Bruder oder eine große Schwester hat. Aber natürlich wird es eine große Umstellung für sie sein, wenn sie nicht mehr die ungeteilte Aufmerksamkeit ihrer Eltern haben kann. Aber ich bin mir sicher, wenn wir uns anstrengen, können wir allen gerecht werden."

„Und deine Frau ist damit einverstanden?"

„Natürlich ist sie das. Finja wusste von Anfang an, dass ich dich zu mir nehmen wollte. Schon bevor wir geheiratet haben."

„Ich weiß nicht, ob das so eine gute Idee ist, Florian. Ihr lebt seit vierzehn Jahren als Familie zusammen und jetzt soll ich dieses Leben durcheinander bringen? Vielleicht wäre es besser, wenn du mich einfach ins Heim gibst."

„Du glaubst doch nicht im Ernst, dass ich dich gehen lasse, jetzt, wo ich dich endlich gefunden habe? Vergiss es! Außerdem sollst du unser Leben nicht durcheinanderbringen, sondern es bereichern."

Viktor nickte. Hoffentlich irrte sich sein Vater da mal nicht.

Am nächsten Tag kam Florian morgens noch einmal vorbei, um ihn zu besuchen und ihm einen Zettel mit seiner Telefonnummer sowie eine Telefon-karte für das Telefon in seinem Zimmer zu geben. Er musste zurück nach Bremen, um noch ein paar Dinge zu erledigen, würde aber in wenigen Tagen wiederkommen, um Viktor abzuholen.

„Hast du dir eigentlich schon mal überlegt, ob du die Schule weitermachen oder eine Ausbildung anfangen möchtest?", fragte Florian während ihres Spazierganges.

Der Junge blieb stehen und blickte seinen Vater fragend an. „Meinst. du, ich könnte das schaffen?"

„Warum nicht? Herr Stanke hat mir erzählt, dass du ein sehr guter Schüler warst – zu mindestens, bis deine Schwierigkeiten mit dieser Gang anfingen."

„Du weißt von der Gang?", fragte Viktor überrascht.

„Natürlich weiß ich davon. Ich bin dein Vater, Junge. Herr Bäumler hat mir von deinen Problemen mit diesen Jugendlichen erzählt."

„Alles? Auch die Sache mit dem Kino?"

Florian überlegte kurz. „Nein, von einem Kino weiß ich nichts. Gibt es da etwas, das ich wissen sollte?

„Nein, nein. Schon gut", antwortete der Junge schnell, doch Florian war lange genug Vater, um zu wissen, wenn er angelogen wurde.

Er hockte sich vor Viktor auf den Boden und nahm dessen Hände in seine. „Viktor. Du weißt, dass du mir jetzt alles erzählen kannst, oder? Ich bin hier, um dir zu helfen und für dich da zu sein. Wenn es da also etwas gibt, das dich bedrückt, dann sag es mir bitte."

Viktor senkte verlegen der Blick. „Ich kann nicht, Florian. Das ist... privat."

Florian schien ein wenig enttäuscht, dass sein Sohn ihm nicht vertraute, andererseits kannten sie sich aber auch erst seit drei Tagen. Deshalb sagte er: „Ich werde dich nicht dazu zwingen, mein Junge. Aber ich möchte, dass du weißt, dass du jeder Zeit zu mir kommen kannst, wenn du reden möchtest, okay?" Viktor nickte, doch im Moment schämte er sich zu sehr, um seinen Vater ins Vertrauen zu ziehen.

„Um auf die Schule zurückzukommen", nahm Florian den Faden wieder auf. „Herr Stanke ist der

Ansicht, dass du das Gymnasium schaffen kannst. Da du allerdings seit mehreren Monaten in der Klinik bist und die Standards im Gymnasialzweig anders sind, rät er dazu, die Zehnte zu wiederholen. So hättest du ein Jahr Zeit, dich einzugewöhnen und den eventuell fehlenden Stoff aufzuholen. Wäre das für dich akzeptabel oder soll ich mich um eine Nachprüfung für den Realschulabschluss kümmern, falls das möglich ist?"

„Und wenn das nicht möglich ist?", fragte Viktor.

„Dann hättest du allerdings nur einen Hauptschulabschluss oder müsstest die Abschlussklasse noch einmal wiederholen, um den Realabschluss zu bekommen."

Viktor stand auf, ging ein paar Schritte und drehte sich dann zu Florian um. „Wenn das okay wäre... also ich würde es schon gerne versuchen, Abitur zu machen. Bisher war das nie eine Option, weil ich nach der zehnten Klasse Geld verdienen sollte. Aber wenn du glaubst, dass ihr euch das leisten könnt..."

„Natürlich können wir das. Du wirst die gleichen Chancen bekommen, wie Fiona sie bekommt. Mach' dir da mal keine Gedanken. – Also gut. Dann werde ich mich mal nach einem Platz für dich erkundigen."

Eine halbe Stunde später waren sie wieder in Viktors Zimmer und sein Vater verabschiedete sich von ihm. „Und ruf' mich bitte an, wenn etwas ist. Wenn ich gerade nicht rangehen kann, rufe ich auf jeden Fall zurück."

„Danke, Florian, aber das wird nicht nötig sein.

Ich bin bisher ganz gut alleine klargekommen."

„Das weiß ich, mein Junge. Aber jetzt brauchst du das nicht mehr. Du gehörst jetzt zur Familie und wir werden für dich da sein, wenn du es zulässt. In ein paar Tagen bin ich wieder da und dann kannst du hoffentlich endlich hier raus."

Schließlich war es so weit. Der Rollstuhl wurde nicht mehr gebraucht, der rechte Unterschenkel war vollständig verheilt. Auch der linke Oberschenkel tat nun kaum noch weh. Probleme machte hauptsächlich noch das linke Knie, an dem er inzwischen eine Orthese trug. Dadurch konnte Viktor ein paar wenige Schritte ohne Krücken laufen. Damit es jedoch nicht überbelastet wurde, würde er im Regelfall die Geh-Hilfen noch eine Weile benötigen, bis sich herausstellte, ob er noch ein weiteres Mal operiert werden musste. Das würde sich jedoch erst in wenigen Wochen entscheiden.

Schon früh am Morgen fing er an, seine Sachen zusammenzupacken. Es war ein komisches Gefühl, diesen Ort nach so vielen Wochen zu verlassen. Und zusätzlich ließ er alles zurück, was er bisher gekannt hatte: ihre Wohnung, die Stadt, in der er aufgewachsen war, die Schule, in die er die letzten Jahre gegangen war, und vor allem... seine Mutter. Alles, was ihm vertraut gewesen war, musste er zurücklassen. Vor ihm lag vollständiges Neuland. Eine neue Stadt, eine neue Familie und ein neues Zuhause, ja sogar eine neue Schule. Wenn er ehrlich war, hatte er schon ein wenig Angst vor der Zukunft, auch wenn Florian bisher sehr nett gewesen war.

Nachdem seine Sachen alle verstaut waren, setzte sich der Junge ans Fenster und beobachtete das rege Treiben auf der Straße vor dem Krankenhaus, während er auf seinen Vater wartete.

Florian betrat gegen neun Uhr das Zimmer seines Sohnes. Er war bereits am späten Abend eingetroffen und hatte die Nacht in einem Hotel verbracht. Zweimal am Tag wollte er die lange Strecke dann lieber nicht hinter sich bringen müssen. Ein paar Minuten lang blieb der Mann im Türrahmen stehen und beobachtete den Jungen, wie er noch immer gedankenverloren aus dem Fenster starrte. Florian hatte die Hoffnung bereits aufgegeben gehabt, ihn jemals zu finden. Jetzt war er überglücklich. Er liebte seine Frau und seine Tochter sehr, hatte aber immer das Gefühl gehabt, dass irgendetwas in seinem Leben fehlte. Nun hatte er dieses fehlende Puzzle-Stück gefunden, auch wenn ihm natürlich bewusst war, dass die Umstellung sowohl für den Jungen als auch für seine Frau und seine Tochter enorm war, und es vermutlich eine Weile dauern würde, bis sie vier eine richtige Familie sein würden. „Nimmst du Abschied?", fragte Florian schließlich und Viktor wirbelte erschrocken herum.

„Nein, ich habe nur ein wenig nachgedacht. Genaugenommen gibt es hier nichts, das mir etwas bedeutet."

„Außer deiner Mutter", vermutete der Mann.

Viktor nickte. „Natürlich. Aber Mutti hat mich allein gelassen. Sie hat mich jahrelang belogen; hat es vorgezogen, sich mit wildfremden Männern zu vergnügen, anstatt für mich da zu sein, als ich sie wirklich einmal gebraucht hätte. Du hättest sie mal erleben sollen, als ich von der Polizei wegen Diebstahl mitgenommen wurde. Sie wusste ja nicht, dass ich die Sachen nicht gestohlen habe. Jeder andere hätte Hausarrest oder zu mindestens eine Standpauke bekommen, die sich gewaschen hätte. Aber Mutti? Nichts! Kein Wort hat sie gesagt. Sie hat mich einfach nach Hause gebracht und ist dann zur Arbeit gefahren."

Florian lächelte amüsiert. „Ich glaube, du bist vermutlich der erste Teenager, der sich beschwert, weil er keinen Anschiss erhält, wenn er eine Dummheit gemacht hat. Aber du hast natürlich Recht. Christine hätte mit dir reden müssen. Egal, ob du es nun getan hast oder nicht. Ich werde mir Mühe geben, es besser zu machen, falls du Mist bauen solltest. Ich habe da schon ein wenig Übung. Fiona ist gerade in einem Alter, das ich gerne mal mit Pubertäts-Zickerei umschreiben möchte. Sie rebelliert gegen alles und jeden und testet Grenzen aus. Aber das gehört wohl dazu."

„Und dann bekommt sie auch noch einen großen Bruder vor die Nase gesetzt. Ich bin mir nicht sicher, ob das so eine gute Idee ist.", stellte Viktor zweifelnd fest.

„Hey, es ist ganz normal, wenn du Angst vor der

neuen Situation hast. Aber du wirst sehen... in ein paar Wochen werdet ihr ein Herz und eine Seele sein, und Fiona wird stolz sein, endlich einen Bruder zu haben."

Davon war Viktor allerdings bei weitem nicht so überzeugt wie sein Vater, hielt es aber für besser, das lieber nicht laut zu sagen. Er wollte ihn nicht gleich am ersten Tag ihres gemeinsamen Lebens enttäuschen und sagte daher nur: „Wollen wir fahren? Oder lieber hier Wurzeln schlagen?"

„Hast du denn schon gepackt?"

„Klar, alles fertig." Viktor deutete in die Ecke, in der er seine Taschen abgestellt hatte. Rex saß obendrauf, als wenn er auf etwas warten würde.

Florian griff sich die Sachen und hielt dem Jungen die Tür auf. Den Papierkram hatte er bereits erledigt, sodass sie direkt zum Parkplatz gehen konnten, wo Florian vor einem dunkelgrünen Kombi stehenblieb. „Das ist mein Wagen. Warte, ich öffne dir die Tür."

„Nicht nötig, ich kann das auch allein."

Florian zuckte die Schultern und machte sich stattdessen daran, das Gepäck des Jungen in den Kofferraum zu legen.

Wenig später fuhr er auf den Parkplatz des Friedhofs und ging mit Viktor zusammen auf das Gelände. In der Friedhofsgärtnerei besorgte er einen hübschen Blumenstrauß und blickte dann auf einen Plan, der nicht weit neben dem Eingang hing. „Wir müssen ein Stückchen laufen. Schaffst du das?"

„Natürlich", sagte der Junge und zusammen

machten sie sich auf den Weg zu den Urnengräbern, die sich im hinteren Teil des Friedhofs befanden. Hier gab es eine große Wiese, auf der in den Boden eingelassene Platten die Daten der verstorbenen preisgaben. Auf einem der Gräber stand nur ein einfaches Holzkreuz, auf dem der Name seiner Mutter stand: Christine Tomanek.

„Ich besorge mal eine Friedhofsvase und Wasser für unsere Blumen", sagte Florian leise und entfernte sich. Er wollte dem Jungen Zeit geben, sich in Ruhe zu verabschieden.

Viktor hätte sich gerne vor das Grab gekniet, doch durch die Orthese war das nicht möglich. Deshalb stützte er sich einfach auf seine Krücken und betrachtete das Kreuz eine Weile. Er fühlte, wie die Tränen in seinen Augen brannten. Doch es waren nicht einfach Tränen der Trauer, sondern auch Tränen der Wut. Wut darüber, dass sie ihn angelogen hatte. Und die Wut darüber, dass sie ihn im Stich gelassen hatte und einfach gegangen war.

„Warum?", fragte er plötzlich. „Warum musstest du dieses Zeug nehmen? Warum hast du mir nicht gesagt, dass du Probleme hattest? Vielleicht hätten wir eine Lösung finden können. Aber du bist einfach gegangen. Hast mich einfach alleine gelassen."

„Du bist nicht allein, Viktor", sagte Florian in diesem Moment leise. Er war gerade zurückgekommen und hatte seine letzten Worte gehört. „Du wirst nie mehr allein sein, egal was passiert." Viktor blickte ihn zweifelnd an, sagte aber nichts, sondern wandte den Blick wieder dem Kreuz zu.

„Wie weit ist es eigentlich bis Hude?", fragte Viktor einige Zeit später, während sein Vater den Wagen aus der Stadt heraus lenkte.

„Fünf bis sechs Stunden werden wir wohl brauchen.", antwortete der Mann. „Aber wir machen zwischendurch ein, zwei Pausen."

„Wegen mir musst du das nicht", stellte Viktor fest, doch schon etwas über eine Stunde später bereute er diese Aussage. Das ungewohnt lange Sitzen bereitete ihm Schmerzen im Knie, weil er in dem Fußraum des Fahrzeuges nicht genug Platz hatte, um es regelmäßig zu bewegen.

„Schmerzen?", fragte Florian schließlich, nachdem der Junge unruhig hin und her rutschte.

„Nein", log dieser. Er wollte nicht als Weichei dastehen. Dennoch fuhr der Mann an der nächsten Rastanlage von der Autobahn und hielt auf dem Parkplatz an. „Du musst wegen mir nicht anhalten", sagte Viktor sofort.

„Auf die Toilette gehen darf ich aber, oder?" grinste der Mann. „Und einen Kaffee könnte ich auch vertragen. Na komm'!"

Viktor war eigentlich ganz froh über die Pause, denn auch er würde sich gerne erleichtern. Außerdem tat es gut, ein wenig zu laufen. Er konnte dabei sein verkrampftes Bein lockern und die Schmerzen im Knie verebbten wieder.

„Was hältst du von einer Kleinigkeit zu Essen,

Viktor?", fragte Florian, als sie von der Toilette zurück in die Rastanlage kamen. „Magst du Burger?"

„Ich habe noch nie einen gegessen", gab der Junge ein wenig verlegen zu.

Sein Vater konnte seine Überraschung nicht ganz verbergen, doch dann nickte er verstehend. „Dann wird es aber mal Zeit, dass du es probierst. Magst du lieber Fleisch oder Geflügel?"

„Wir hatten nicht oft Fleisch, Geflügel oder Fisch, weil es zu teuer war. Aber ich denke, ich esse alles."

„Na gut. Dann setz' dich einfach mal da drüben hin – da kannst du dein Bein gut ausstrecken. Und ich besorge uns etwas zum Essen." Er marschierte zu dem Schnellrestaurant und kam wenig später mit zwei Burgern, einer Cola und einem Kaffee zurück an den Tisch. Dann hob er ein Messer, das er ebenfalls mitgebracht hatte, teilte die beiden Burger jeweils in der Mitte und reichte dem Jungen je eine Hälfte. „Das ist Hähnchen und das hier Fleisch. Dann kannst du selbst herausfinden, was du lieber magst. Und hier ist was zu trinken für dich." Er schob ihm den Cola-Becher hin, den Viktor mit großen Augen betrachtete.

„Danke", sagte er nur und hob den Becher beinahe ehrfürchtig hoch, um einen Schluck zu trinken. Wieder einmal wurde Florian bewusst, was für ein unterschiedliches Leben sein Sohn doch im Gegensatz zu seiner Tochter bisher geführt hatte. Es würde noch so manche Situation geben, die dem Jungen völlig fremd war und für sie Normalität. Hoffentlich würde es diesbezüglich keine Probleme mit Fiona geben, die als Einzelkind bisher vielleicht ein bisschen zu sehr verwöhnt worden war.

EIN NEUES ZUHAUSE

Nach insgesamt sechseinhalb Stunden Fahrt trafen sie endlich in dem kleinen Touristenörtchen Hude ein. Viktor konnte einige Hotels, Restaurants und Ferienhäuser entdecken, während sie durch das Dorf fuhren. Der Sternenhof lag etwas außerhalb, aber nur wenige Fahrminuten vom Ort entfernt. Viktor ließ seinen Blick über das Willkommens-Schild schweifen, das am Anfang eines länglich angelegten Parkplatzes über der Einfahrt thronte. „Warum *Sternenhof?*", fragte Viktor interessiert.

„Das wirst du gleich sehen, mein Junge", lachte Florian und stellte den Wagen am Ende des Parkplatzes ab, an dem ein Schild mit der Aufschrift *Privat* angebracht war. Direkt dahinter befand sich ein beinahe kreisrunder Platz, von dem mehrere Gebäude sternenförmig in verschiedene Richtungen abgingen. Zwischen den Gebäuden befanden sich Wege und eingezäunte Weiden, auf denen einige Pferde standen. Viktor blickte sich neugierig um. „Na, weißt du jetzt, warum er so heißt?" Der Junge nickte. Von oben musste es tatsächlich ein bisschen wie ein Stern aussehen.

Direkt gegenüber des Parkplatzes stand das Wohnhaus. Es war das einzige zweistöckige

Gebäude, auch wenn die Reithalle vermutlich ebenso hoch war. Dorthin folgte Viktor seinem Vater nun, der inzwischen ihre Taschen ausgeladen hatte. Mit den Krücken konnte der Junge nicht wirklich helfen und nahm ihm deshalb wenigstens den großen Stoffhund ab, den er sich unter den Arm klemmte. Kurz darauf stand Viktor in einem kleinen Raum, in dem es zwei Garderoben gab und mehrere Schuhregale, sowie eine schmale Tür mit der Aufschrift *WC*. Scheinbar wurde sich hier umgezogen, wenn man vom Hof kam oder dorthin wollte, denn der Junge konnte mehrere Paar Stiefel, Hausschuhe und Straßenschuhe in verschiedenen Größen ausmachen.

„Soll ich meine Schuhe ausziehen?", fragte er deshalb seinen Vater.

„Nein, das brauchst du nicht. Ich werde dir die Tage ein paar anständige Hausschuhe besorgen, damit du mit den Krücken nicht wegrutschst. Aber so lange kannst du deine Sandalen anlassen. Es ist ja trocken draußen. Wir möchten nur nicht den ganzen Dreck vom Stall und den Weiden hier hereintragen. Das verstehst du sicher."

„Natürlich."

Florian ging durch eine Glastür in einen weiteren Raum, von dem je eine Treppe nach oben und unten führte. Auf der linken Seite ging es durch einen Bogen in einen weiteren Raum, in dem Viktor eine Couch erkennen konnte. „Das ist unser Wohnzimmer", erklärte er dem Jungen und legte sein Portemonnaie und Schlüsselbund auf ein kleines Schränkchen neben der Tür. „Außerdem haben wir hier unten noch die Küche und mein Arbeitszimmer. Unsere Schlafzimmer befinden sich oben."

In diesem Moment hörten sie ein Geräusch aus dem ersten Stock. Eine Tür wurde geräuschvoll geschlossen und jemand trampelte die Treppe hinunter. Sekunden später tauchten erst die Beine und dann der restliche Körper eines jungen Mädchens auf der Treppe auf. Sie hatte lange, braune Haare, bei denen sie den Pony in zwei Zöpfe geflochten hatte, braune Augen, die die beiden erstaunt musterten und eine kräftige Figur. Dennoch wirkte sie nicht plump oder gar dick, sondern eher sportlich mit muskulösen Oberschenkeln und Armen. Das Mädchen trug sehr kurze Hosen und ein Top, das den Blick auf ihren Bauchnabel freigab. „Hallo, Paps", sagte sie schließlich, als sich ihre Überraschung gelegt hatte, und kam die restlichen Stufen hinunter.

Florian drehte sich zu dem Jungen um. „Darf ich vorstellen? Das ist Fiona. Fiona, das ist Viktor, dein Bruder."

„Halbbruder", verbesserte sie ihn schnippisch und warf Viktor einen merkwürdigen Blick zu, den er nicht zu deuten wusste. „Und bist du nicht ein wenig zu alt für Kuscheltiere?"

Florian warf ihr einen empörten Blick zu, den seine Tochter jedoch absichtlich ignorierte, während Viktor versuchte, die Schamesröte zu verbergen, indem er den Kopf senkte.

„Tut mir leid, aber ich muss los", sagte Fiona dann. Sie stellte sich auf die Zehenspitzen, gab ihrem Vater einen Kuss auf die Wange und wollte in Richtung Haustür.

„Moment, junge Dame", sagte Florian streng und hielt sie am Arm zurück. „Darf ich fragen, wohin du willst?"

„Ins Kino. Mutti hat's erlaubt."

„Aber bestimmt nicht halb nackt. Du kannst es dir aussuchen. Entweder, du ziehst dir etwas Anständiges an, oder du bleibst mit deinem Hintern zu Hause. Habe ich mich klar ausgedrückt?" Das Mädchen drehte sich schnaufend um und stapfte laut fluchend die Treppe wieder nach oben. „Fiona!", rief ihr Florian nach. „Das geht auch etwas leiser." Dann drehte er sich etwas verlegen zu Viktor um. „Entschuldige bitte die kleine Auseinandersetzung. Ich sagte ja bereits, dass Fiona im Moment nicht ganz einfach ist. Ich hätte mir auch einen etwas freundlicheren Empfang für dich gewünscht."

„Das macht doch nichts. Ich nehm's nicht persönlich." Doch genau das tat er. Der ablehnende Blick, den sie ihm zugeworfen hatte, war nicht zu übersehen gewesen. Das konnte ja heiter werden.

Florian stellte die Taschen neben der Treppe ab, um sie später mit nach oben zu nehmen, und führte Viktor anschließend in die Küche. „Möchtest du etwas trinken?" Der Junge nickte. „Cola? Saft? Limo?"

„Leitungswasser reicht. Ich hatte heute schon eine Cola. Danke", antwortete der Junge und nahm wenig später die kühle Erfrischung entgegen.

Während er noch daran nippte, hörten sie ein Poltern, gefolgt von einem Fluchen: „Müssen die mitten im Weg stehen?"

„Musst du immer auf dein Handy glotzen, wenn du durch die Welt gehst?", gab Florian trocken zurück, doch er erhielt keine Antwort, sondern grinste nur wissend.

Sekunden später wurde die Haustür zugeschlagen und eine himmlische Ruhe breitete sich im Haus aus, während die beiden schweigend ihre Getränke genossen. Dann wurde die Tür erneut geöffnet und wieder geschlossen, dieses Mal jedoch bedeutend sanfter. Kurz darauf ertönte ein leiser Ruf: „Flo? Bist du da?"

„Ja, Schatz, wir sind in der Küche", rief er zurück, stand auf und ging seiner Frau entgegen, um sie zu begrüßen. „Sind vor wenigen Minuten angekommen. Wie war der Tag?"

„Anstrengend, wie immer. Wo ist er denn nun?"

„In der Küche. Komm', ich stelle euch vor."

Viktor stand auf, während Florian zurück in die Küche kam. Hinter ihm trat eine Frau Mitte dreißig mit hellblonden, kurzen Haaren und strahlend blauen Augen in die Küche. Sie war etwas kleiner als Florian, wirkte athletisch und bewegte sich sehr geschmeidig. Ihr Blick war offen und neugierig, obwohl sie eine leichte Nervosität nicht verbergen konnte. „Darf ich dir meine Frau Finja vorstellen, Viktor? Schatz, das ist Viktor, mein Sohn." Die letzten beiden Wörter sagte er nicht ohne Stolz, was ihm einen pikierten Blick seiner Frau einbrachte.

Doch dann lächelte sie wieder und reichte dem Jungen die Hand. „Herzlich Willkommen auf dem Sternenhof, Viktor."

„Guten Tag, Frau Wächter. Danke, dass ich herkommen durfte."

„Nenn' mich bitte Finja und sage du zu mir. Du gehörst doch jetzt zur Familie", sagte die Frau freundlich, als sie ihre Überraschung über die förmliche Anrede überwunden hatte.

, Tue ich das?', fragte sich Viktor, denn im Moment fühlte er sich trotz ihres freundlichen Lächelns nicht wirklich als ein Teil der Familie. Aber vielleicht würde das ja noch kommen.

Florian bemerkte die Anspannung der Anwesenden und versuchte, die Lage zu entschärfen: „Möchtest du gerne den Hof anschauen oder soll ich dir lieber dein Zimmer zeigen, damit du dich ein bisschen ausruhen kannst?"

„Mir wäre es ehrlich gesagt ganz lieb, wenn ich mich ein bisschen hinlegen könnte. Mein Knie hat die Autofahrt nicht so gut verkraftet."

„Kein Problem. Komm' mit, ich zeige es dir." Florian ging aus der Küche, nahm die Taschen und lief ihm voran die Treppe hoch. Finja warf einen verstohlenen Blick auf die Krücken und die Orthese des Jungen und beobachtete, wie er langsam die

Treppe hinaufging, was ihm sichtlich Schmerzen verursachte. „Geht's, oder brauchst du Hilfe?"

„Nein, danke. Ich schaff' das schon."

Am Ende der Treppe fand sich Viktor in einem Flur wieder, von dem mehrere Türen abgingen. Florian deutete auf die einzelnen Türen: „Das ist unser Schlafzimmer, Bad, Bügelzimmer und Fionas Reich – und hier wirst du schlafen." Er öffnete einen Raum genau gegenüber der Badezimmertür und ließ Viktor eintreten. Der Raum war viel größer als das Schlafzimmer in ihrer alten Wohnung, das er sich mit seiner Mutter geteilt hatte. In einer Ecke stand eine Kommode mit Schubladen und einem Strauß Kunstblumen darauf. Daneben gab es einen Kleiderschrank mit zwei Türen. In der Mitte der einen Wand gab es ein Französisches Bett mit zwei Nachtschränkchen und in einer weiteren Ecke, direkt neben einer Balkontür stand ein kleiner Sessel mit einem Tischchen. „Wir hatten noch keine Zeit, dir andere Möbel zu besorgen", entschuldigte sich Florian. „Das war bisher unser Gästezimmer. Aber du bekommst demnächst etwas Neues. Wir dachten, du würdest die Möbel gerne selbst mit aussuchen."

„Nein, das ist wirklich nicht notwendig. Das Zimmer ist doch schön und ich habe alles, was ich brauche."

„Schön vielleicht. Aber doch nicht so ganz passend für einen 16-jährigen jungen Mann. Aber jetzt richte dich erst einmal ein, pack' deine Sachen aus und ruhe dich ein wenig aus. Wir reden später darüber. Wenn du etwas brauchst, Finja und ich sind noch etwa zwei Stunden auf dem Hof beschäftigt, dann sind wir wieder im Haus. Kommst du zurecht?"

„Ja, klar. Mach dir keine Gedanken. Ich bin bisher…"

„…auch allein klargekommen, ich weiß", grinste sein Vater. „Das sagtest du bereits. Und ich habe dir gesagt, dass du nun eine Familie hast, also gewöhn' dich besser dran." Damit ging er aus dem Zimmer und schloss leise die Tür hinter sich.

Viktor ließ sich auf die Bettkannte sinken und blickte sich neugierig um. Dann ging er zur Balkontür und öffnete sie, um ein wenig frische Luft hereinzulassen. Vom Balkon aus konnte er in die Seitenfenster der Reithalle blicken, in der gerade mehrere Jugendliche ihre Pferde in der Mitte der Bahn aufstellten. Finja hatte inzwischen ihre Stiefel wieder angezogen und schritt zielstrebig auf die großen Türen der Halle zu. Dann verschwand sie aus seinem Blickfeld und tauchte wenig später zwischen den jungen Reitern in der Halle wieder auf. Der Junge blieb noch einige Minuten stehen und beobachtete, wie diese aufsaßen und dann im Gänsemarsch durch die Halle ritten, während er den Duft von Stroh und Pferd einatmete und überlegte, ob er den Geruch mochte oder nicht.

Dann ging er zurück in das Zimmer, zog seine beiden Taschen zu sich heran und machte sich daran, seine Sachen in den Kleiderschrank und die

Kommode einzuräumen. Der Stoffhund fand seinen neuen Platz auf einem der beiden Kopfkissen. Anschließend packte er auch die anderen Taschen aus, die Florian aus der Wohnung mitgenommen und bereits auf eine Seite des Bettes gestellt hatte. Dabei entdeckte er auch das Foto, das Florian für ihn mitgenommen hatte, und stellte dieses auf einen der beiden Nachttische. Die Taschen packte er alle in die unterste Schublade der Kommode und ließ sich dann auf das Bett fallen, wo er die Orthese abschnallte und eines der Kopfkissen unter sein Bein legte. Anschließend verschränkte er die Arme hinter dem Kopf und starrte gedankenverloren an die Decke. Das war also sein neues Zuhause. Eigentlich ganz schön, auch wenn er sich im Moment noch ein wenig verloren und fehl am Platz vorkam.

Während er über die Familie nachdachte, merkte er gar nicht, wie die Zeit verging und schrak daher überrascht zusammen, als jemand leise an die Tür klopfte. „Ja?"

Die Tür öffnete sich und Florian steckte den Kopf herein. „Hallo, mein Lieber. Ich wollte dich nicht stören, aber das Abendessen ist fertig. Kommst du runter?"

„Ja, sofort." Er setzte sich auf, zog die Schiene zu sich herüber und befestigte sie an seinem Bein.

„Was macht dein Knie?"

„Geht wieder. War wohl nur das lange Sitzen."

„Dann ist ja gut. Morgen bringe ich dich zu deinem neuen Physiotherapeuten. Ist nicht weit von hier, direkt in Hude."

„Muss das sein?"

„Wenn du wieder richtig laufen willst, schon. Vielleicht bekommt der Therapeut dein Knie ja wieder so weit hin, dass du nicht mehr operiert werden musst. Oder ziehst du es vor, noch einmal wochenlang in der Klinik rumzuliegen?"

„Nicht wirklich. Irgendwann wird das ganz schön langweilig."

„Das glaube ich. Für mich wäre das auch nichts. Na komm', lass' uns runter gehen. Fiona ist inzwischen auch wieder da." Florian zeigte ihm noch schnell das Bad, gab ihm frische Handtücher und Waschlappen und bedeutete ihm, wo er diese hinhängen konnte. Anschließend wuschen sie sich die Hände und gingen nacheinander die Treppe hinunter. In der Küchentür blieb Viktor ein wenig unschlüssig stehen. Fiona saß bereits auf der Eckbank, würdigte ihn jedoch keines Blickes. „Fiona, Schatz, würdest du bitte auf die lange Seite der Bank rutschen, dann kann Viktor sein Bein besser ausstrecken", bat Finja gerade.

„Aber das ist mein Platz", widersprach das Mädchen trotzig und blickte den Jungen böse an.

„Das ist schon in Ordnung, Finja", sagte Viktor schnell. „Ich möchte niemandem den Platz wegnehmen." Damit krabbelte er ein wenig umständlich, mit dem linken Bein voran, zwischen Tisch und Eckbank, was Fiona ein Kichern entlockte und ihr daraufhin einen bösen Blick ihrer Eltern einbrachte.

102

Sofort verstummte sie.

Leider saß Viktor nun so, dass sie während des Essens hin und wieder *versehentlich* gegen sein Bein stieß, wie sie behauptete, und außerdem starrte sie so die ganze Zeit auf die beiden Narben, die von der Frontscheibe des Fahrzeuges herrührten. Eine zog sich von der seitlichen Stirn über die Schläfe bis zum Ohr, die andere – etwas kleinere Narbe – ging quer über seine linke Wange. Das Mädchen verzog angewidert das Gesicht, als sie diese zum ersten Mal bemerkte. Nicht nur, dass ihr einfach ein Bruder vor die Nase gesetzt wurde, jetzt sah der auch noch aus wie ein Zombie.

Viktor bemerkte den Blick und senkte schnell den Kopf ein wenig, damit seine Haare zu mindestens die große Narbe verdecken konnten. Beim Essen herrschte eine angespannte Stille. Florian gab sich zwar Mühe, eine Unterhaltung in Gang zu bringen, aber so richtig wollte das nicht glücken. „Hast du deine Hausaufgaben fertig, Fiona?", fragte er schließlich.

„Ja, Paps. Alles fertig. Und bevor du fragst… ja, meine Tasche ist auch schon gepackt."

„Gehe ich morgen auch schon in die Schule, Florian?", fragte Viktor nun.

„Nein, Viktor. Erst nach den Ferien. Es ist ja nur noch eine gute Woche bis zu den Ferien. Und so lange bist du noch krankgeschrieben."

„Warum das denn?", fragte das Mädchen. „Ich musste doch auch mit Krücken in die Schule, als ich mir den Knöchel verstaucht hatte."

„Das ist ja wohl ein kleiner Unterschied, mein Fräulein. Du hattest einen verstauchten Knöchel. Viktor hat sich bei dem Unfall beide Beine mehrfach gebrochen."

„Selbst dran schuld, wenn man Autos klaut und sie dann gegen die Wand fährt", antwortete sie leise, doch laut genug, dass es alle hören konnten.

Viktor stieg die Röte ins Gesicht und er senkte den Blick noch etwas tiefer, während sein Vater entrüstet die Gabel auf den Teller fallen ließ. „Fiona! Das reicht! Geh' bitte in dein Zimmer!"

„Aber ich bin noch gar nicht fertig", fuhr sie ihn an.

„Dann wirst du eben heute hungrig ins Bett gehen. Vielleicht lernst du dann endlich einmal, wie man sich anständig benimmt und seine Familie mit Respekt behandelt."

Fiona stand auf, warf ihre Gabel auf den Teller und stapfte ohne ein weiteres Wort aus der Küche. „Musste das sein?", fragte Finja leise.

„Ja, das musste endlich mal sein. Sie tanzt uns doch schon seit Wochen auf der Nase herum. Irgendwann ist das Maß eben voll. Du weißt, dass ich nie superstreng gewesen bin, vielleicht hätte ich es sein müssen, keine Ahnung. Aber im Moment weiß ich mir wirklich nicht mehr anders zu helfen. Manchmal treibt sie mich zur Weißglut."

„Sie ist eben in der Pubertät", versuchte Finja ihre Tochter zu verteidigen.

„Das erklärt zwar einiges, entschuldigt aber nicht ihr Verhalten."

„Du hast ja Recht. Ich werde nachher mit ihr reden." Damit war das Thema erst einmal erledigt.

Viktor sagte für den Rest des Essens kein Wort mehr, sondern stocherte nur stumm in seinem Essen herum. Der Streit der Familie hatte ihm gründlich den Appetit verhagelt und er war froh, als er einige Zeit später auf sein Zimmer gehen durfte. Er lag bereits umgezogen in seinem Bett, als er aufgeregte Stimmen aus dem Nebenraum hörte.

„Aber es stimmt doch, Mutti."

„Das mag ja sein, ist aber noch lange kein Grund, ihn deshalb anzugreifen."

„Doch, das ist es. Idioten wie er sind schuld an Ginas Zustand. Vergiss das nicht!"

„Natürlich vergesse ich das nicht. Dennoch solltest du deine Gefühle im Zaum halten. Er ist immerhin dein Bruder."

„Nein, das ist er nicht!", widersprach das Mädchen zornig. „Er ist nur der uneheliche Sohn meines Vaters. Ein Bastard."

„Fiona! Jetzt reicht es aber wirklich. Papa hat Recht. Du gehst langsam wirklich zu weit. Vielleicht solltest du mal ein paar Tage zu Hause bleiben und nicht mit deinen Freunden weggehen. Das gibt dir Zeit, mal darüber nachzudenken, wie du dich an seiner Stelle fühlen würdest."

„Jetzt fällst du mir auch noch in den Rücken?" Ihre Stimme klang nun höher und ein wenig zittrig.

„Hat er dich etwa auch schon um den Finger gewickelt."

„Viktor hat überhaupt niemanden *um den Finger gewickelt*, wie du das nennst. Er ist einfach ein einsamer Junge, der gerade seine Mutter verloren hat und bei einem Unfall fast getötet wurde. Er kommt in eine völlig neue Gegend, zu einer neuen Familie und versucht einfach, sich anzupassen. Und genau das sollten wir auch tun."

„Ich habe ihn nicht gebeten, zu kommen."

„Das weiß ich, mein Schatz. Aber er ist nun einmal hier und wir werden das Beste daraus machen. Also gewöhne dich besser dran. Und morgen will ich, dass du dich zusammenreißt und deinem Vater zeigst, dass du ein ganz anständiges Mädchen sein kannst. Der macht sich nämlich wirklich langsam Sorgen um dich."

„Um mich?", fragte das Mädchen ungläubig. „Seit einer Woche spricht er doch nur noch von *seinem Sohn*. Ich bin doch Luft für ihn."

„Du weißt, dass das nicht stimmt. Papa liebt dich über alles, und das wird auch immer so bleiben. Natürlich kümmert er sich im Moment etwas intensiver um Viktor. Aber er hat ja auch eine ganze Menge nachzuholen. Und Viktor hatte nicht so eine behütete, schöne Kindheit, wie du sie erleben durftest. Denk' mal *darüber* nach."

Viktor hörte, wie eine Tür geschlossen wurde, dann war es still. Die Stimmen waren leise gewesen, doch da es im Haus sonst still war, hatte der Junge beinahe jedes Wort verstehen können. Als sich etwa zehn Minuten später die Tür leise öffnete, liefen ihm noch immer die Tränen über das Gesicht.

„Schläfst du schon?", fragte Florian leise. Der Junge reagierte nicht, doch an seinen zitternden Schultern konnte der Mann sehen, dass er weinte. Langsam schloss er die Tür, trat an das Bett und ließ sich auf die Bettkannte sinken. Dann legte er seine Hand auf Viktors Schulter. Als er immer noch nicht reagierte, strich er ihm sanft über das dunkle Haar, das seinem so ähnlich war. „Willst du mir nicht sagen, was dich bedrückt?"

Langsam drehte sich der Junge zu ihm um und wischte sich die Tränen weg. „Warum hast du es ihr gesagt?"

„*Wem* habe ich *was* gesagt?", fragte Florian verwirrt.

„Fiona. Warum hast du ihr erzählt, dass ich den Wagen genommen habe?"

„Das habe ich gar nicht, Viktor. Ich habe ihr nur erzählt, dass du bei einem Autounfall schwer verletzt worden bist. Mehr wusste ich zu diesem Zeitpunkt ja selbst nicht."

„Und woher weiß sie es dann?"

„Das kann ich nur vermuten. Fiona hängt ständig an ihrem Telefon. Ich vermute mal, sie hat einfach das Internet durchforstet und irgendeinen Zeitungsartikel von der Verfolgungsjagd auf der Autobahn gefunden. Oder eine ihrer Freundinnen hat etwas herausgefunden und weitererzählt. Du weißt doch sicher, wie das ist. Da wird etwas falsch interpretiert, irgendetwas weggelassen oder dazu erfunden und schon hat man eine ganz andere Geschichte."

„Meinst du?"

„Ich könnte es mir gut vorstellen. Mach' dir nicht so viele Gedanken. Sie wird sich sicher bald wieder einkriegen. Eigentlich ist Fiona ein ganz nettes Mädchen und ich weigere mich zu denken, dass ihr euch nicht zusammenraufen könnt."

„Sie ist eifersüchtig auf mich", gab Viktor zu bedenken.

„Das ist mir nicht entgangen. Aber es gibt keinerlei Grund dafür. Ich liebe euch beide und ich habe nicht vor, irgendetwas daran zu ändern. – Und jetzt vergiss einfach, was sie gesagt hat und versuche, ein bisschen zu schlafen. Wir sehen uns morgen früh."

ZICKENKRIEG

Als Viktor am nächsten Morgen nach Fiona ins Badezimmer ging, fand er sein Handtuch auf dem Fußboden vor, hob es auf und hängte es wieder an seinen Platz, ohne sich etwas dabei zu denken. Auf dem Weg zurück zu seinem Zimmer bemerkte er ein selbstgemaltes Schild an der Zimmertür seiner Schwester: *Zutritt für Jungen verboten!* Als wenn er scharf darauf wäre, ihr Zimmer zu betreten. Noch immer leicht amüsiert trat er in sein eigenes Zimmer und musste feststellen, dass seine Orthese, die er eben auf sein Bett gelegt hatte, verschwunden war. Er brauchte fast zehn Minuten, bis er sie in der hintersten Ecke auf seinem Kleiderschrank entdeckte und bei dem Versuch, sie von dort herunterzuholen, wäre er beinahe von dem Hocker gestürzt, den er zum Hochklettern verwendet hatte, was gar nicht so einfach war, wenn man sein linkes Bein nicht richtig benutzen kann. Seufzend klopfte er den Staub von der Orthese und schnallte sie an seinem Bein fest, bevor er sich auf den Weg in die Küche machte.

„Entschuldigt bitte die Verspätung, aber ich finde mich noch nicht so ganz zurecht", sagte er leise und bemerkte aus den Augenwinkeln das hämische Grinsen von Fiona, die zu seiner Verwunderung nun doch auf der langen Seite der Eckbank Platz genommen hatte.

„Das macht doch nichts. Wir dachten sowieso, du möchtest vielleicht ausschlafen. Komm', setz' dich doch. Fiona war so freundlich, dir ihren Platz zu überlassen."

„Danke", sagte er leise und Fiona warf ihm ein zuckersüßes Lächeln zu, dem er jedoch nicht wirklich über den Weg traute.

„Hast du gut geschlafen?", fragte Finja nun.

Der Junge nickte. „Ja, danke. Sehr gut." Das stimmte zwar nicht, aber er würde seiner Schwester nicht noch mehr Futter geben, wenn er ihr verriet, dass er wegen ihr kein Auge zugemacht hatte.

Diese erhob sich nun und stellte ihren Teller auf die Spüle. „Sorry, Leute. Muss los. Der Bus kommt gleich." Damit drückte sie ihren Eltern einen Kuss auf die Wange, schnappte sich ihre Schultasche und verschwand aus der Küche.

Wenig später verabschiedete sich auch Finja, weil sie gleich eine Einzelstunde geben musste. Zurück blieben nur Vater und Sohn, beide schweigsam und nachdenklich, während sie aßen.

„War irgendetwas heute Morgen?", fragte Florian schließlich.

„Nein. Was soll denn gewesen sein?"

„Ich weiß nicht, aber ich glaube nicht, dass deine Verspätung damit zusammenhängt, dass du dich verlaufen hast. So groß ist das Haus ja nun auch wieder nicht."

110

„Ich hatte einfach nur Schwierigkeiten mit der Orthese", log der Junge und hoffte, dass sein Vater es dabei bewenden ließ. Er wollte seine Schwester nicht bei ihm anschwärzen – dann wäre er gleich unten durch.

„Na gut. Dann glaube ich dir das mal. Aber du sagst bitte Bescheid, wenn es irgendwelche Probleme gibt." Viktor nickte, stand auf und half seinem Vater, der damit begonnen hatte, den Tisch abzuräumen. „Was hast du eigentlich für eine Schuhgröße?", fragte dieser dabei.

„Zweiundvierzig, wieso?"

„Moment. Ich bin gleich wieder da."

Viktor schaute dem Mann irritiert hinterher, räumte dann die restlichen Sachen in die Spülmaschine und folgte ihm in den großen Flur. Florian kam gerade aus dem Keller und hielt triumphierend ein paar halbhohe Stiefel hoch. „Ich wusste doch, warum ich die aufgehoben habe. Die müssten dir eigentlich passen."

„Wozu?"

„Weil Sandalen ungeeignet sind, um sich über einen Pferdehof zu bewegen, mein Junge. Und richtige Stiefel kannst du aufgrund der Orthese im Moment noch nicht tragen. Aber hiermit solltest du ganz gut zurechtkommen. Probiere sie mal an. Und dann mache ich dich mit dem Hof bekannt." Er ging in die Garderobe und stellte ihm die Stiefeletten neben eine kleine Bank, die dort stand. Dann streifte er seine eigenen Hausschuhe ab, stellte sie ins Regal

111

und schlüpfte in ein paar hohe Reitstiefel, die bis zu den Knien reichten. Erst jetzt bemerkte Viktor, dass er auch ein paar enge Reithosen trug. „Machst du einen Ausritt?", fragte er daher.

„Nein, wieso?" Viktor nickte in Richtung seiner Hosen. „Ach das. Daran wirst du dich bald gewöhnen. Die tragen wir nämlich meistens, wenn wir auf dem Hof arbeiten oder Unterricht geben. Man weiß nie, ob man während einer Stunde nicht selbst mal aufsteigen muss, da ist es besser, wenn man gleich richtig gekleidet ist."

„Ach so", machte der Junge und folgte seinem Vater aus dem Haus. Florian ging mit ihm über das Gelände, erklärte, welche Gebäude für was verwendet wurden, wann Unterricht stattfand und welche Koppeln für welche Tiere waren. Dabei lernte er auch den Mann kennen, der sich zusammen mit ihm und seiner Frau um die Tiere kümmerte. Sein Name war Matthias, aber er wurde von allen nur Matte genannt. Der Mann war bereits Ende fünfzig, aber fit wie ein Turnschuh. Er begrüßte den Jungen freundlich und Viktor hatte das erste Mal das Gefühl, jemanden getroffen zu haben, der sich freute, dass er hierhergekommen war. Auch wenn Finja ebenfalls nett war, spürte er doch die Distanz, die sie hielt. Kein Wunder, immerhin war er der Sohn ihrer Vorgängerin, das war auch nach sechzehn Jahren schwer wegzustecken. Für Matte war Viktor einfach nur der Sohn des Mannes, den er schon seit seiner Geburt kannte und er freute sich für ihn.

„Hattest du schon einmal mit Pferden zu tun?",
fragte er freundlich.

„Nein", antwortete Viktor. „Da, wo ich herkomme, gibt es keine Pferde. Und wenn ich ehrlich bin,
machen mir die Tiere ein wenig Angst."

„Das wird bald vergehen", lachte Florian. „Wenn
du dich erst einmal an sie gewöhnt hast, verschwindet die Angst von ganz allein."

„Ich dachte bisher immer, Pferde und Reiten...
das wäre Mädchenkram", gab Viktor schließlich zu.

Matte fing an zu kichern. „Typische Fehlinforma-
tion von der nicht reitenden Bevölkerung. Tatsache
ist, dass es genauso viele Reiter wie Reiterinnen gibt.
Auch wenn die Jungs damit vielleicht nicht so
prahlen, wie die Mädchen. Aber sie sind genauso
versessen auf die Tiere, wie ihre weiblichen Pen-
dants. Du wirst schon sehen. Dich bekommen wir
auch noch so weit." Das bezweifelte der Junge
allerdings stark, ließ den alten Mann jedoch in dem
Glauben.

Gegen 11:00 Uhr machten sich Viktor und sein
Vater auf den Weg in den kleinen Ort zu seinem
Termin beim Physiotherapeuten. Dort übergab
Florian die medizinischen Unterlagen und ließ
seinen Sohn allein. Er musste noch eine Bestellung
im Futterhandel aufgeben und würde Viktor später
wieder abholen. Dieser war gerade fertig, als Florian
eine Stunde später das Wartezimmer betrat.

„Und bring' morgen deine Badehose und ein Handtuch mit, dann machen wir die Übungen im Wasser", rief ihm der Therapeut noch nach und verschwand dann um die Ecke.

Während sie zurück zum Auto gingen, wirkte der Junge bedrückt. „Ist irgendwas?", fragte Florian deshalb.

Viktor blieb mitten auf dem Weg stehen und blickte seinen Vater ein wenig verlegen an. „Ich habe ein Problem."

„Bestimmt keines, das wir nicht lösen können. Also, was ist los?"

„Ich habe keine Badehose", gab der Junge zu und sein Vater konnte ihm ansehen, wie peinlich ihm das war.

„Sag' ich doch. Keines, was wir nicht lösen können. Wir müssen sowieso noch nach ein paar Hausschuhen schauen, dann können wir auch gleich auf die Suche nach einer neuen Badehose gehen."

Viktor blickte ihn ungläubig an. Als er in der Schule Schwimmunterricht bekommen hatte, hatte seine Mutter das Geld für eine Badehose zwei Wochen lang vom Haushaltsgeld abgespart, damit sie ihm eine kaufen konnte. Und Florian wollte einfach so mir nichts dir nichts eine besorgen. Der Mann schien seine Gedanken zu erraten, blieb erneut stehen und legte ihm die Hände auf die Schultern.

„Du brauchst dir keine Sorgen zu machen. Uns geht es gut. Für mich ist es kein Problem, dir ein paar Klamotten zu kaufen, oder eine richtige Einrichtung

114

für dein Zimmer. Außerdem habe ich jahrelang das Geld, das eigentlich dir als Unterhalt zugestanden hätte, auf ein separates Konto eingezahlt. Ich habe immer gehofft, dass Christine sich irgendwann einmal meldet und wollte es ihr dann geben. Das hat sie aber nie getan und in den letzten sechzehn Jahren ist eine stolze Summe dabei zusammengekommen. Also hör' bitte auf, dir wegen jeder Kleinigkeit, die du vielleicht benötigst, egal ob es sich um Schulsachen, Klamotten oder sonst was handelt, Gedanken zu machen. Es wird uns nicht in den Ruin treiben."

Viktor nickte und eine Stunde später war er der stolze Besitzer eines Paar Hausschuhe und einer Badehose, für die er sich überschwänglich bedankte. Sie kamen gerade rechtzeitig zum Mittagessen nach Hause. Auch Fiona war gerade eingetroffen und setzte sich an den Esstisch, nachdem sie das Essen auf Teller verteilt hatte und jedem einen auf seinen Platz gestellt hatte. Viktor verschluckte sich beinahe, als er den ersten Bissen nahm und griff schnell nach seinem Wasserglas.

„Alles in Ordnung?", fragte Finja sofort.

„Ja, ja", keuchte er nach Luft schnappend. „Ich habe mich nur verschluckt." Tatsache war jedoch, dass das Essen total versalzen war. Umso erstaunter war er, als der Rest der Familie mit großem Appetit seine Teller leerte. Sein Blick fiel auf das offene Salzfass, das direkt neben dem Herd stand, wo Fiona eben das Essen verteilt hatte, und als er seiner

Schwester einen versteckten Blick zuwarf, konnte er das hämische Grinsen auf ihren Zügen deutlich erkennen. Da war ihm klar, was sie getan hatte.

„Hattest du gar keinen Hunger?", fragte Fiona einige Minuten später scheinheilig, als sie die Teller in die Spüle räumte, woraufhin auch die Erwachsenen ihm einen fragenden Blick zuwarfen.

„Nein. Ich… ich glaube, ich habe heute Morgen zu viel gegessen", sagte er etwas lauter als normal, um das Grummeln in seinem Magen zu übertönen.

„Na gut. Falls du später Hunger kriegst, holst du dir einfach was aus der Küche, ja?", schlug Finja vor und der Junge nickte. Aber das würde er mit Sicherheit nicht tun. Diesen Triumpf würde er Fiona nicht gönnen.

Später ging Viktor in den Stall, wo er auf Matte stieß, der gerade dabei war, die Stallgasse zu fegen. Als dieser seinen knurrenden Magen bemerkte, ging er in die Futterkammer und kam kurz darauf mit einem Apfel wieder. Wortlos reichte er ihn dem Jungen, der ihn dankbar annahm und genüsslich hineinbiss. „Ich frage lieber nicht", meinte Matte nur, als er zusah, wie der Apfel in Windeseile verschwunden war.

Viktor bedankte sich noch einmal und ging dann über den Hof. Aus der Reithalle hörte er Florians Stimme und kam neugierig näher, musste jedoch feststellen, dass die innere Tür zur Halle zu hoch war, um einfach darüber hinwegzusehen. Aber an den Seiten befanden sich einige erhöhte Bänke und

116

eine kleine Treppe, die dorthin führte. Also kletterte er nach oben und setzte sich, um ein wenig zuzuschauen. In diesem Moment hörte er ein Geräusch hinter sich und Sekunden später stand Fiona mit einem ziemlich großen Pferd an der Hand im Eingang. „Tür frei!" rief sie und während Viktor noch überlegte, was sie meinte, da er die Tür doch nicht blockierte, kam aus der Halle ein „Ist frei" zurück, woraufhin Fiona die Tür öffnete und ihr Pferd mit sich zog.

,Aha', dachte Viktor. ,Das scheint wohl damit zusammenzuhängen, dass man nicht über die Türen blicken kann und wird wohl nötig sein, damit es keine Unfälle gibt.' Neugierig beobachtete er, wie Fiona in die Mitte der Halle ging, am Sattel herumfummelte und sich schließlich in den Sattel zog.

„Mach' den Dicken erst einmal richtig warm. Ich bin hier gleich fertig", rief ihr ihr Vater zu und Fiona setzte das große Tier in Bewegung, während Florian noch einige Minuten mit den beiden Kindern arbeitete, die auf zwei Haflingern ihre Runden drehten. Jetzt erst widmete Viktor seine Aufmerksamkeit den beiden Kindern und stutzte. Sah er plötzlich doppelt? Nicht nur, dass die Pferde identisch waren, die beiden Jungen waren es auch. Das mussten Zwillinge sein. „Tim? Tom?", sagte Florian nun. „Lasst die beiden noch einige Runden im Schritt gehen, damit sie sich abkühlen können. Und sorgt dafür, dass ihr sie ordentlich versorgt, bevor ihr verschwindet. Ach ja, und richtet eurer

Mutter bitte einen lieben Gruß von mir aus. Wenn ihr das nächste Mal wieder mit identischen Klamotten auftaucht, weigere ich mich, euch zu unterrichten. Habt ihr mich verstanden? Ich habe keine Lust mehr auf eure Spielchen. Eure Mutter mag ja keine Probleme haben, euch auseinander zu halten, ich aber schon."

Die beiden Jungen kicherten vergnügt, verstummten jedoch sofort, als sie den strengen Blick des Reitlehrers bemerkten, den er auch beibehielt, bis die beiden zehn Minuten später die Halle verließen. „Rasselbande", schimpfte er dann nur lachend und wandte sich seiner Tochter zu. „So, Schatz. Jetzt zu dir. Seid ihr warm?"

„Jep."

„Gut, dann zwei Runden leichttraben auf dem Hufschlag, lange Bahn, dann zwei Runden auf dem Zirkel galoppieren, durch die Bahn wechseln, wieder zwei Runden auf dem Zirkel galoppieren und dann noch zwei Runden aussitzen. Ich hole in der Zwischenzeit die Stangen. Halte ein bisschen Abstand zur Tür, damit wir uns nicht ins Gehege kommen."

„Alles klar", antwortete Fiona und Viktor blickte die beiden ungläubig an. Er hatte kein Wort von dem verstanden, was Florian da gerade von sich gegeben hatte. Fiona, die von ihrer erhöhten Position aus auf gleicher Höhe mit ihm war, schien seine Verwirrung zu bemerkten und warf ihm einen gehässigen Blick zu, der eindeutig etwas von falschem Mitleid hatte.

„Ach, hallo Viktor. Du bist ja auch da. Ich habe dich gar nicht bemerkt."

„Ich wollte ein bisschen zusehen, wenn das okay ist."

„Natürlich kannst du das. – Fiona! Was machst du denn? Du galoppierst auf der falschen Hand. Nimm ihn zurück und dann nochmal angaloppieren. – Ja, so ist es gut, weiter so."

In der nächsten Stunde baute Florian verschiedene Stangen und schließlich auch Hindernisse auf, über die Fiona mit ihrem Pferd im Schritt, Trab und Galopp gehen musste. Obwohl Viktor keine Ahnung vom Reiten hatte und auch während der restlichen Stunde kaum etwas von dem verstand, was Florian für Anweisungen gab, musste er doch zugeben, dass er Fiona für eine gute Reiterin hielt. Florian verließ die Halle am Ende der Stunde mit einem stolzen: „Du bist und bleibst eben meine Nummer eins", während Fiona das Pferd trockenritt. Viktor wollte ebenfalls von den Zuschauerbänken klettern, als seine Schwester auf ihn zugeritten kam und er in der Bewegung innehielt.

„Hast du das gehört?", fragte sie mit schwellender Brust.

„Ja, und?"

„*Ich* bin seine Nummer eins und daran wird sich auch nichts ändern. *Du* wirst mir meinen Platz nicht streitig machen, Narbengesicht."

„Wer sagt denn, dass ich das will?", fragte Viktor,

ohne auf die Beleidigung einzugehen und kletterte ohne ein weiteres Wort von der Tribüne, um die Halle zu verlassen. Während er wenig später über die Wege humpelte, versuchte er, herauszufinden, was er seiner Schwester eigentlich getan hatte, dass sie ihn so hasste und sich dermaßen abweisend ihm gegenüber verhielt. Doch er kam einfach nicht dahinter.

Auch in den nächsten Tagen änderte sich nichts an ihrer Haltung. Wenn die Eltern dabei waren, tat sie nett und freundlich und schien ihn beinahe anzuhimmeln, doch hinter ihrem Rücken warf sie ihm gehässige Blicke zu und versuchte, ihm das Leben zur Hölle zu machen. Mal war seine Zahnbürste verschwunden, mal fehlte sein Schlafanzug, dann lag sein Stoffhund plötzlich auf dem Misthaufen oder das Salzfass öffnete sich genau über seinem Teller, während sie es ihm reichen wollte. Wenn er über den Hof lief, stand sie tuschelnd mit irgendwelchen Mädchen in einer Ecke und machte gehässige Andeutungen, woraufhin er auch von den anderen Mädchen gehässig angestarrt wurde – Mädchen, die er überhaupt nicht kannte und mit denen er noch kein einziges Wort gesprochen hatte. Viktor zog sich immer mehr zurück, blieb für sich allein und tauchte nur zu den Mahlzeiten auf. Zur Physio fuhr er inzwischen mit dem Bus, damit Fiona nicht das Gefühl hatte, er würde ihren Vater beschlagnahmen. Den Rest der

Zeit verbrachte er lesend in seinem Zimmer oder leistete Matte Gesellschaft, der sich immer Zeit für ihn nahm und ihn mit Äpfeln versorgte, wenn das Essen mal wieder auf magische Weise ungenießbar geworden war. Der alte Mann hatte immer ein offenes Ohr und ganz nebenbei lernte Viktor auch noch einiges über Pferde, die ihm nach wie vor nicht ganz geheuer waren. Kontakt hatte er noch mit keinem der Tiere, aber es machte ihm Spaß, sie zu beobachten, wenn sie in der Halle gingen oder sich auf den Koppeln austobten.

Am letzten Schultag schien es von Mädchen auf dem Hof nur so zu wimmeln. Viktor hatte die gehässigen Bemerkungen satt und wollte sich zu Matte flüchten, den er in einem der Ställe vermutete. Während er die Stallgasse entlanghumpelte, öffnete sich plötzlich eine der Boxentüren und ein Mädchen mit rotbraunen Haaren, das er noch nie zuvor hier gesehen hatte, trat aus dem Stall. Sie schien ihn nicht bemerkt zu haben, denn sie trat ihm direkt gegen die Krücke, woraufhin er der Länge nach auf den Boden fiel. Natürlich glaubte er, dass sie es mit Absicht getan hatte, so wie die anderen auch, da sie ihm direkt entgegengeblickt hatte, als sie aus dem Stall trat. Wütend fuhr er sie deshalb an: „Kannst du nicht aufpassen, du blöde Kuh?"

Sofort kniete sie sich zu ihm nieder und streckte ihm die Hand entgegen, während sie ein merk-würdiges Klicken ausstieß. „Entschuldige bitte, ich habe dich nicht gesehen."

„Ja, klar", gab Viktor zurück, doch als sie ihm die Hand weiter entgegenstreckte, nahm er sie schließlich und ließ sich hochhelfen. Dabei blickte er ihr direkt in die blau-grünen Augen, die ihn irgendwie faszinierten.

Sie lächelte ihn freundlich an. „Tut mir wirklich leid. Ich wollte dich nicht umrennen. Du bist Viktor, richtig?" Viktor nickte. „Fionas Bruder, oder?", fragte sie weiter.

Etwas irritier antwortete er: „Ehm, ja."

In diesem Moment stürmte Fiona in den Stall. „Da bist du ja. Ich habe dich schon überall gesucht."

„Ich war nur noch kurz bei Sunshine", antwortet das fremde Mädchen. „Und habe dabei Bekanntschaft mit deinem Bruder gemacht."

Fiona verzog das Gesicht, nahm das Mädchen an die Hand und zog sie hinter sich her zum Ausgang. „Komm'! Die anderen warten schon. *Scar* ist kein Umgang für dich."

Bevor Viktor auch nur reagieren konnte, waren die beiden verschwunden und ließen ihn einfach stehen.

DAS FREMDE MÄDCHEN

Da nun keine Schule mehr war, schien der Pferdehof von morgens bis abends von jungen Menschen nur so zu wimmeln. Finja und Florian gaben extra Reitstunden für Gruppen oder auch Einzelreitstunden und waren nur zu den Mahlzeiten anzutreffen. Das kam Fiona nur gelegen. Sie stachelte den halben Hof gegen ihren Bruder auf, erzählte Lügengeschichten über ihn und wenn sie über ihn redeten, nannten sie ihn immer nur gehässig *Scar*.

Die Eltern bekamen aufgrund der Extra-Arbeit nichts davon mit und bemerkten auch nicht, dass der Junge immer stiller und in sich gekehrter wurde. Er sprach kaum und beteiligte sich nicht an Diskussionen. Florian fragte ihn zwar hin und wieder, ob er etwas bräuchte oder es ihm gut ging, aber wirklich Zeit für ihn hatte er in den ersten beiden Ferienwochen nicht. Erst dann wurde es wieder etwas ruhiger und ihm fiel nun auch auf, dass er seinen Sohn kaum noch zu Gesicht bekam.

Dessen einziger Vertrauter blieb in diesen ersten beiden Ferienwochen Matte, dem er gerne Gesellschaft leistete. Aber auch ihm erzählte er nicht, was ihn bedrückte, auch wenn der alte Mann ihn täglich danach fragte. Und noch einen Menschen gab es, der ihm freundlich gegenübertrat, wenn er ihm begegnete: das Mädchen, das ihn am letzten Schultag umgerannt hatte. Bisher hatte er sie noch nie reiten gesehen. Sie trug auch nie Reithosen, sondern immer nur Jeans, besuchte aber regelmäßig das Pferd Sunshine, mit dem sie sich lange unterhielt und es liebkoste. Hin und wieder traf er sie auch an einer der Koppeln. Sie unterhielten sich sogar manchmal für ein paar Minuten. Zu mindestens, bis Fiona auftauchte und das Mädchen mit sich zog.

Am Ende der zweiten Ferienwoche ging Viktor wieder einmal zu seinem Lieblingsplatz am Ende einer Koppel, wo ein alter, umgestürzter Baum wie eine natürliche Bank auf der Erde lag und wo er sich gerne hinsetzte, um nachzudenken. Doch heute war der Platz bereits besetzt. Als er näherkam, hob das Mädchen den Kopf. Wie immer in letzter Zeit trug sie eine Sonnenbrille. Sie lächelte freundlich „Hallo, Viktor."

„Hallo. Wie geht's?"

„Gut, und dir? Wo sind deine Krücken?"

„Die brauche ich nicht mehr. Die Orthese reicht inzwischen."

„Das ist schön. Kannst du dann bald wieder richtig laufen?"

Viktor dachte einen Moment nach. „Ich hoffe es wenigstens."

„Das ist gut", sagte das Mädchen nachdenklich. „Hoffnung ist wichtig. Ohne Hoffnung gibt es auch

124

keine Heilung. Ich habe die Hoffnung schon lange aufgegeben."

„Wieso?", fragte Viktor erstaunt. „Was hast du denn?"

Wie schon so oft davor, tauchte in diesem Moment Fiona an der Koppel auf und kam auf sie zugestürmt. „Lass' Gina endlich in Ruhe!", rief sie erbost und zog das Mädchen auf die Füße. „Macht es dir eigentlich Spaß, sie zu quälen?"

„Ich? Wieso?", fragte Viktor völlig verdattert.

„Er kann doch nichts dafür", kam ihm nun auch das Mädchen zu Hilfe.

„Doch, kann er", widersprach Fiona mit Tränen in den Augen. „Ich wollte es dir eigentlich nicht sagen, Gina. Aber... er ist auch einer von diesen... diesen jugendlichen Autoknackern."

Der entsetzte Gesichtsausdruck von Gina schnitt Viktor wie ein Messer in die Brust. Er starrte die beiden Mädchen an und hatte keine Ahnung, was hier abging. Wütend kam Fiona auf ihn zu. „Du bist schuld, dass sie nie wieder reiten kann. Du und deine Autoknacker-Freunde. Ich hasse dich. Wärst du doch bei dem Unfall gestorben", schrie sie ihn an und versetzte ihm einen solchen Stoß, dass er das Gleichgewicht verlor und nach hinten stürzte. Da er direkt vor dem Baumstamm stand, konnte er sich nicht abfangen, fiel über den Stamm und knallte mit dem Kopf auf einen harten Gegenstand. Dann wurde es schwarz um ihn.

Fiona bekam das schon gar nicht mehr mit, sie

hatte sich direkt wieder umgedreht, hatte Gina an die Hand genommen und war mit ihr in Richtung Stallungen verschwunden. „Was hast du getan?", fragte das Mädchen.

„Nur, was er verdient", schnaubte ihre Freundin. „Halte dich in Zukunft von ihm fern. Er ist nicht gut für dich."

Während Gina wenig später auf ihre Mutter wartete, die sie abholen wollte, trat Florian auf sie zu. „Hallo Gina. Dich habe ich ja schon lange nicht mehr gesehen."

„Hallo, Herr Wächter. Ich bin in letzter Zeit öfter hier. Aber Sie waren wohl nur zu beschäftigt, um mich zu bemerken. Ich besuche hin und wieder Sunshine."

„Er vermisst dich. Es ist schade, dass er so selten geritten wird. Er ist ein großartiges Pferd."

„Das beste der Welt", lächelte das Mädchen. „Herr Wächter? Geht es Viktor gut?"

„Ich denke schon. Wieso fragst du? Ist irgendetwas passiert?"

„Ich bin mir nicht sicher. Wir waren eben an der Koppel zwischen Wohnhaus und Halle. Es kam zum Streit zwischen Fiona und ihm und ich glaube, sie hat ihn angegriffen. Es gab so einen komischen Schlag und ich habe Angst, er könnte sich verletzt haben. Ich habe nicht mitbekommen, dass er zurückgekommen wäre."

„Danke, Gina. Ich werde mich gleich darum

kümmern." Mit diesen Worten wandte er sich ab und ging mit zügigen Schritten auf die besagte Koppel zu. Fünf Minuten später hatte er das hintere Ende erreicht und bemerkte ein Stöhnen. „Viktor!", rief er entsetzt, als er sah, wie der Junge über dem alten Baumstamm hing. Seine Füße hatten sich in einem Ast verfangen, sodass er sich mit dem kaputten Knie nicht selbst befreien konnte und nach wie vor mit dem Rücken zum Baum kopfüber über dem Stamm hing. „Warte, nicht bewegen. Tut dir irgendetwas weh?"

„Nur mein Kopf. Aber ich kriege die Beine nicht frei."

„Moment, das haben wir gleich." Er reichte Viktor die Hände und zog ihn vorsichtig nach oben, sodass er schließlich auf dem Baumstamm zu sitzen kam. Anschließend befreite er seine Beine aus dem Geäst. Viktor atmete erst einmal tief durch. Er hatte ein knallrotes Gesicht, weil ihm das Blut in den Kopf gelaufen war und fühlte sich ein wenig schwummrig. „Tut dir wirklich nichts weh, außer dem Kopf?"

„Nein, geht schon."

„Lass' mich mal sehen." Er schob seine Haare auseinander und betrachtete die Wunde. „Scheint nur eine kleine Platzwunde zu sein. Aber dennoch sollte da ein Arzt draufschauen. – Wie ist das denn passiert?"

„Ich… ich habe irgendwie das Gleichgewicht verloren und bin über den Stamm gestolpert", sagte der Junge schließlich, was ihm einen strengen Blick seines Vaters einbrachte.

„Erinnerst du dich noch, als du dich beschwert hast, dass deine Mutter dir keine Rüge erteilte, nachdem du von der Polizei in Gewahrsam genommen wurdest? Ich habe dir damals versprochen, es besser zu machen und ich denke, jetzt ist es soweit. Also, was soll das? Warum lügst du mich an? Ich muss ein ziemlich schlechter Vater sein im Moment, wenn ich nicht merke, was hier vor sich geht. Es tut mir leid, dass ich so blind war. Aber wenn du nicht endlich den Mund aufmachst, kann ich dir auch nicht helfen." Viktor senkte verlegen den Blick. Er konnte seinem Vater nicht in die Augen sehen, denn dort spiegelte sich der Schmerz wider, den er selber fühlte, seit er hierhergekommen war. „Bitte, Junge", bat Florian und ging vor ihm in die Hocke. „Lass' mich dir doch helfen." Seine letzten Worte klangen beinahe wie ein Flehen und endlich brach der ganze Kummer aus dem Jungen heraus.

Unter Tränen erzählte er Florian von den kleinen Gehässigkeiten seiner Schwester, dem versalzenen Essen und Beschimpfungen, wenn er und Finja nicht hinsahen. „Ständig tuscheln sie über mich und nennen mich *Scar*. Ich traue mich kaum noch, über den Hof zu laufen, ohne von irgendjemandem blöd angemacht zu werden. Der einzige, der mir zuhört ist Matte, auch wenn ich ihm nichts erzählt habe. Aber er ist nett und leistet mir Gesellschaft. Und Gina war bis heute auch in Ordnung. Sie hat nie auf mir rumgehackt, war immer freundlich. Wir haben uns unterhalten, aber jedes Mal kam Fiona und hat sie weggezerrt. – Und heute ist Fiona sogar auf mich losgegangen, hat mich beschimpft und mir vorgeworfen, ich wäre schuld, dass Gina nie mehr reiten könnte. Und dass ich ein Autoknacker wäre. Und dann hat sie mich gestoßen. Gina hat es genau gesehen, aber auch sie ist einfach mit ihr weggegangen."

Florian schloss den Jungen in die Arme und hielt ihn fest. „Nein, mein Sohn. Gina konnte nicht sehen, wie du gestürzt bist."

„Natürlich. Sie hat doch genau in unsere Richtung gesehen."

„Und dennoch hat sie es nur gehört. Sie hat mir davon erzählt, deshalb bin ich hergekommen und habe nach dir gesehen. Viktor... Gina ist blind."

Der Junge riss die Augen auf. „Blind? Aber sie bewegt sich doch völlig normal. Ich habe sie schon öfter bei Sunshine gesehen und wenn wir uns unterhalten haben, hat sie mich angesehen. Sie wusste auch, dass ich meine Krücken heute nicht mehr habe, als ich auf sie zugelaufen bin. Woher soll sie das denn wissen, wenn sie nichts sehen kann?"

„Gina orientiert sich mit menschlicher Echoortung. Und sie hat ein ausgezeichnetes Gehör. Sie kann dich an deinen Schritten erkennen und hat vermutlich gehört, dass das Klackern der Krücken nicht mehr da war, als du gekommen bist."

„Echoortung? Macht sie deshalb immer diese

Klickgeräusche?"

„Ja genau. Gegenstände werfen den Ton zurück. Dadurch weiß sie, wenn sie an ein Hindernis kommt. Außerdem ist sie auf diesem Hof, seit sie laufen kann, und kennt ihn, wie ihre Westentasche. Solange nichts verändert wird, findet sie sich gut zurecht. Sie weiß, wo Sunshines Box ist, auf welcher Koppel er steht und wo die Gebäude sind. Sie ist hier sozusagen aufgewachsen, hat mit Fiona zusammen reiten gelernt und für Wettkämpfe trainiert."

„Sie war nicht immer blind?"

„Nein, erst seit zwei Jahren", antwortete Florian und setzte sich neben ihn auf den Baumstamm. „Aber jetzt begreife ich auch, warum Fiona von Anfang an so abweisend gegen dich war. Ich hätte es mir denken können. Erinnerst du dich, dass du mich gefragt hast, warum ich Fiona von dem gestohlenen Auto erzählt hätte?"

Viktor nickte. „Aber du hast doch gesagt, dass du das nicht getan hast."

„Habe ich auch nicht. Aber vielleicht hätte ich es besser tun sollen. Ich glaube immer noch, dass sie die Informationen aus der Zeitung hatte, in denen vermutlich von dem Autodiebstahl berichtet wurde und dem anschließenden Unfall, ohne die Hintergründe dabei zu kennen oder zu erwähnen. Du musst wissen, dass wir vor gut zwei Jahren hier ein paar Jugendliche hatten, die sich einen Spaß daraus gemacht haben, Autos zu knacken und damit durch die Gegend zu fahren. Fiona und Gina waren damals in der sechsten Klasse und auf dem Weg von der Schule nach Hause, als einer dieser Jungen auf sie zugerast kam. Gina hat Fiona zur Seite gestoßen und ihr damit vermutlich das Leben gerettet, aber sie selbst hat der Wagen voll erwischt. Fiona musste mit ansehen, wie ihre beste Freundin durch die Luft geflogen ist und mit einer schweren Schädelverletzung auf der Straße lag, während sich der junge Fahrer keiner Schuld bewusst war. Die Ärzte konnten Ginas Leben zwar retten, aber die Sehnerven wurden beschädigt. Der auf sie zurasende Wagen war das letzte, was sie jemals gesehen hat. – Verstehst du jetzt Fionas Wut auf dich? Sie glaubt scheinbar, dass du auch so ein rücksichtsloser Rowdy bist, der einfach Spaß daran hatte, ein Auto zu klauen und durch die Gegen zu brettern. Sie weiß nicht, wie es wirklich war."

„Sie hätte mich fragen können."

„Hätte sie, ja. Aber ich denke, sie ist gar nicht auf die Idee gekommen, dass es vielleicht auch einen anderen Grund geben könnte. Und deshalb müssen wir miteinander reden. Hättest du doch früher etwas gesagt, oder hätte Fiona uns ins Vertrauen gezogen, oder wäre ich nicht so blind gewesen, hätten wir die Eskalation heute vielleicht vermeiden können. Es tut mir leid, Viktor. Ich wollte nicht, dass so etwas passiert. Ich glaube, wir haben alle Fehler gemacht. Aber noch ist es nicht zu spät. Wir können noch einmal von vorne anfangen. – Glaubst du, du kannst wieder gehen, damit wir zum Haus können?"

Viktor nickte und stemmte sich hoch. Langsam gingen die beiden zurück zum Haus, während Florian seinem Sohn den Arm um die Schultern legte und Viktor seinen eigenen um dessen Hüfte geschlungen hatte.

FAMILIENRAT

Während sie zurückgingen, griff Florian sein Handy und wartete, bis die Verbindung stand. „Hallo Paul, hier ist Florian. Sag' mal, bist du schon auf dem Weg zum Stall... ach, schon auf dem Parkplatz? Das ist gut... Nein, deinem Pferd geht es gut. Aber könntest du bitte direkt zum Haus kommen? Und bring' deine Tasche mit. Wir gehen gerade ins Haus." Florian legte auf, öffnete die Haustür und brachte Viktor in sein Zimmer, wo sich dieser auf die Bettkante setzte.

In diesem Moment ertönte ein Ruf von unten: „Florian?"

„Ja, hier oben", kam es zurück und Florian ging seinem Freund entgegen. Kurz darauf betrat er mit einem blonden Mann, der im selben Alter zu sein schien, wie der Stallbesitzer, das Zimmer des Jungen. „Viktor, das ist Dr. Hauser. Du hast ihn vielleicht schon mal im Stall gesehen. Ihm gehört der Apfelschimmel." Viktor nickte dem Mann zu. „Paul... kannst du dir bitte mal seinen Kopf ansehen? Viktor hatte einen kleinen Unfall."

Der Mann nickte, stellte seine Tasche auf den Boden und zog sich den kleinen Hocker näher, der in der Nähe stand. „Was genau ist passiert, Viktor?"

„Ich bin über den großen Baumstamm gefallen...
rückwärts... und mit dem Kopf aufgeschlagen."

„Fiona hat ihn gestoßen", sagte Florian, woraufhin der Arzt ihm einen fragenden Blick zuwarf. „Das
ist eine lange Geschichte. Als ich ihn fand, hing er
kopfüber rücklings auf dem Stamm. Seine Beine
hatten sich verfangen, weshalb er nicht mehr
hochkam."

„Warst du irgendwann bewusstlos?", fragte der
Arzt nun, während er anfing, Schultern und Brustkorb des Jungen abzutasten.

„Ja, mir wurde kurz schwarz vor Augen."

„Kannst du sagen, wie lange?" Dr. Hauser holte
eine kleine Lampe aus seiner Tasche und leuchtete
ihm damit in die Augen.

„Kann nicht sehr lang gewesen sein, denn als ich
die Augen aufschlug, konnte ich Fiona und Gina am
Ende der Koppel sehen. Also nicht mehr als eine
Minute, schätze ich."

„In Ordnung. Hast du irgendwelche Beschwerden? Kopfschmerzen, Übelkeit, Erbrechen?" Der
Junge schüttelte den Kopf. „Gut. Dann leg' dich bitte
mal auf den Bauch, damit ich die Wunde ansehen
kann."

Viktor drehte sich um und legte sich auf sein Bett.
Vorsichtig schob der Arzt die Haare, die ein wenig
vom Blut verklebt waren, auseinander. Wieder griff
er in seine Tasche und holte Handschuhe und eine
steril verpackte Klinge hervor, mit der er vorsichtig
die Haare um die Wunde entfernte, nachdem er sich

die Handschuhe angezogen hatte. Anschließend reinigte und desinfizierte er die Wunde. „Ich denke nicht, dass das genäht werden muss. Ich werde dir ein paar Steri-Strips über den Riss machen, damit die Haut wieder zusammenwachsen kann, und einen kleinen Verband, falls es noch mal anfängt zu bluten. In einer Woche ist alles vergessen." Er versorgte die Wunde, deckte sie steril ab und wünschte Viktor eine gute Besserung.

Als er sich erhob und seine Tasche griff, bedeutete er Florian, ihm zu folgen. Im Eingangsbereich blieb er stehen. „Behalte ihn in den nächsten Tagen im Auge, Flo. Sollten irgendwelche Probleme auftreten, wie zum Beispiel Schwindel, Übelkeit, Erbrechen oder starke Kopfschmerzen, die über den Wundschmerz hinausgehen, dann bring ihn bitte in die Klinik. Ansonsten keinen Sport oder körperliche Anstrengung. Er soll sich ein bisschen ausruhen, dann sollte er in zwei bis drei Tagen wieder fit sein, falls keine Beschwerden auftauchen."

„Danke, dass du so schnell gekommen bist, Paul."

„Keine Ursache. Ich war doch eh da", lachte der Mann und machte sich auf den Weg zum Stall, um sich um sein Pferd zu kümmern.

„Gibt es irgendetwas, das ich wissen sollte?", fragte Viktor plötzlich hinter Florian, der noch immer nachdenklich im Eingangsbereich stand und seinen Sohn gar nicht bemerkt hatte.

Florian drehte sich um. „Nein. Alles gut. Du sollst dich nur etwas schonen."

„Ich schone mich seit über drei Monaten", gab der Junge zurück.

Florian lächelte. „Dann kommt es ja auf ein paar Tage mehr oder weniger auch nicht mehr an." Mit diesen Worten schob er Viktor ins Wohnzimmer, drückte ihn auf die Couch und legte ihm eine Wolldecke unter den Kopf. „Möchtest du etwas zu lesen?" Der Junge schüttelte den Kopf. Florian nickte, ging in die Küche und kam kurz darauf mit einem Glas Wasser zurück. „Ich bin im Arbeitszimmer, wenn etwas ist oder du etwas brauchst. okay?"

Wieder nickte Viktor, doch als sein Vater sich entfernte, rief er ihn zurück: „Florian?"

„Ja?"

„Danke", kam es leise von der Couch. Florian schenkte ihm ein Lächeln und ging zu seinem Büro. Sein Sohn fühlte sich plötzlich unendlich müde und als sein Vater eine viertel Stunde später nach ihm sah, schlief er friedlich auf dem Sofa. Sanft strich der Mann ihm über den Kopf, bevor er zurück in sein Arbeitszimmer ging.

Viktor hatte nur eine Stunde geschlafen, dann fühlte er sich schon wieder besser. Ihm war langweilig und deshalb nahm er sich eine Zeitschrift und blätterte ein wenig darin herum, als er hörte, wie jemand das Haus betrat. Kurz darauf steckte Finja den Kopf ins Wohnzimmer. „Viktor? Warum liegst du denn auf der Couch? Geht es dir nicht gut? Wirst du vielleicht krank?"

136

Der Junge schüttelte den Kopf und wollte sich hinsetzten, als hinter ihr eine strenge Stimme befahl: „Du bleibst schön liegen, verstanden?"

Gehorsam ließ sich der Junge wieder auf den Rücken sinken. „Muss das sein? Mir geht es schon wieder gut."

„Paul hat gesagt, du sollst dich ausruhen", widersprach der Mann und wandte sich dann an seine Frau: „Hallo, Schatz. Bist du schon fertig?"

„Ja, die letzte Stunde ist gerade vorbei. Aber ich verstehe gerade nicht, was hier los ist. Warum bist du nicht auf dem Hof und warum liegt Viktor auf der Couch und darf nicht aufstehen? Und warum war Paul hier?" Sie ließ sich auf einen der Sessel fallen und blickte fragend von einem zum anderen.

„Um deine Fragen zu beantworten: Viktor hat eine kleine Kopfplatzwunde. Paul hat die Wunde versorgt und gesagt, er solle sich ausruhen. Und ich bin im Haus geblieben, um ihn im Auge zu behalten, da Paul nicht ausschließen kann, dass irgendwelche Komplikationen auftreten, und Viktor dann in die Klinik müsste."

„Kopfplatzwunde? Klinik? Was ist denn passiert?", fragte Finja, während sie aufstand und Viktors Kopf sanft anhob, um zu sehen, wo der Wundverband saß.

„Das kannst du gleich unsere Tochter fragen", antwortete Florian mit einem strengen Blick auf Fiona, die gerade durch die Tür kam und wie angewurzelt stehen blieb, als sie hörte, wie ihre Eltern über sie sprachen.

„Fiona!", rief die Mutter nun und das Mädchen kam langsam durch den Torbogen. Als sie ihren Bruder auf dem Sofa liegen sah, funkelte sie ihn böse an: „Verräter." Das Wort traf den Jungen wie ein Faustschlag ins Gesicht. Er zuckte unwillkürlich zusammen.

„Du irrst dich, junge Dame. Viktor hat dich nicht verraten. Im Gegenteil, er hat das Ganze als einen harmlosen Unfall deklariert. Gina hat mir erzählt, dass du ihn angegriffen hast."

„Gina?"

„Ja. Sie hat sich Sorgen um ihn gemacht, weil sie nicht wusste, ob er sich vielleicht verletzt hat, als du auf ihn losgegangen bist", klärte Florian sie auf.

Finja blickte ihre Tochter entsetzt an. „Warum hast du das getan, Fiona?"

Das Gesicht des Mädchens verzerrte sich vor Wut. „Weil er es verdient hat und weil ich will, dass er hier verschwindet."

„Fiona!", rief ihre Mutter nun böse. „So etwas will ich nie wieder hören. Viktor hat das gleiche Recht, hier zu sein, wie du. Wir sind eine Familie, ob dir das nun passt oder nicht."

Fiona schnappte nach Luft und wollte schon etwas sagen, doch Florian stoppte sie, bevor sie explodieren konnte. „Jetzt nicht, Fiona. Du hältst jetzt erst einmal den Mund und setzt dich auf deinen Hintern. Ich habe mit euch zu reden." Seine Stimme klang sehr ernst, sodass seine Tochter nicht einmal daran dachte, zu widersprechen.

Von der Couch kam eine leise Stimme: „Darf ich nach oben gehen?"

Florian drehte sich zu Viktor um. „Nein, Viktor. Ich möchte, dass du auch bleibst. Auch wenn das für dich vielleicht nicht ganz einfach ist. Aber wie Finja schon sagte: wir sind eine Familie, wenn auch nur auf dem Papier. Und es wird Zeit, dass wir es auch in unseren Herzen werden. Und dazu müssen wir einander verstehen lernen. Deshalb ist es wichtig, dass wir dieses Gespräch gemeinsam führen."

Viktor nickte, setzte sich nun doch auf, weil er sich liegend zu verletzlich fühlte, und zog die Beine an den Körper. Ganz ähnlich hatte sich Fiona auf einem der Sessel niedergelassen, was der Vater mit einem Lächeln registrierte. „Schatz, setzt du dich bitte auch?", bat er und Finja ließ sich neben Viktor auf der Couch nieder, während Florian sich auf die Kante des Kamins setzte. „Ich weiß, dass ich Fehler gemacht habe. Ich wollte Viktor schützen und habe damit alles nur noch schlimmer gemacht. Hätte ich euch von Anfang an die Wahrheit gesagt, wäre das vielleicht alles nicht passiert."

„Hat er etwa noch schlimmere Sachen gemacht?", fragte Fiona mit hasserfülltem Blick, der ihren Bruder schrumpfen ließ.

„Fiona! Du hast jetzt gerade Sendepause", fuhr Finja sie an.

Florian stand auf, ging auf seine Tochter zu und setzte sich bei ihr auf die Armlehne. „Im Gegenteil, mein Schatz. Viktor hat überhaupt nichts Schlimmes getan, zu mindestens nicht bei vollem Bewusstsein. Aber dafür muss ich vielleicht ein bisschen weiter ausholen. Du musst nämlich wissen, dass dein Bruder in einem völlig anderen Umfeld aufgewachsen ist, als du. Vielleicht ging es dir manchmal auf die Nerven, dass Mutti und ich immer da sind, dich manchmal *kontrollieren*, wie du es so schön nennst, aber du weißt auch, dass du immer zu uns kommen kannst, wenn du Sorgen oder ein Problem hast, richtig?" Fiona nickte. „Und genau das hatte dein Bruder nie. Seine Mutter hat nachts gearbeitet und tagsüber geschlafen. Viktor musste schon früh lernen, ganz allein klar zu kommen, alleine aufzustehen, sich essen zu machen, in die Schule zu gehen und sich um die Hausaufgaben und den Haushalt zu kümmern. Er hatte niemanden, der seine Sorgen mit ihm teilte und wenn er ein Problem hatte, musste er es allein lösen."

„Aber er hatte doch seine Mutter", sagte Fiona, die anfing, ihren Bruder mit anderen Augen zu sehen.

„Christine war krank, Fiona. Sie war nicht in der Lage, ihm zu helfen."

„Was hatte sie denn?", fragte sie nun neugierig.

Florian suchte den Blick seines Sohnes. „Ist es okay, wenn ich wirklich alles sage?" Ein fast unmerkliches Nicken war die Antwort, während der Junge seine Arme noch ein wenig fester um seine Knie schlang. „Also gut. Aber ich möchte dich warnen, Fiona. Das, was hier besprochen wird, wird diesen Raum nicht verlassen, verstanden?" Als sie nickte, fuhr er fort. „Als ich Christine damals kennenlernte, wusste ich nicht, welchen Beruf sie ausübte. Ich bin davon ausgegangen, dass sie in einem Büro oder ähnlichem arbeitete und sie hat auch nie von ihrer Arbeit gesprochen. Erst, als ich ihr einen Antrag machte, erfuhr ich, dass sie im Rotlichtmilieu arbeitete."

Finja war das Entsetzen ins Gesicht geschrieben. Auch sie hatte nie die ganze Wahrheit von ihrem Mann erfahren. Seine Tochter war weniger entsetzt. „Du meinst, sie hat sich für Männer ausgezogen und getanzt?"

„Nein, schlimmer. Sie hat mit ihnen geschlafen. Viktors Mutter hat als Prostituierte gearbeitet und sie steckte damals schon so tief in der Szene, dass sie nicht mehr von dort wegkam. Deshalb habe ich auch versucht, sie zu überreden, mir das Kind zu überlassen, das sie von mir erwartete. Ich wollte nicht, dass Viktor in dieser Umgebung aufwachsen muss. Heute weiß ich, dass ihm wenigstens *das* erspart blieb. Viktor hatte bis vor wenigen Monaten keine Ahnung von der Tätigkeit seiner Mutter. Sie hat ihm erzählt, sie wäre Kellnerin in einer Bar. Aber für ihn *da* war sie trotzdem nicht. Sie brachte nicht viel Geld nach Hause, deshalb vermute ich, dass sie einen Zuhälter hatte, der ihr das meiste abgeknöpft hat. Irgendwann wurde sie drogenabhängig. Die Polizei hat sie tot in ihrer Wohnung gefunden, als sie ihr von Viktors Unfall erzählen wollten. Sie hatte eine Überdosis genommen."

Florian machte eine Pause, um seine zitternde Stimme wieder unter Kontrolle zu bringen, bevor er fortfuhr: „Viktor und sie lebten in einer kleinen Sozialwohnung mit Möbeln vom Sperrmüll und mussten sich sogar ein Bett teilen, weil es für mehr nicht reichte. Fiona, ich denke, du weißt, wie es in der Schule sein kann, wenn man nicht die neueste Technik oder die coolsten Klamotten hat. Viktor konnte nicht einfach mal losgehen und sich etwas kaufen, ich weiß nicht, ob er jemals Taschengeld bekommen hat und vermute mal, dass die Kleidung auch gebraucht war. Aber er war dennoch zufrieden mit dem, was er hatte. Daran solltest du dir mal ein Beispiel nehmen."

Zum ersten Mal schien das Mädchen ein wenig verlegen zu sein, als sie begriff, was für ein wunder-volles Leben sie doch hatte, hier auf dem Hof, mit einem eigenen Pferd und Eltern, die sich um sie kümmerten und ihr beinahe jeden Wunsch erfüllt hatten. Florian registrierte mit Genugtuung, dass sie anfing, die Hintergründe zu verstehen.

„Wenn ich die Puzzlestücke zusammenfüge, die ich von Polizei, Schule und Viktor selber erhalten habe, vermute ich mal, dass Viktor immer ein Außenseiter war und verzweifelt irgendwo dazu-gehören wollte. Und so ist er dann an eine Gang geraten, die sich... sagen wir mal *am Rande der Legalität bewegte*. Die Mitglieder waren älter als er, schon fast erwachsen und nutzten ihn für ihre Spielchen aus. Viktor machte mit, weil er dazugehören wollte, aber ich weiß, dass er sich nie richtig wohl dabei gefühlt hat. Aber er hat seinen Kopf hingehalten, als die anderen Elektronik gestohlen haben und wurde dafür von der Polizei mitgenommen. Genauso wollte er heute übrigens auch dich beschützen, Fiona. Erst, als ich ihm gesagt habe, dass ich wüsste, was passiert ist, rückte er mit der Sprache raus. Und das, obwohl du ihn so mies behandelt hast. – Aber zurück zu der Gang. Es muss da noch einen anderen Vorfall gegeben haben, über den Viktor bis heute schweigt. Ich weiß nicht, um was es geht, vermute aber, dass es etwas Schlimmes gewesen sein muss. Die anderen hatten danach wohl Angst, dass er zur Polizei oder zum Schulleiter geht und fingen ihn an der Schule ab, verschleppten ihn in den Wald und flößten ihm mit Gewalt Alkohol ein, bis er das Bewusstsein verlor."

Wieder machte der Vater eine Pause, um seine Worte wirken zu lassen. Seinem Sohn liefen inzwischen Tränen über das Gesicht und Finja strich ihm sanft über den Kopf. Fiona starrte ihren Vater nur sprachlos an und wartete, dass er weitersprach, was er schließlich auch tat: „Während dein Bruder bewusstlos war, hat die Gang einen Laden überfallen und den Besitzer niedergeschossen. Keine Sorge, er hat überlebt", fügte er schnell ein, als er das entsetzte Gesicht seiner Frau und den Aufschrei seiner Tochter registrierte. „Aber das wusste Viktor nicht,

als er neben dem am Boden liegenden Mann auf-
wachte. Er dachte, er wäre tot und Viktor hielt die
Waffe in der Hand. Ich weiß ja nicht, wie es euch
ginge, aber ich denke, mich hätte in diesem Moment
auch die Panik ergriffen. Zumal die Polizei bereits
im Anmarsch war. Durch den Alkohol war er nicht
in der Lage, einen vernünftigen Gedanken zu fassen
und wollte einfach nur noch weg. Bis dahin war
noch alles okay, aber in seiner Panik und seinem
Rausch fällte er eine falsche Entscheidung, die ihn
fast das Leben gekostet hätte. Ja, er ist in dieses Auto
eingestiegen und ja, er ist auch damit weggefahren.
Aber er hat es nicht, wie die Jungs vor ein paar
Jahren, aus Spaß am Verbotenen gemacht, sondern
weil er einfach nicht mehr wusste, was er tat und er
nur wegwollte. Er glaubte ja, man würde ihn sonst
wegen eines Mordes verhaften, was vermutlich auch
erst einmal geschehen wäre. Aber er wollte niemanden verletzen und ist deshalb ausgewichen, als er
merkte, dass er auf die Polizisten zugerast ist."

„Warum hast du nicht einfach gebremst?", richtete Fiona nun das erste Mal direkt eine Frage an
ihren Bruder.

„Ich habe die Pedale verwechselt", gab der Junge
ein wenig kleinlaut zu. „Ich habe auf das Pedal
getreten und der Wagen wurde immer schneller. Ich
wusste mir nicht anders zu helfen, als dahin zu
lenken, wo keine Menschen waren. Ich wollte nie
jemanden verletzen, bitte glaub' mir das, Fiona."

Finja nahm Viktor in den Arm und drückte ihn an

sich. Ihre Tochter senkte den Blick. „Ich wusste das alles nicht. Paps hat von dem Unfall erzählt und ich war neugierig. Deshalb habe ich im Internet recherchiert und diesen Artikel gefunden, wo sie geschrieben haben, dass du einen Wagen gestohlen und durch die Stadt und auf die Autobahn gefahren bist und schließlich die Kontrolle verloren hättest und von der Fahrbahn abgekommen wärst."

„Da siehst du mal wieder, dass man dem Internet nicht trauen darf, mein Schatz. Das sage ich immer wieder. Viktor ist nicht abgekommen, sondern hat den Wagen absichtlich von der Fahrbahn gelenkt, um Menschenleben zu schützen. Sie haben sich vermutlich nicht mal die Mühe gemacht, richtig zu recherchieren, sondern waren nur scharf auf die Story. Die Hintergründe kamen erst mehrere Wochen später raus, als Viktor sich wieder an alles erinnern konnte. Tue mir bitte einen Gefallen, Fiona, und glaube nicht alles, was du im Internet findest. Du hättest uns darauf ansprechen sollen, dann hätte ich es dir erklären können. Stattdessen hetzt du den halben Stall gegen ihn auf. Von deinen Gehässigkeiten bezüglich seiner Sachen oder dem Essen will ich gar nicht reden. Du hast ihm nicht mal die Chance gegeben, sich einzuleben und Freunde zu finden – und das ist es, was mich wirklich enttäuscht. Ich dachte eigentlich, wir hätten dich besser erzogen."

Nun kullerten auch ein paar Tränen über das Gesicht des Mädchens. „Es tut mir leid, Papa."

„Sag' das nicht mir, sondern deinem Bruder. Ich bin es nicht, dem du so übel mitgespielt hast."

Zögernd stand das Mädchen auf und ging langsam auf Viktor zu. „Es tut mir leid, was ich getan habe, Viktor. Als ich den Artikel gelesen habe, tauchten plötzlich diese Bilder wieder auf. Jede Nacht haben sie mich heimgesucht. Ich glaube, ich habe mich da in etwas verrannt. Und es hat vermutlich auch nicht geholfen, dass ich das Gefühl hatte, Papa kümmert sich nur noch um dich. Ich habe geglaubt, er liebt dich mehr als mich." Sie reichte ihm die Hand, die Viktor ergriff und ihr ein leichtes Lächeln schenkte.

Florian kam auf das Mädchen zu und schloss sie in die Arme. „Wie kommst du denn auf diese blödsinnige Idee? Viktor ist genauso mein Kind wie du. Warum sollte ich dich plötzlich weniger lieb haben als bisher? Natürlich habe ich mich um ihn gekümmert. Er war schwer verletzt, hatte gerade seine Mutter verloren und war völlig allein. Aber das gleiche hätte ich doch auch für dich getan, Fiona."

„Ich glaube, das habe ich jetzt auch begriffen", gab das Mädchen zu.

„Das ist schön", meldete sich nun auch Finja zu Wort, „denn du wirst morgen mit deinen Freundinnen reden müssen und ihnen klar machen, dass das alles ein Missverständnis war und Viktor nichts getan hat, wofür man ihn beschimpfen oder beleidigen muss. Diese Suppe wirst du ganz allein auslöffeln, Fräulein Tochter. Und damit kommst du noch gut weg, glaube mir. Am liebsten würde ich dir für den Rest der Ferien Hausarrest geben."

„Nein, bitte nicht, Finja", bat Viktor und legte der Frau die Hand auf den Arm. „Es ist doch fast nichts passiert. Der Kopf heilt auch wieder."

Finja warf einen Blick von einem zum anderen. Als sie bei ihrem Mann anlangte, nickte dieser ihr zu. „Also gut. Wenn du die Sache aus der Welt schaffst, werden wir die Vorkommnisse vergessen und nochmal von vorne anfangen. Aber richte deinen Freundinnen bitte aus, dass ich jeden vom Hof werfe, der weiterhin gegen irgendeinen von uns intrigiert."

„Natürlich, Mutti. Ich werde ihnen gleich eine Nachricht schicken, dass wir uns morgen früh in der Halle treffen. Würdest du mich begleiten, wenn ich mit ihnen rede?"

Finja lächelte nun wieder. „Natürlich. Wenn du es möchtest." Fiona nickte und wirkte beinahe ein wenig erleichtert. Sie wollte schon aufstehen, um nach oben zu gehen, als Florian sie zurückhielt: „Da ist noch eine Sache, die ich gerne ansprechen möchte, Fiona. Ich möchte, dass du dir mal Gedanken darüber machst, wie du dich fühlen würdest, wenn du morgen vom Pferd fällst, dich im Gesicht verletzt und für den Rest deines Lebens mit einer Narbe herumlaufen müsstest. Und wenn dich in der Schule alle deswegen mit mehr oder weniger lustigen Spitznamen bezeichnen würden. Ich bin mir sicher…"

„Ich habe schon verstanden, Paps. Ich weiß auch so, dass das scheiße war. Aber es war ein einfacher Weg, Viktor weh zu tun, und genau das habe ich gewollt. – Es tut mir leid, Viktor. Ich hätte das nicht tun sollen. Und dabei…", sie strich ihm sanft die Haare aus der Stirn, „…ändern die Narben eigentlich nichts daran, dass du verdammt gut aussiehst. Sie machen dein Gesicht eher noch interessanter."

Viktor lief rot an und wusste nicht, wie er darauf reagieren sollte. Finja kam ihm zu Hilfe. „Eigentlich hat sie da gar nicht so unrecht, Viktor. Bisher ist mir das gar nicht so aufgefallen, aber wenn man euch so ansieht, ist die Ähnlichkeit nicht zu verleugnen." Damit stand sie auf und verließ mit Fiona das Wohnzimmer, während sich Florian und Viktor etwas verlegen angrinsten.

KOMPLIKATIONEN

Plötzlich klingelte es an der Tür und Florian stand auf, um nachzusehen, wer das war, während Viktor tief durchatmete und versuchte, die Übelkeit zu verdrängen, die sich seit einigen Minuten in seinem Magen breit machte.

„Hallo, Flo. Ich wollte nur noch mal kurz nach unserem Patienten schauen, bevor ich fahre. Wie geht es Viktor?"

„Ganz gut soweit. Er hat 'ne gute Stunde geschlafen, nachdem du weg warst und ich habe ihn dazu verdonnert, auf der Couch zu bleiben. Da ist er auch immer noch."

„Geschlafen, sagst du? Das gefällt mir nicht. Wo ist er jetzt?"

„Im Wohnzimmer", antwortete Florian verwirrt. „Aber du hast doch gesagt, er solle sich ausruhen."

„Das soll er ja auch. Aber schlafen ist zu mindestens ungewöhnlich in seinem Alter. Es kann ganz harmlos sein, aber ich möchte ihn mir sicherheitshalber nochmal ansehen." Dr. Hauser ging ins Wohnzimmer und selbst Florian bemerkte, dass sein Sohn plötzlich sehr blass aussah.

„Viktor, was ist denn los? Eben ging es dir doch noch gut."

„Mir ist schlecht", presste der Junge hervor. Die beiden Männer konnten sehen, wie er den Brechreiz zurückdrängte. Geistesgegenwärtig schnappte sich Florian eine Schüssel, die mit frischem Obst auf dem Wohnzimmertisch stand, leerte sie auf dem Tisch aus und reichte sie seinem Sohn. Gerade noch rechtzeitig, bevor Viktor das Wohnzimmer verunstalten konnte. Immer wieder musste er würgen.

„Das gefällt mir überhaupt nicht, Flo. Zieh' dir bitte Schuhe an, wir bringen ihn in die Klinik. Die müssen sich das genauer ansehen."

Florian nickte, lief in den Flur und rief nach seiner Frau, um ihr zu sagen, wo sie hinfuhren. Wenig später kehrte er ins Wohnzimmer zurück, während er sein Portemonnaie in die Hosentasche steckte und in der Hand seinen Schlüssel und Viktors Sandalen hielt, die er ihm überstreifte, während sein Freund Viktor einen Zugang legte und ihm etwas gegen die Übelkeit gab.

„Kannst du laufen, Viktor?", fragte der Arzt nun. Der Junge nickte, doch als er sich aufrichtete, fing plötzlich alles an, sich zu drehen. Er konnte nichts mehr erkennen, verlor den Halt und sackte zusammen. Glücklicherweise hatte Paul Hauser mit so etwas gerechnet und fing ihn geistesgegenwärtig auf. „Na? Vielleicht besser doch nicht, mein Junge."

„Ich mach' das", sagte Florian sofort und hob den Jungen auf die Arme, um ihn zum Wagen zu tragen. Finja blickte besorgt auf den Jungen, der inzwischen leichenblass im Gesicht in den Armen seines Vaters

150

hing.

„Mach' dir nicht allzu große Sorgen, Florian. Ich denke, er hat eine Gehirnerschütterung, aber zur Sicherheit müssen wir das abklären." Er schnappte sich seine Tasche und folgte seinem Freund nach draußen. „Wir nehmen meinen Wagen, Florian. Lege ihn bitte auf die Rückbank. Du fährst. Ich möchte Viktor im Auge behalten." Paul Hauser öffnete seinen Kombi und half Florian, den Jungen auf die Rückbank zu betten. Anschließend drückte er seinem Freund die Schlüssel in die Hand, bevor er die Beifahrertür öffnete und den Dachaufsetzer mit der Aufschrift Notarzt im Einsatz einschaltete und auf das Dach des Wagens setzte. Er ließ sich auf die Rückbank gleiten und bettete Viktors Kopf auf seinen Schoß. Dessen Beine stemmte er gegen die Tür, damit diese etwas höher lagen, weil ihm der Kreislauf des Jungen ein wenig Sorgen bereitete. „Wir können", teilte er Florian schließlich mit, der nur auf das Kommando gewartet hatte. „Ach, Florian... ich muss dir nicht extra sagen, dass wir nicht angeschnallt sind. Also fahr' bitte anständig und schalte die Warnblinkanlage ein. Viktor schwebt in keiner akuten Gefahr, also gibt es weder einen Grund zu rasen, noch irgendein Risiko einzugehen."

Florian nickte. „Schon klar. Heute wird es keinen weiteren Unfall in unserer Familie geben."

„Dann ist ja gut", antwortete Paul und kontrollierte Viktors Blutdruck. Der Junge hielt die Augen geschlossen, das Medikament hatte ihn schläfrig gemacht.

Als Florian wenig später an einer roten Ampel anhalten musste, fuhr plötzlich ein Polizeifahrzeug neben sie auf den Standstreifen und bedeutete Paul, das Fenster zu öffnen. „Notfall für die Klinik?", fragte ein Mann im Alter der beiden Männer. Tatsächlich handelte es sich um einen Schulfreund der beiden.

„Ja, Bolle. 16-jähriger Junge mit Verdacht auf SHT."

„Alles klar. Ich melde euch an. Folgt mir!" Damit nahm er sein Funkgerät und als die Ampel auf Grün sprang, hatte er bereits die Freigabe von der Zentrale, schaltete das Blaulicht ein und setzte sich vor den Wagen des Arztes. Nun kamen sie bedeutend schneller voran und als sie die Klinik erreichten, warteten bereits Pauls Kollegen mit einer Trage auf sie.

„Parkst du bitte den Wagen, Flo? Ich gehe so lange mit Viktor und übergebe ihn den Kollegen." Florian nickte und fuhr davon, um die Einfahrt der Notaufnahme wieder freizumachen. Als er wenig später die Notaufnahme betrat, wartete sein Freund bereits auf ihn. „Was ist mit meinem Sohn, Paul?"

„Ich kann es dir nicht sagen, Flo. Er ist bereits auf dem Weg ins CT. Am besten warten wir hier, bis die Kollegen sich melden."

Florian ließ sich auf einen der Stühle sinken. „Warum, Paul? Warum ging es Viktor auf einmal so schlecht? Vorher war doch noch alles in Ordnung."

„Das ist eben das Gefährliche an einem SHT. Deshalb bin ich ja noch mal vorbeigekommen, um nach ihm zu sehen. Und das war auch der Grund, warum ich dir heute Mittag gesagt hatte, du sollst ihn im Auge behalten. Ein SHT zeigt nicht immer sofort irgendwelche Symptome."

„Was genau ist das eigentlich, ein SHT?"

„Entschuldige, Florian. Das ist ein Schädel-Hirn-Trauma, im Volksmund wird das auch Gehirnerschütterung genannt. Klingt schlimmer, als es in den meisten Fällen ist. Allerdings können bei so einem Trauma auch mal Blutungen auftreten. Deshalb musste Viktor in die Klinik, um genau das auszuschließen. Oder auch, um ihn zu behandeln, sollte er wirklich eine Hirnblutung haben, wovon ich jedoch erst einmal nicht ausgehe. Also mach' dir bitte keine allzu großen Sorgen."

Florian senkte den Kopf und stützte ihn in seine Hände. „Ich habe ihn gerade erst wiedergefunden, Paul." Seine Stimme klang verzweifelt.

„Ich weiß, Flo. Aber du wirst ihn nicht verlieren. So schlimm ist es wirklich nicht, glaub' mir."

Sein Freund behielt Recht. Als Viktor eine halbe Stunde später auf ein Zimmer gebracht wurde, trat Pauls Kollege zu den beiden Männern. „Sind Sie der Vater des Jungen?"

„Ja, mein Name ist Wächter. Wie geht es Viktor?"

„Schon wieder etwas besser. Wir konnten seinen Kreislauf stabilisieren und die Übelkeit haben wir auch im Griff. Er ist etwas müde, aber das geht vorbei."

„Und sein Kopf?" sprach Florian die Frage aus, vor dessen Antwort er ein wenig Angst hatte.

„Ihr Sohn hat durch den Sturz ein leichtes Schädel-Hirn-Trauma erlitten. Bei dem Aufprall stößt das Gehirn gegen den Schädel. Aber ich kann Sie beruhigen, Herr Wächter. Wir konnten keinerlei Blutungen feststellen. Was Ihr Sohn jetzt braucht, ist Ruhe. Wir würden ihn gerne ein, zwei Tage zur Beobachtung hierbehalten, um auszuschließen, dass es irgendwelche Komplikationen gibt."

„Ist das denn wahrscheinlich?", fragte Florian.

„Möglich, aber nicht wahrscheinlich. Wir möchten einfach nur sichergehen. Viktor ist in guten Händen. Er ist bereits auf seinem Zimmer. Sie können ihn gerne besuchen, aber bitte nur kurz. Er sollte sich jetzt ausruhen. Morgen Mittag können sie dann gerne wiederkommen." Der Arzt verabschiedete sich von ihnen und ging wieder an seine Arbeit.

Kurz darauf betrat Florian mit seinem Freund das Krankenzimmer seines Sohnes. Paul blieb an der Tür stehen, während Viktors Vater auf den Jungen zuging und ihm die Hand auf die Stirn legte. Sofort öffnete der Junge die Augen und lächelte. „Florian? Du siehst aber nicht gut aus. Was ist los? Bin ich so krank?"

„Nein, mein Junge. Ich habe mir nur Sorgen um dich gemacht. Du hast mir einen ganz schönen Schrecken eingejagt. Wie geht es dir denn jetzt?"

„Ganz gut. Ich habe zu mindestens nicht mehr das

Gefühl, dass ich mich ständig übergeben muss. Es tut mir leid, wenn ich dir Angst gemacht habe. Die Schwester sagte, ich hätte mir wohl eine Gehirnerschütterung zugezogen. Muss ich lange hierbleiben?"

„Nein, mein Großer", beruhigte ihn sein Vater. „Vermutlich kannst du übermorgen wieder nach Hause. Vorausgesetzt, du hältst dich an das, was die Ärzte sagen und ruhst dich aus. Und deshalb lasse ich dich jetzt auch schlafen. Die Schwestern haben unsere Nummer, falls etwas sein sollte. Morgen Mittag dürfen wir dich wieder besuchen. Dann bringe ich dir auch was zum Anziehen mit."

„Danke", sagte Viktor nur, doch als die beiden Männer den Raum verlassen wollten, rief er ihn noch einmal zurück: „Florian?"

„Ja, mein Junge?"

„Sei bitte nicht so streng mit Fiona. Sie hat das bestimmt nicht gewollt."

Nachdenklich betrachtete Florian seinen Sohn. „Warum nimmst du sie eigentlich immer wieder in Schutz, Viktor?"

Der Junge lächelte müde. „Sie ist doch meine kleine Schwester."

Nachdem Paul Hauser Florian zu Hause abgesetzt hatte, ging dieser nachdenklich in Richtung Wohnhaus, wo er bereits von seinen beiden Damen erwartet wurde. Finja sprang sofort auf und lief ihm entgegen, als er den Flur betrat, während Fiona aussah, als wenn ihre Mutter ihr gerade eine Standpauke gehalten hätte, was vermutlich auch der Fall gewesen war. „Flo! Gott sei Dank. Wo ist Viktor?"

„Im Krankenhaus. Er hat ein leichtes Schädel-Hirn-Trauma und muss zur Beobachtung in der Klinik bleiben", gab der Vater Auskunft.

„Ist das was Schlimmes?", kam es leise aus dem Wohnzimmer und Fiona steckte vorsichtig den Kopf durch den Torbogen.

Als Florian auf sie zuging, zuckte sie unwillkürlich zurück. Doch er schloss sie einfach in die Arme und strich ihr über die Haare. „Ja und nein. Keine Angst, ich werde dir jetzt keinen Vortrag halten, ich denke, den hast du schon bekommen", meinte er mit einem Blick auf seine Frau. „Aber ich möchte, dass du etwas verstehst. Was du getan hast, war nicht richtig und auch gemein, aber ich glaube nicht, dass du Viktor wirklich schwer verletzen wolltest. Viktor glaubt das übrigens genauso wenig. Er hat mich sogar gebeten, nicht so streng mit dir zu sein. Aber mit einer Kopfverletzung ist nicht zu spaßen. So etwas kann gefährlich werden. Ich möchte, dass du dir darüber mal Gedanken machst, bevor du vielleicht wieder einmal ohne zu überlegen etwas tust, was du später bereuen könntest. Ich verstehe die Hintergründe inzwischen und von mir aus hättest du ihn anschreien können oder auch mich, aber man muss niemanden körperlich angreifen. Weder seinen Bruder noch irgendjemand anderen."

„Ja, Paps. Ich weiß. Ich wollte wirklich nicht, dass er so schwer verletzt wird. Ich war wütend auf ihn, habe in ihm diese Jungs von damals gesehen. Ich wollte, dass er weggeht, aber ich hätte doch niemals gewollt, dass er…" Tränen liefen dem Mädchen über die Wangen, als ihr dieser Gedanke durch den Kopf schoss.

Tröstend legte er den Arm um sie und gab ihr einen Kuss auf die Wange. „Ich weiß, mein Schatz. Ich kenne dich lange genug, um das zu wissen. Und Viktor wird bald wieder gesund sein, das verspreche ich dir. Wir fangen noch einmal ganz von vorne an – und diesmal geben wir uns alle ein bisschen mehr Mühe, die anderen zu verstehen. Einverstanden? – So, und jetzt lauf' nach oben und wasch' dir das Gesicht, damit wir endlich Abendbrot essen können. Ich habe Hunger."

Fiona hielt Wort. Sie hatte allen Freundinnen außer Gina eine Nachricht geschrieben und sie gebeten, am folgenden Morgen in die Reithalle zu kommen. Erwartungsvoll standen die Mädchen in der Halle und blickten ihr und Finja entgegen. Die Mutter blieb in der Hallentür stehen, während Fiona weiterging und vor ihren Freundinnen stehen blieb. „Danke, dass ihr gekommen seid. Ich muss euch etwas sagen… Ich habe einen Fehler gemacht – einen großen Fehler. Als mein Vater mir erzählte, dass er seinen Sohn gefunden hat und ihn zu uns holen wollte, war ich eifersüchtig. Ich habe geglaubt, der verlorene Sohn würde Paps mehr bedeuten, als seine Tochter und ich konnte mir nicht vorstellen, dass er uns beide lieben könnte. Ich weiß, das war blöd von mir, das habe ich inzwischen begriffen. Ihr wisst, dass ich diesen Artikel in der Zeitung gefunden habe über den Autounfall und da sind mir die Sicherungen völlig durchgebrannt. Ich habe geglaubt, dass er auch einer von den Jungs ist, die Autos zum Spaß knacken und damit durch die Gegend rasen. Das Bild passte so gut in meine Vorstellung, ihn wieder loswerden zu müssen, dass ich mir gar nicht die Mühe gemacht habe, die Wahrheit herauszufinden. Jetzt weiß ich, dass es ganz anders war mit dem Unfall und dass Viktor nicht wirklich etwas dafürkonnte, sondern dass er versucht hat, Menschen zu retten und deshalb so schwer verletzt wurde. Ich habe meinen Bruder völlig falsch eingeschätzt, habe ihm keine Chance gegeben, sich einzuleben oder mich kennenzulernen und *ich* wollte ihn schon gar nicht kennenlernen. Es war blöd von mir, das habe ich jetzt begriffen. Wegen mir liegt Viktor jetzt schon wieder im Krankenhaus, weil ich meine Wut nicht kontrollieren konnte. Ich hoffe, dass er bald wiederkommt und dann möchte ich ihn kennenlernen, so wie er wirklich ist und nicht so, wie ihn irgendein bescheuerter Reporter beschrieben hat. Es tut mir leid, dass ich euch angestachelt habe, ihn mies zu behandeln, euch sogar Lügen über ihn erzählt habe, damit ihr genauso wütend auf ihn werdet, wie ich es war. Aber wir können uns alle zusammen Mühe geben, dass er sich hier einlebt. Wenn ihr mir helfen wollt, wäre ich euch sehr dankbar. Wenn nicht, ist das auch okay, aber dann lasst ihn bitte in Ruhe... keine Schimpfnamen, keine Hänseleien und keine Streiche. Meint ihr, wir können das schaffen?"

Die Mädchen, die ihrer Freundin schweigend zugehört hatten, kamen näher und nahmen Fiona in die Arme. Eigentlich waren sie ganz froh, dass die Angriffe vorbei waren, denn sie hatten das Klima im Reitstall erheblich verschlechtert. Fiona bedankte sich bei ihnen und lud alle zusammen auf ein Eis in die Eisdiele ein – von ihrem Taschengeld versteht sich. Sie war erstaunt, wie befreiend sie sich nun fühlte und auch Finja war ein bisschen stolz auf ihre Tochter.

„Paps?", fragte Fiona vorsichtig nach dem Mittagessen.

„Ja, Schatz? Was ist los?"

„Könnte ich nicht... ich meine, glaubst du, Viktor würde sich freuen, wenn ich mitkäme?"

„Ins Krankenhaus?"

Fiona nickte. „Ich würde ihm gerne sagen, wie leid mir das alles tut. Bitte Paps. Ich werde auch ganz lieb sein und ihn nicht aufregen."

„Also gut. Aber nicht in Reitsachen. Geh' und zieh' dir was Anständiges an und auf dem Rückweg kannst du die Tasche mitbringen, die auf Viktors

Bett steht. Mutti hat ihm ein paar Kleinigkeiten eingepackt."

„Mach' ich", rief das Mädchen und war schon auf der Treppe verschwunden.

„Ist gar nicht so einfach manchmal, die Gedanken von Teenagern zu verstehen, nicht?", lachte Finja und gab ihrem Mann einen zärtlichen Kuss.

„Und jetzt haben wir auch noch gleich zwei davon. Das kann ja noch heiter werden, die nächsten Jahre."

Fiona war derweil in ihr Zimmer gelaufen und hatte sich frisch gemacht. Sie trug nun ein paar Shorts, ein frisches T-Shirt und hatte die Haare offen über die Schultern geworfen. Als sie auf dem Rückweg die Tasche holte, fiel ihr Blick auf den Stoffhund auf Viktors Bett. Kurz entschlossen klemmte sie ihn unter den Arm und rannte die Treppe hinunter. „Ich bin fertig! Von mir aus können wir los, Paps."

„Ich komme."

ANNÄHERUNGSVERSUCH

Zusammen fuhren Vater und Tochter in die Klinik und machten sich auf den Weg zu Viktors Krankenzimmer. Vor der Tür blieb Fiona stehen. „Paps? Darf ich kurz allein mit ihm sprechen?"

„Wenn dir das lieber ist. Ich wollte sowieso mit dem Arzt reden. Dann geh' doch einfach schon mal vor und ich komme in ein paar Minuten nach." Er drückte ihr die Tasche in die Hand und ging in Richtung Stationsarztzimmer.

Fiona straffte die Schultern, atmete einmal tief durch und klopfte an die Tür.

„Herein!", kam es von drinnen und sie öffnete die Tür, um einzutreten. Ein sommersprossiger Junge, den sie aus der Schule kannte, blickte ihr erwartungsvoll entgegen." Willst du zu mir, Fiona? Woher weißt du denn, dass ich die Mandeln herausbekomme?"

„Hallo, Jan", antwortete Fiona überrascht und schenkte dem Jungen ein Lächeln, das diesem eine verlegene Röte ins Gesicht zauberte. Jan war ein Jahr älter als Fiona und kam jetzt in die Zehnte. Was Fiona nicht wusste, war die heimliche Schwärmerei für sie, die er seit einiger Zeit hegte. Nur leider hatte sie seine etwas ungeschickten Annäherungsversuche bisher nicht bemerkt oder absichtlich übersehen.

„Nein, Jan. Ich hatte keine Ahnung, dass du hier bist. Wie geht es dir denn?"

„Ach, schon wieder ganz gut. Morgen werde ich entlassen. Aber warum bist du dann hier?"

Fiona nickte zu seinem Zimmernachbarn. „Ich wollte Viktor besuchen."

Sofort verfinsterte sich die Mine des Schulkameraden. Natürlich wollte sie *den* besuchen. Er war älter und reifer als er selbst und sah auch noch viel besser aus. „Ist er dein Freund?", fragte er tonlos und Fiona konnte deutlich die Enttäuschung hören, die in seiner Stimme mitschwang.

Erstaunt blickte sie ihn an und fragte sich, warum er wohl eifersüchtig sein sollte. Und dann begriff sie plötzlich. Deshalb stand Jan in der Pause immer in der Nähe oder bot sich an, sie zum Bus zu begleiten. Gott, war sie blöd gewesen. Nun war es an ihr, zu erröten und sie wandte verlegen den Blick ab.

Jan verstand das falsch und schwang seine Beine aus dem Bett. „Ich versteh' schon. Dann lasse ich euch besser mal allein."

Fiona brauchte eine Sekunde, um zu reagieren. Doch dann war sie mit wenigen Schritten bei ihm. „Jan, warte. Du kannst ruhig hierbleiben. Viktor ist nicht mein Freund. Er ist mein Bruder."

„Ja, klar", lachte der Junge verächtlich. „Und ich bin Brat Pitt. Seit wann hast du denn einen Bruder?"

„Seit ich geboren wurde. Aber kennen tu ich ihn erst seit ein paar Wochen. Er hat vorher bei seiner

162

Mutter gelebt. – Ist eine komplizierte Geschichte. Vielleicht erzähle ich sie dir mal." In diesem Moment bewegte sich Viktor, der bisher mit geschlossenen Augen im Bett gelegen hatte. Scheinbar war er durch ihre Stimmen geweckt worden. Fiona ließ Jans Arm los, den sie ergriffen hatte, um ihn aufzuhalten und ging zum Bett ihres Bruders. „Viktor?"

Der Junge riss erschrocken die Augen auf und zuckte unwillkürlich zurück. Plötzlich wurde Fiona klar, dass ihr Verhalten der letzten Zeit Spuren hinterlassen hatte. Viktor schien Angst vor ihr zu haben. Um diese Angst abzulegen, würde es wohl mehr brauchen, als ihre Entschuldigung vom Vortag. Sie musste ihn davon überzeugen, dass sie auch ganz nett sein und er ihr vielleicht sogar vertrauen konnte.

Seine Schwester nahm den Stoffhund, den sie zuvor mit der Tasche zusammen neben dem Bett abgelegt hatte, und legte ihn vorsichtig neben den Jungen, der sie noch immer ein wenig misstrauisch anblickte, nicht sicher, ob ihre Entschuldigung vom Vortag ernst gemeint war, oder sie nur die Eltern beruhigen wollte und inzwischen eine neue Intrige gegen ihn sponn. „Ich habe dir jemanden mit- gebracht", sagte Fiona nun. „Ich dachte, du würdest ihn vielleicht gerne bei dir haben. Es... tut mir alles so leid, Viktor."

„Was?", kam es ein wenig irritiert zurück, während Viktor den Stoffhund sanft streichelte und dann auf sein Kopfkissen setzte.

„Alles! Dass ich dich wegen Rex ausgelacht und deine Sachen versteckt habe; das mit dem ungenießbaren Essen und den Intrigen gegen dich im Stall. Und vor allem, dass du jetzt hier liegen musst. Nur wegen mir! Ich wollte dich wirklich nicht verletzen, das musst du mir bitte glauben. Ich weiß, das ist schwer, nach allem, was ich angestellt habe, um dich wieder los zu werden, aber du musst mir bitte glauben, dass ich eigentlich nicht so bin. Ich war einfach nur so verdammt eifersüchtig auf dich. Sechzehn Jahre lang hat Paps nicht aufgegeben; hat gehofft, dich irgendwann wiederzufinden. Jedes Jahr am zwanzigsten Juli haben wir deinen Geburtstag gefeiert. Das war wohl der Tag, an dem du eigentlich geboren werde in solltest. Paps hat immer mit so viel Liebe darüber nachgedacht, wie es dir wohl geht und wie du aussieht. Du warst fast so etwas wie eine Gottheit in unserem Haus. Vermutlich war ich schon immer eifersüchtig auf dich, obwohl ich es viel besser hatte als du. Aber als du dann plötzlich vor mir standest, dachte ich, dass ich jetzt völlig abgeschrieben bin. Inzwischen weiß ich, dass Paps uns beide liebhat und dass wir beide ein Recht auf ihn haben. Er ist genauso dein Vater, wie er meiner ist. Und vielleicht ist es ja auch ganz schön, einen großen Bruder zu haben. Ich kann dir zwar nicht versprechen, dass ich die perfekte kleine Schwester sein kann, aber ich werde zu mindestens versuchen, eine Schwester zu sein, für die du dich nicht schämen musst. – Falls du mir die Chance dazu gibst. Obwohl ich auch verstehen würde, wenn du mich zum Teufel jagst." Fiona schwieg, während Viktor ihre Worte auf sich wirken ließ. Nicht nur er war ihrer Rede gefolgt; auch Jan hatte aufmerksam zugehört und konnte sich daher einen Teil der Ereignisse der letzten Wochen zusammenreimen. Und noch jemand hatte ihrem Monolog interessiert gelauscht: ihr Vater stand in der offenen Zimmertür und wartete, wie sein Sohn darauf reagieren würde.

Dieser hob nun die Hand und ergriff die seiner Schwester. Dann lächelte er plötzlich. „Ich bin weder eine Gottheit noch der perfekte Sohn, Fiona. Und schon gar kein perfekter Bruder. Auch ich habe meine Fehler, aber vielleicht können wir zusammen daran arbeiten und ein Team werden. Für den Anfang schlage ich einen Waffenstillstand vor. Und dann sehen wir weiter."

Fiona lächelte erleichtert. „Damit kann ich leben, großer Bruder."

Florian räusperte sich vernehmlich, woraufhin drei Augenpaare sich zur Tür wandten. „Paps. Seit wann bist du denn da?", fragte Fiona.

„Lange genug, um zu glauben, dass wir es schaffen können, eine Familie zu werden. – Wie geht es dir, Viktor? Ist dir immer noch schlecht?"

„Nein, die Übelkeit ist glücklicherweise vorbei und die Kopfschmerzen sind auch erträglich."

„Was ist mit dem Schwindel?", fragte Florian nach und setzte sich auf die Bettkante.

„Solange ich liege geht's, nur wenn ich aufstehe,

165

dreht sich noch alles. Deshalb darf ich auch nicht allein aufstehen. Ich schlafe im Moment viel, dann ist es nicht so langweilig."

„Wir haben dir etwas zu lesen mitgebracht, falls das nicht zu anstrengend ist. Und vielleicht hilft *das* auch ein bisschen gegen die Langeweile." Er zog ein flaches Päckchen aus seiner Hosentasche, das er Viktor reichte.

„Was ist das?", fragte dieser neugierig.

„Nennen wir es ein nachträgliches Geburtstagsgeschenk. Wir dachten uns, dass es langsam mal Zeit wird, dass du auch eins bekommst."

Viktor blickte seinen Vater fragend an. Dann öffnete er das Papier und starrte auf das Smartphone, das wenig später in seinen Händen lag. Ehrfürchtig strich er darüber, sichtbar bemüht, die Freudentränen zurückzuhalten. „Das kann ich doch gar nicht annehmen", brachte er schließlich hervor. „Das hat doch bestimmt ein Vermögen gekostet."

„Viktor! Das Thema hatten wir bereits. Wir möchten, dass du die gleichen Chancen hast wie Fiona, und außerdem kannst du dich so melden, wenn etwas sein sollte. Ich weiß, dass du bisher alleine klargekommen bist, aber jetzt wollen wir eine richtige Familie werden und dann ist es wichtig, dass man Bescheid gibt, wenn man sich verspätet, oder dass du Hilfe holen kannst, wenn etwas passieren sollte."

„Wenn also zum Beispiel deine wildgewordene Schwester auf dich losgeht", ergänzte Fiona mit einem Lächeln.

„Das, junge Dame, wird ja jetzt hoffentlich nicht mehr passieren", stellte Florian fest.

Bevor er sich versah, hatte Viktor die Arme um seinen Vater geschlungen. „Ich danke dir", sagte er leise.

„Gern geschehen. Unsere Telefonnummern haben wir übrigens schon eingespeichert. Alles andere kannst du in Ruhe selbst einrichten. So, wie es dir am besten gefällt."

Viktor senkte ein wenig verlegen den Kopf. „Florian? Da ist noch etwas..."

„Ja?"

Dem Jungen war es sichtlich peinlich, als er antwortete: „Ich... ich habe ehrlich gesagt keinen blassen Schimmer, wie man so etwas bedient, Florian. Du weißt, wir hatten nicht einmal ein Fernsehgerät. Ich hatte zwar in der Schule einen PC-Kurs, aber ich hatte noch nie ein Smartphone in der Hand. Kannst du...?"

„Das kann ich machen", unterbrach Fiona ihn. „Ich bin darin eh fitter als Paps. Aber ich würde vorschlagen, ich erkläre dir erst einmal die Grundlagen: Kontakte aufrufen und telefonieren. Und wenn du willst, können wir dir ein kleines Spiel runterladen, damit dir nicht langweilig wird. Den Rest erkläre ich dir dann, wenn du wieder zu Hause bist und wir mehr Zeit haben. Und wenn du ein Problem hast, während wir wieder weg sind, kann dir Jan bestimmt helfen. Einverstanden?"

Viktor nickte und in der nächsten viertel Stunde machte Fiona ihn mit ein paar Grundkenntnissen bekannt. „Danke Fiona", meinte er schließlich, „jetzt komme ich mir nicht mehr ganz so dumm vor."

„Ladekabel ist übrigens in der Tasche. Zusammen mit Schlafanzug, Waschzeug und Klamotten, sowie etwas zum Lesen." Florian hob die mitgebrachte Tasche hoch und räumte die Sachen in seinen Schrank. „Möchtest du dich umziehen, Viktor?"

„Würdest du mir kurz helfen? Ich darf doch nicht allein ins Bad."

„Natürlich."

Obwohl es Viktor peinlich war, ließ er sich von seinem Vater helfen, ins Bad zu gehen und seinen Schlafanzug anzuziehen. Immerhin war es mit ihm leichter, als mit einer Krankenschwester. Wenig später ließen Vater und Schwester ihn allein, damit er sich wieder etwas ausruhen konnte. Viktor hätte es zwar nie zugegeben, aber insgeheim war er froh, als er die Augen wieder schließen durfte. So schön der Besuch auch gewesen war, er hatte ihn auch sehr angestrengt.

Am nächsten Tag ging es Viktor schon besser. Der Schwindel ebbte sichtlich ab und am späten Nachmittag erlaubten die Ärzte Florian, ihn mit nach Hause zu nehmen, vorausgesetzt er würde noch ein, zwei Tage im Bett bleiben und sich schonen. Aber der Junge hatte langsam genug von Krankenhäusern und nahm das gerne auf sich, um nach Hause zu dürfen. Einer der Familie schaute regelmäßig nach ihm, um ihm zu helfen, falls er etwas brauchte und Fiona gab ihm zwischendurch ein paar Nachhilfestunden in den modernen Kommunikationstechniken. Da er ein gutes, technisches Verständnis besaß, begriff er schnell und war bald mit allem Wissenswerten über sein neues Handy ausgestattet. Zur Übung schrieben sich er und seine Schwester zwischendurch kleine Nachrichten über WhatsApp oder SMS, damit er ein Gefühl dafür bekam.

Am Tag nach seiner Entlassung klopfte es nachmittags wieder einmal an seine Tür. Viktor ging davon aus, dass es einer seiner Angehörigen war, um nach ihm zu sehen. Umso erstaunter war er, als Gina den Kopf durch den Türspalt steckte. „Darf ich?", fragte sie vorsichtig.

Viktor nickte, dann fiel ihm plötzlich ein, dass sie das ja nicht sehen konnte und sagte schnell: „Natürlich, komm' rein." Gina schob die Tür ganz auf und trat näher. Da sie die Einrichtung des Zimmers nicht kannte, bewegte sie sich unsicherer, als es auf dem Gelände der Fall war, und wieder konnte Viktor dieses Klicken vernehmen. „Geh' einfach geradeaus, ich helfe dir." Er wartete, bis sie näherkam, ergriff dann ihre Hand und zog sie auf die Bettkannte.

„Du weißt es also inzwischen", stellte sie fest.

„Was?", fragte er irritiert.

Gina zog die Sonnenbrille von den Augen. Jetzt, wo er wusste, dass sie ihn nicht sehen konnte, bemerkte er tatsächlich, dass ihre Augen nicht direkt auf ihn, sondern etwas seitlich gerichtet waren.

Dennoch hatte sie wunderschöne Augen von blaugrüner Farbe. „Dass ich dich nicht sehen kann", sagte sie schließlich.

Viktor senkte den Blick und an seiner Stimme konnte sie hören, dass er verlegen war. „Ja, mein Vater hat es mir gesagt. – Gina, es tut mir leid, dass ich es nicht bemerkt habe. Ich war so ein Idiot."

Das Mädchen lächelte ihn an. „Es gibt nichts, was dir leidtun müsste. Alle behandeln mich immer wie ein rohes Ei, meinen, sie müssen mir bei allem und jedem helfen. Dabei komme ich meistens ganz gut allein klar. Bei dir war das anders, da habe ich mich nicht so eingeengt gefühlt. Vermutlich wird das jetzt anders werden, da du Bescheid weißt, aber es war schön, mal eine zeitlang wie ein normaler Mensch behandelt zu werden."

„Aber du bist doch ein normaler Mensch, Gina. Nur eben einer, der in der Dunkelheit lebt."

„Lassen wir das. Ich bin nicht hier, um bemitleidet zu werden. Eigentlich wollte ich wissen, wie es *dir* geht. Es tut mir so leid, was passiert ist. Wenn ich früher begriffen hätte, was Fiona getan hat, hätte ich dir geholfen. Aber ich dachte, sie hätte dich einfach nur umgestoßen und du wärst danach wieder aufgestanden. Erst, als ich wieder auf dem Platz war, wurde mir bewusst, dass es zu still gewesen war, nachdem sie dich gestoßen hat. Ich bin froh, dass Herr Wächter in diesem Moment gekommen ist und ich ihn nach dir fragen konnte."

„Ist schon okay, Gina. Mir geht es schon wieder

gut. Und Fiona hat sich bei mir entschuldigt. Wir wollen noch einmal von vorne anfangen. Vielleicht können wir uns ja zusammenraufen."

„Viktor? Stimmt es denn, was Fiona an dem Tag gesagt hat?"

Der Junge dachte einen Moment nach. Fiona hat ihm einiges an den Kopf geworfen an diesem Tag. Was genau meinte Gina? Da er jedoch nicht antwortete, glaubte das Mädchen, dass es stimmte, stand auf und sagte mit enttäuschter Stimme: „Es ist also wirklich wahr. Ich wollte es eigentlich nicht glauben, dass du zu so etwas fähig bist."

Sie war bereits fast an der Tür, als Viktor reagieren konnte. „Gina, warte!", er sprang ein wenig zu schnell aus dem Bett, verlor aufgrund eines Schwindelanfalles das Gleichgewicht und landete bäuchlings auf dem Boden, was ihm für ein paar Sekunden den Atem raubte. „Bitte, geh' nicht!", japste er dann und versuchte, sich wieder aufzurichten. Gina kniete sich neben ihm nieder und für einen Moment hätte er schwören können, dass sie ihn direkt anblickte. „Warum sollte ich?", fragte sie dann.

„Weil ich keine Ahnung habe, wovon du redest. Was soll ich gemacht haben? – Halt, warte! Jetzt verstehe ich. Sie hat mich als Autoknacker beschimpft. Das meinst du, richtig?" Das Mädchen nickte. „Nein, das ist nicht wahr. Hat Fiona denn noch nicht mit dir gesprochen?"

„Nein, ich habe Fiona noch gar nicht gesprochen

seit dem Vorfall. Eines der Mädchen aus dem Stall hat mir nur erzählt, dass Fiona sie alle zusammengetrommelt hat und sie gebeten hat, dich in Zukunft in Ruhe zu lassen. Ich dachte, sie hätte eine Standpauke von ihren Eltern bekommen wegen deiner Verletzung. Bisher wusste ich nur, dass sie eifersüchtig auf dich war, doch ich wusste nicht, dass sie da auch andere mit hineingezogen hat. Und was sie dir an dem Tag an den Kopf geschmissen hat, wollte ich eigentlich nicht glauben. Du bist nicht der Typ dafür." Sie stand auf und zog Viktor mit sich hoch. Langsam und vorsichtig gingen sie zurück zum Bett, damit er nicht noch einmal stürzen konnte. Dann setzte sie sich neben ihn auf die Bettkante.

„Mich wundert, dass sie dir davor nie von ihrem Verdacht erzählt hatte und wie sie darauf kam", stellte Viktor nun fest.

„Das ist leicht erklärt", antwortete Gina. „Weißt du… wir sprechen nicht über den Unfall von damals. Obwohl inzwischen so viel Zeit vergangen ist. Ich glaube, für Fiona war es damals noch schlimmer, als für mich."

„Wieso? Fiona ist doch gar nichts passiert, hat mein Vater gesagt."

„Das stimmt schon. Du musst wissen, dass ich schon immer ein sehr gutes Gehör hatte. Deshalb habe ich den Wagen auch eher gehört, als die anderen, und konnte sie warnen. Aber Fiona ist hingefallen und ich wollte ihr helfen. Der Fahrer hat sie nicht einmal bemerkt. Da bin ich losgerannt und

172

habe sie von der Straße gestoßen, bin aber selbst nicht mehr rechtzeitig weggekommen. Man hat mir erzählt, dass ich mehrere Meter weit durch die Luft geflogen wäre und mit dem Kopf aufschlug. Ich selbst habe davon nichts mitbekommen, weil ich sofort bewusstlos wurde, als der Wagen mich erwischte. Ich sehe noch den Fahrer vor mir, wie er mich angrinst. Hinter dem Steuer dieses gelben Porsches. Das ist das letzte, was ich je gesehen habe. Diese Bilder verfolgen mich noch heute hin und wieder. Aber Fiona musste mit ansehen, wie ich aufschlug, mit verdrehten Gliedmaßen und schwersten Kopfverletzungen. Ich lag einige Wochen im Koma und die Ärzte haben meine Eltern darauf vorbereitet, dass ich wohl nicht wieder aufwachen würde. Sie hatten die Hoffnung schon fast aufgegeben und meinten, dass ich vermutlich schwerste Behinderungen davongetragen hätte, wenn ich doch wieder aufwachen sollte. Aber ich habe es dennoch geschafft. Ich musste vieles neu lernen, aber außer einigen Narben bin ich wieder vollkommen gesund."

„Bis auf eine Kleinigkeit", warf Viktor leise ein.

„Das stimmt allerdings. Meine Augen haben sich nie erholt. Aber ich habe mich daran gewöhnt und komme ganz gut klar. Allerdings vermisse ich mein Pferd."

„Sunshine ist dein Pferd?"

„Ja, das ist er. Ich habe früher mit Fiona zusammen trainiert, wir sind auf Wettkämpfe gegangen und haben Ausritte gemacht. Jetzt geht das nicht mehr. Ab und zu darf ich mal eine Runde auf ihm sitzen und im Schritt durch die Halle geführt werden, aber das ist nicht das gleiche. Ich würde so gerne mal wieder den Wind in den Haaren spüren, wenn wir durch die Felder galoppieren. Kannst du das verstehen?"

„Ehrlich gesagt: nein. Ich bin noch nie geritten."

„Wegen deiner Verletzung? Ich weiß, dass du die ganze Zeit auf Krücken gelaufen bist. Also vermute ich mal, du hast dich bei dem Unfall damals am Bein verletzt."

„Ja, ich hatte mir den rechten Unterschenkel und den linken Oberschenkel gebrochen. Aber das ist verheilt. Ich habe nur noch Probleme mit dem Knie. Deshalb trage ich eine Orthese, wenn ich laufe. Aber es ist besser geworden. Wie es im Moment aussieht, muss ich nicht noch einmal operiert werden und kann vielleicht sogar bald die Orthese weglassen, brauche sie dann gar nicht mehr oder nur, wenn ich Schmerzen habe."

„Dann kannst du doch vielleicht reiten lernen", schlug Gina vor. „Ich meine: immerhin lebst du hier auf einem Pferdehof und deine Eltern sind beide Reitlehrer. Da sollte das doch vielleicht möglich sein."

„Grundsätzlich schon", gab Viktor zu.

„Aber...?"

Viktor war froh, dass sie nicht sehen konnte, wie er rot wurde. „Um ehrlich zu sein, sind mir die

174

Pferde nicht geheuer. Ich habe Angst vor ihnen."

Entgegen seiner Vermutung lachte ihn Gina nicht aus, sondern machte nur ein nachdenkliches Gesicht. „Das ist allerdings ein Problem. – Ich mache dir einen Vorschlag: Ich zeige dir, dass es keinen Grund gibt, Angst zu haben und wenn ich es schaffe, dir diese zu nehmen, lernst du reiten auf Sunshine. Es wird Zeit, dass er wieder einen regelmäßigen Reiter bekommt. Herr Wächter benutzt ihn im Moment hin und wieder als Schulpferd, aber Sunshine ist ein Pferd, das eine feste Bezugsperson braucht und nicht fünfzig verschiedene Reiter, die alle unterschiedlich reiten. Ist das ein Deal?" Sie streckte ihm die Hand entgegen.

„Deal", sagte Viktor und schlug ein. „Du, Gina… darf ich dich mal was fragen?"

„Klar. Was willst du wissen?"

„Dieses Klicken… mein Vater hat mir gesagt, dass sich das menschliche Echoortung nennt. Wie genau funktioniert das?"

„Im Prinzip ähnlich, wie es zum Beispiel Delfine oder auch Haie machen. Allerdings verfügen wir nicht über die Möglichkeit, diese Töne im Ultraschallbereich hervorzurufen oder zu hören, wie das bei Tieren der Fall ist. Deshalb müssen wir mit dem Klicken vorliebnehmen. Aber funktionieren tut es eigentlich genauso. Der Ton wird von unterschiedlichen Dingen auf eine bestimmte Weise zurückgeworfen. Oder eben auch geschluckt. Du kannst dir das so vorstellen, wie wenn du ein weißes Blatt

Papier vor dir hast und überall da, wo ein Ton zurückkommt einen Punkt malst. Dann hast du irgendwann den Umriss von dem, was vor dir steht. Aber es braucht sehr viel Übung, das zu verfeinern und es hilft, wenn man sich in der Gegend auskennt. Im Stall zum Beispiel weiß ich auch so genau, wo die Wände oder Türen sind. Solange mir da nichts im Weg steht, brauche ich nicht mal die Echoortung, um mich zurecht zu finden."

„Du meinst, so wie ich bei unserer ersten Begegnung?", lachte Viktor.

„Ja, stimmt. Damals hat mich mein Gehör wohl im Stich gelassen. Ich war zu sehr mit Sunshine abgelenkt, um mitzubekommen, dass du den Stall betreten hattest. Sonst hätte ich es vermutlich bemerkt. Tut mir echt leid."

„Mir tut leid, dass ich dich damals so angefahren habe. Ich wusste ja nicht, dass du…"

„… dich nicht gesehen habe? Du kannst es ruhig aussprechen, Viktor. Das macht mir nichts. Man gewöhnt sich daran. Ich werde mich dann auch langsam mal wieder auf den Weg machen. Fiona und ich wollen noch unsere Geburtstagsfeier besprechen."

„Ihr habt bald Geburtstag?", fragte Viktor überrascht.

„Ja, Fiona am ersten August und ich am zweiten. Für einen Tag sind wir immer gleichaltrig. Wir haben schon in der Grundschule zusammen gefeiert."

„Ich dachte bisher, ihr seid sowieso gleichaltrig."

176

„Nein, Fiona ist dreizehn und ich vierzehn. Wir waren damals beide Kann-Kinder. Fiona ist mit sechs eingeschult worden und ich mit sieben. Deshalb waren wir in der gleichen Klasse."

„Jetzt wird mir einiges klar", gab Viktor zu und als sie nachfragte, meinte er: „Na ja. Du wirkst irgendwie reifer als Fiona. Nicht körperlich, sondern mental. Ich dachte, dass das vielleicht daran liegt, was dir passiert ist, aber jetzt glaube ich das nicht mehr. Ich denke, du bist einfach ein bisschen weiter in der Entwicklung als meine Schwester."

„Ich nehme das jetzt mal als Kompliment", grinste das Mädchen.

„Das sollte es auch sein."

„Viktor? Darf ich dich um etwas bitten?"

„Klar. Um was geht es?"

Gina überlegte einen Moment, wie sie ihr Anliegen vorbringen könnte und sagte dann: „Ich würde gerne wissen, wie du aussiehst, Viktor. Ist es okay... Darf ich mal dein Gesicht anfassen?" Sofort schossen dem Jungen Bilder durch den Kopf. Bilder von ihm in einem Kinosaal, und von einem Mädchen, die ihre Hände benutzte, um... „Wenn dir das unangenehm ist, ist das okay. Es hätte mich nur mal interessiert", sagte Gina, als sie merkte, wie er zögerte, und stand auf.

Sofort griff er nach ihrem Handgelenk. „Nein, das ist schon okay. Ich musste nur gerade an etwas denken, was mir mal passiert ist. Es tut mir leid. Natürlich darfst du." Er führte ihre Hand zu seinem

Gesicht und schloss die Augen. Gina fing an, seinen Kopf und das Gesicht mit den Fingerspitzen zu betasten, verfolgte die Konturen von Augen, Nase und Mund. Es war beinahe, als würde sie in ihrem Kopf ein Bild von ihm zeichnen, was sie vermutlich auch tat. Und ihr schien zu gefallen, was sie sah. Als sie an die große Narbe kam, legte er plötzlich seine Hand auf ihre Finger. „Was hast du? Habe ich dir wehgetan?"

„Nein, das ist es nicht, Gina. Ich möchte nur nicht..."

„Du schämst dich dafür, dass dein Gesicht nicht mehr so makellos ist, wie vor dem Unfall. Du glaubst, dass du nicht mehr hübsch genug bist, richtig?"

„Mädchen sind hübsch, aber ich doch nicht."

„Oh doch, das bist du, Viktor. Du bist sogar ein verdammt gutaussehendes Exemplar, wenn ich das mal so sagen darf. Und daran wird auch eine Verletzung nichts ändern, vermute ich mal." Damit stand sie auf und ging in Richtung Tür. „Danke, dass ich dich sehen durfte."

Viktor war so perplex über ihre Worte, dass er Gina nur sprachlos hinterher blickte. Dann lehnte er sich zurück, verschränkt die Arme hinter dem Kopf und dachte darüber nach, was sie gesagt hatte. Es war bereits das zweite Mal innerhalb der letzten Tage, dass ihm jemand sagte, er würde gut aussehen. Bisher hatte er sich selbst immer für durchschnittlich gehalten.

178

KEINE ANGST VOR GROẞEN TIEREN

Es dauerte nur wenige Tage, bis Viktor wieder völlig in Ordnung war und sein Zimmer verlassen durfte. Er machte täglich seine Physiotherapie und humpelte kaum noch. Auf dem Hof fühlte er sich plötzlich nicht mehr so fehl am Platz. Er streifte zwar nach wie vor meist alleine über das Gelände und machte einen Bogen um jedes Pferd, aber er wurde nicht mehr wie ein Aussätziger behandelt. Es riss sich zwar niemand um seine Gesellschaft, aber er wurde gegrüßt, wenn er irgendwo auftauchte und niemand machte mehr einen Bogen um den Jungen.

Gina tauchte nun auch immer öfter auf dem Hof auf, um Sunshine zu besuchen, wie sie vorgab. Tatsächlich steckte jedoch etwas Anderes dahinter. Sie hatte sich in den Kopf gesetzt, dass Viktor auf ihrem Pferd reiten lernen würde und nutzte daher jede Gelegenheit, ihn an das Pferd heranzuführen. Bisher jedoch mit mäßigem Erfolg.

Zwei Wochen nach dem Unfall hatte sie es noch immer nicht geschafft, einen Kontakt herzustellen. Es war der zweite August und somit Ginas 15ter Geburtstag. Zur Feier des Tages hatte Florian Sunshine gesattelt, in die Halle gebracht und führte das Mädchen nun im Kreis herum. Viktor, der auf einer der Bänke saß, registrierte mit Freude das strahlende Gesicht des Mädchens, während sie Runde um Runde durch die Halle ritt.

Als Florians Handy klingelte, blieben sie mitten in der Halle stehen. Er machte ein ernstes Gesicht und sagte dann: „Okay, ich komme", bevor er auflegte. Dann wandte er sich an Gina. „Es tut mir leid, aber wir müssen leider abbrechen. Einer der Einsteller hatte einen Reitunfall und ich muss das Tier abholen." Er half Gina aus dem Sattel und wandte sich dann an Viktor: „Kannst du bitte Gina helfen, Sunshine in die Box zu bringen?" Florian hatte keine Ahnung von der Angst seines Sohnes und verschwand aus dem Gebäude, bevor ihn jemand aufklären konnte.

Gina stand mitten in der Halle neben ihrem Pferd. Unsicher kletterte Viktor von der Tribüne und betrat die Reitbahn über das große Tor. Gina konnte hören, wie er die Tür schloss und ein paar Schritte auf sie zuging. Dann blieb er jedoch unschlüssig stehen. Das Mädchen ahnte, dass er gerade einen inneren Kampf austrug zwischen seiner Angst vor Sunshine und dem Wissen, dass er sie nicht einfach hier stehen lassen konnte. Deshalb hielt sie das Pferd mit der linken Hand, stellte sich selbst zwischen Sunshine und die Tür und streckte ihre rechte Hand in seine Richtung. „Du kannst das, Viktor. Sunshine wird dir nichts tun."

Sie wartete geduldig, bis der Junge schließlich zögernd etwas näherkam. „Bist du dir da ganz sicher?"

„Natürlich bin ich das. Ich kenne den Dicken schon viele Jahre. Komm', gib mir deine Hand." Gina fühlte, wie seine Finger vorsichtig ihre Hand berührten. Noch immer stand das Mädchen zwischen ihm und dem Pferd. Sanft schloss sie ihre Hand um die seine und zog ihn etwas näher, bis sie seine Nähe neben sich spüren konnte. Dann führte sie seine Finger ganz langsam an den Hals ihres Pferdes. Sunshine schnaubte und Viktor wollte zurückzucken, doch das Mädchen hielt ihn fest.

Gemeinsam streichelten sie den Hals des Tieres, während Viktor neugierig den Körper des Pferdes musterte. Es war ein schönes Tier mit rotbraunem Fell und dunkler Mähne. Gina führte ihn unbemerkt immer näher heran und trat ein wenig zur Seite, sodass Viktor schließlich direkt neben dem Pferd zu stehen kam und es gar nicht bemerkt hatte. Noch immer hielt sie seine Hand und konnte spüren, wie er sich langsam etwas entspannte. Schließlich führte sie seine Hand zum Kopf des Tieres, ließ ihn die weichen Nüstern berühren und streicheln. Während der gesamten Zeit sagte keiner von beiden ein Wort und auch Sunshine schien zu spüren, dass es um etwas Wichtiges ging. Es dauerte eine Weile, bis Viktor sich wohl fühlte, doch von Minute zu Minute ging es ihm in der Nähe des Pferdes besser. Schließlich streifte sie dem Tier die Zügel wieder über den Kopf, ließ sie auf dem Hals von Sunshine liegen und griff unter dessen Kinn in die herunterhängenden Riemen. Dorthin führte sie anschließend Viktors Hand, damit er die Zügel griff. Um nicht im Weg zu stehen, ging sie auf die andere Seite des Pferdes und legte ihre Hand auf die seine.

„Komm' mit", sagte sie nur und ging einfach los. Für eine Weile liefen sie durch die Bahn, damit Viktor sich an die Bewegungen des Tieres und die Art, es zu führen, gewöhnen konnte. Dann blieb sie plötzlich stehen, ging um den Kopf ihres Pferdes herum zu dem Jungen und legte ihre rechte Hand auf seine Brust. „Glaubst du, wir schaffen es jetzt, bis zum Stall?"

„Ich denke schon. Sunshine ist ja ganz lieb."

„Aber nur, wenn du wirklich keine Angst mehr hast, Viktor. Pferde spüren Angst und ich möchte nicht, dass er es ausnutzt, wenn er merkt, dass du die Situation nicht unter Kontrolle hast. Du musst *ihn* führen, nicht andersherum. Verstanden? Geh' sicherheitshalber noch eine Runde allein mit ihm und sage mir, ob er irgendwie komisch reagiert oder versucht, die Führung zu übernehmen."

„Okay. Mach' ich."

„Sagst du mir bitte noch kurz, wo die Tür ist? Ich habe ein bisschen die Orientierung verloren."

„Hier, Gina", ertönte in diesem Moment Florians Stimme von der Tribüne her.

Viktor drehte sich erschrocken um und auch Gina wandte sich in die entsprechende Richtung. „Sie sind schon wieder zurück?", fragte sie überrascht.

„*Schon* ist gut. Ich war 'ne halbe Stunde weg und

182

habe mich nach meiner Rückkehr gewundert, dass Sunshine nicht in seiner Box stand. Deshalb wollte ich mal nach euch sehen."

„Wie lange bist du denn schon da?", fragte Viktor nun und kam mit dem Pferd ebenfalls in Richtung Tür.

„Lange genug. Wieso hast du mir denn nicht gesagt, dass du Angst vor Pferden hast?"

„Wieso glaubst du das?", fragte Viktor ihn. Es war ihm peinlich, dass sein Vater es herausgefunden hatte.

„Ich mag zwar manchmal etwas schwer von Begriff sein, aber ganz blöd bin ich dann auch nicht. Das, was Gina hier gerade mit dir macht, habe ich selbst schon bei anderen angewandt. Ich hatte bisher geglaubt, dass du keine Lust hast, die Tiere näher kennenzulernen oder dass du einfach warten wolltest, bis dein Knie wieder heil ist. Aber ich wäre nie auf die Idee gekommen, dass mein eigener Sohn Angst vor Pferden haben könnte."

„Es tut mir leid. Bist du jetzt enttäuscht?"

„Quatsch", sagte Florian und kam durch die Tür in die Halle getreten. „Wieso sollte ich? Ich habe einfach nicht so weit gedacht, Viktor. Weißt du, ich bin hier aufgewachsen, habe schon auf einem Pferd gesessen, bevor ich überhaupt laufen konnte. Und Fiona ebenfalls. Für mich gehören diese Tiere zu meinem Leben. Vielleicht wollte ich es einfach nicht wahrhaben, dass es bei dir anders sein könnte. Wenn sich also jemand entschuldigen muss, dann bin das ja wohl ich." Er nahm Viktor in den Arm. „Es tut mir leid, mein Sohn. Ich bin eben auch nicht perfekt."

„Das musst du doch auch nicht sein", sagte Viktor.

„Glaubt ihr, ihr schafft es allein, den Dicken in den Stall zu bringen? Ich habe gleich noch einen Ausritt."

„Klar schaffen wir das, Herr Wächter", sagte Gina nun. „Immerhin bin ich auch hier aufgewachsen. Ich habe das Wissen und Viktor die Augen. Ein perfektes Team, sozusagen. Komm' Viktor. Lass' uns losgehen."

„Ich komme ja schon", antwortete der Junge und ging mit Sunshine auf die Tür zu, die Gina bereits aufstemmte, um die beiden hinauszulassen. Florian blickte hinter ihnen her und grinste. Er mochte Gina sehr gern – schon vor dem Unfall. Er hatte ihr reiten beigebracht, war mit ihr und Fiona auf Turniere gefahren und war froh, dass sie endlich wieder regelmäßig in den Stall kam. Viktor schien sich in ihrer Nähe wohl zu fühlen, war viel offener und kapselte sich nicht so ab. Und für Gina war der Kontakt mit den anderen ebenso wichtig, wie der Kontakt mit ihrem geliebten Pferd.

184

GEBURTSTAGSÜBERRASCHUNGEN

Am späten Nachmittag fand schließlich die gemeinsame Geburtstagsfeier für die Mädchen statt. Finja, Viktor und Florian hatten im Reiterstübchen umgeräumt, sodass die kleinen Tische und Stühle nun an den Wänden standen. Auf der Theke, die nur bei irgendwelchen Festen oder Events gebraucht wurde, stapelten sich leckeres Essen und Getränke, und eine Stereoanlage sorgte für etwas musikalische Unterstützung. Fiona war mit ihren nun vierzehn Jahren eindeutig die jüngste in der Klasse und in ihrem Freundeskreis. Geladen waren hauptsächlich Freunde aus dem Stall und ein paar Klassen-kameraden. Nachdem Fiona im Krankenhaus ein Licht aufgegangen war, hatte sie auch Jan einge-laden, der sich sehr darüber gefreut hatte. Sie wollten zusammen feiern, ein paar Spiele machen und hinterher in der großen Reithalle in ihren Schlafsäcken übernachten.

Als Gina von ihren Eltern gegen 18:00h zurück auf den Hof gebracht wurde, nachdem sie am frühen Nachmittag zum Umziehen nach Hause gefahren war, trug sie ein hübsches Sommerkleid und ihre rotbraunen Haare fielen ihr in weichen Wellen über die Schultern. Sonst trug sie meist einen Pferdeschwanz, wenn sie im Stall war.

„Du siehst toll aus, Gina", begrüßte Fiona die Freundin stürmisch. Sie trug die Haare ebenfalls offen und hatte sich in eine hübsche Bluse geworfen.

Auch Viktor sah anders aus, als sonst. Finja hatte beschlossen, dass er eine neue Garderobe benötigte, bevor die Schule anfing. Sie kannte die Probleme von uncoolen Klamotten durch die vielen Kinder und Jugendlichen, mit denen sie täglich zu tun hatte. Und Viktors Second-Hand-Sachen waren inzwischen alles andere als schick oder cool. Sie waren verwaschen, abgetragen und mit der Zeit unförmig geworden. Deshalb hatte sie vor wenigen Tagen den Jungen ins Auto gepackt und war mit ihm einkaufen gegangen. Stunden später kamen sie voll bepackt und Viktor mit einem neuen Haarschnitt zurück nach Hause. Nun trug er eine ordentliche Hose und ein kariertes Hemd, und Fiona musste zugeben, dass er besser denn je aussah. Inzwischen brauchte er auch die Orthese nicht mehr die ganze Zeit und hatte das störende Teil für diesen Abend in seinem Zimmer gelassen. Vor allem die Mädchen warfen ihm verstohlene oder bewundernde Blicke zu, als er kurz nach Gina und seiner Schwester das Reiter-stübchen betrat. Allerdings bekam Viktor das gar nicht mit, da er seinerseits einen bewundernden Blick auf Gina warf, die er bisher nur in Reithosen oder Shorts gesehen hatte. Insgesamt waren sie zu zehnt, vier Jungen und sechs Mädchen.

Nachdem die beiden Geburtstagskinder ihre

Geschenke ausgepackt hatten, machten sie ein paar Spiele und fielen anschließend über das Buffet her. Während alle kauend an oder auf den Tischen saßen und sich unterhielten, stellte Jana, eine Klassenkameradin von Fiona, die Stereoanlage an, drehte sich zu den anderen um und rief: „Keine Müdigkeit vorschützen, Leute. Jetzt wird getanzt!" Damit ging sie auf Viktor zu, der sich gerade mit Gina unterhielt, und griff seine Hand. „Komm'! Ich will mit dir tanzen."

Völlig verdattert blickte Viktor das Mädchen an, mit der er bisher kaum ein Wort gewechselt hatte. „Aber ich kann überhaupt nicht tanzen. Und außerdem unterhalte ich mich gerade."

„Das ist schon okay" sagte Gina schnell, die ihn nicht von einem Tanz abhalten wollte. Er war ja nicht ihr Babysitter. „Ich komm' schon klar."

„Ich würde aber lieber...", begann der Junge, wurde aber sofort von Jana unterbrochen. „Du hast es gehört. Jetzt komm' schon. Oder bist du ein Feigling?"

Das ließ er sich natürlich nicht zweimal sagen und folgte dem Mädchen notgedrungen auf die Tanzfläche, auf der sich bereits Fiona mit Jan zur Musik bewegte. Als das Lied zu Ende war, wurde Viktor an ein weiteres Mädchen weitergereicht und kam sich vor, wie eine Trophäe. Drei Songs später schaffte er es endlich, sich davon zu machen, nachdem die letzte Tänzerin ihre Hände über seinen Po gleiten ließ und er sich sehr zusammenreißen musste, um sie nicht recht grob wegzustoßen und davonzulaufen. Er kam kurz zu Gina, trank einen Schluck aus seinem Glas und sagte: „Es tut mir leid, Gina, aber ich muss hier raus." Ohne eine Antwort abzuwarten, wandte er sich ab und ging mit zügigen Schritten nach draußen.

Gina war zu überrascht für eine Reaktion gewesen. Doch sie hatte die Veränderung in seiner Stimme bemerkt, die mit einem Mal unsicher oder ängstlich klang. Sie tastete nach ihrem Blindenstock, der zusammengefaltet irgendwo auf dem Tisch liegen musste. Durch die Musik war es hier zu laut, um sich mit der Echoortung zu bewegen. Endlich fand sie, was sie suchte und ging an der Wand entlang zur Tür und auf den Hof hinaus. Dort blieb sie unschlüssig stehen und lauschte. Ob Viktor ins Haus gegangen war?

Nein, das konnte sie sich eigentlich nicht vorstellen. Er war bestimmt irgendwo auf dem Gelände. Langsam ging sie zu den Stallungen und lauschte erneut, konnte jedoch niemanden hören. *'Das wäre ja auch verwunderlich, wenn er Trost bei den Pferden suchen würde, nachdem er bis heute Morgen noch Angst vor ihnen hatte'*, dachte sie dann. *'Wo geht Viktor hin, wenn er alleine sein will?'*

Und dann fiel es ihr ein: er saß gerne auf dem alten Baumstamm, wenn er nachdachte. Also machte sich das Mädchen auf den Weg zur Koppel, auf der Sunshine manchmal stand und folgte dem Zaun bis zum hinteren Ende. Es wurde bereits dunkel und infolgedessen war so gut wie nichts mehr zu hören. Nichts, außer die Atemgeräusche eines Menschen. „Viktor?"

„Ja, ich bin hier", antwortete der Angeredete, sichtlich bemüht, seine Stimme fest klingen zu lassen. Er stand auf, nahm ihre Hand und zog sie neben sich auf den Stamm.

„Ist etwas da drinnen passiert, dass du plötzlich weg bist?"

„Nein, alles gut", log er. „Ich hatte nur keine Lust mehr auf Tanzen. Ständig kam eine andere an. Das war mir einfach zu viel."

„Warum lügst du?", fragte das Mädchen ohne Umschweife.

Viktor war platt und starrte sie einen Moment lang fassungslos an. Dann fiel ihm ein, dass sie das ja nicht sehen konnte und fragte: „Wie kommst du darauf?"

„Ich kann es hören, Viktor", sagte sie leise. Ihre Hand tastete sich an seinem Arm entlang zu seinem Hals. Dann legte sie vorsichtig die Hand an seine Wange. Sie spürte etwas Feuchtes auf der Haut und strich sanft darüber. „Warum hast du geweint? Was ist im Reiterstübchen passiert?"

Viktor stand auf und ging ein paar Schritte zum Koppelzaun. „Nichts ist passiert – gar nichts. Zu mindestens nichts, dem irgendjemand Bedeutung zumisst."

„Doch", widersprach das Mädchen. „*Du* misst dieser Sache Bedeutung zu. Und ich bin mir sicher, dass es dafür auch einen Grund gibt. Manchmal hilft es, wenn man darüber redet."

„Ich kann aber nicht darüber reden. Du würdest mich auslachen."

„Glaubst du das wirklich?", fragte Gina und er konnte hören, dass sie enttäuscht war.

„Ich... ich weiß nicht. Die anderen würden es tun, aber du? Du bist irgendwie... anders. – Nicht wegen deiner Augen... eher wegen deiner Art... deinem Wesen. Du bist der erste Mensch, außer meinem Vater, der mich so akzeptiert hat, wie ich bin, von Anfang an. Und ich möchte nicht, dass sich das ändert. Ich schäme mich für das, was damals passiert ist und ich möchte nicht, dass du ein schlechtes Bild von mir bekommst."

„Hast du irgendetwas angestellt?"

„Nein", sagte der Junge und seine Stimme klang überzeugend.

„Dann wird das auch nicht passieren, Viktor. Ich kenne zwar nicht deine Geschichte, habe nur hier und da ein paar Fetzen mitbekommen, aber ich weiß doch genug, um zu begreifen, dass dein Leben... sagen wir... nicht ganz einfach war, bevor du hierherkamst. Und ich vermute mal, da du bei deiner Mutter aufgewachsen bist und nun hier lebst, dass deine Mutter gestorben ist. Du hattest Probleme mit modernen Handys und kennst dich mit Kommunikationswegen nicht so gut aus. Deine Kleidung war bisher eher abgewetzt, jetzt trägst du andere Sachen. Ich denke, dass du und deine Mutter

190

sehr sparen musstet, vielleicht sogar richtig arm wart. Du kommst aus einer großen Stadt, hast vermutlich selten frische Luft genießen können. Das alles sagt mir, dass du aus einer völlig anderen Welt kommst, als wie wir sie hier haben. Denke ich deshalb schlecht von dir? – Nein! Tue ich nicht. Ich würde mich freuen, wenn du mir irgendwann einmal die ganze Geschichte erzählen würdest. Aber das hat Zeit. Jetzt möchte ich dir einfach nur helfen. Ich spüre doch, dass dich etwas belastet. Als ich dich vor einiger Zeit gefragt habe, ob ich dich berühren darf, warst du so komisch. Und jetzt nach dem Tanzen wieder. Dafür muss es doch einen Grund geben."

„Tut es auch", gab der Junge zu.

„Dann hilf mir, es zu verstehen und lass' mich dir helfen, Viktor. Wir sind doch Freunde, oder nicht?"

Viktor setzte sich wieder neben sie. Während er sprach, knetete er seine Hände in seinem Schoß, was Gina zwar nicht sehen konnte, dafür aber umso besser hören. Er sprach leise, als wenn er Angst hätte, jemand könnte ihn belauschen. „Es gab da mal einen Vorfall... mit einem Mädchen... in der Stadt, in der ich früher gewohnt habe. Es ging eigentlich um eine Mutprobe – ich sollte einen Kinofilm anschauen, der eigentlich erst ab achtzehn war. Ich habe mir nichts dabei gedacht. Dieses Mädchen war dabei, das Kino gehörte ihrem Vater und sie sollte angeblich aufpassen, dass ich den Film wirklich sah. Ich wusste nicht, dass die Gang etwas ganz anderes geplant hatte." Viktor machte eine Pause und Gina wartete geduldig, bis er weitersprechen konnte. „Monika ist schon älter, inzwischen volljährig. Sie hat sich plötzlich vor mich auf die Rückenlehne des Stuhls gesetzt. Sie wollte... sie hat... mich... berührt. Ich wollte das nicht, aber ich war wie gelähmt." Er stand erneut auf und ging wieder zum Zaun, versuchte, das Gefühl zu verdrängen, dass sich wieder in ihm breit machte.

Gina stand leise auf und folgte ihm. Da er unruhig von einem Bein auf das andere trat, wusste sie genau, wo er stand. Langsam hob sie die Hand und legte sie ihm auf die Schulter. „Sie hat dich missbraucht, richtig?", fragte sie leise.

„Ja... nein... ich weiß es nicht genau. Ab wann ist es ein Missbrauch? Ich meine, sie hatte keinen Geschlechtsverkehr mit mir. Aber sie hat mich angefasst, obwohl ich das nicht wollte, hat mir sogar die Hose geöffnet und... und... und dann ist es passiert. Das hätte nicht passieren dürfen! Und die anderen haben alles gesehen und mich ausgelacht. Ich habe mich so benutzt gefühlt, Gina, so beschmutzt." Wieder rannen dem Jungen die Tränen über das Gesicht, und er war froh, dass Gina nicht sehen konnte, dass er knallrot geworden war. Er schämte sich zutiefst für das, was in diesem Kino passiert war.

Gina fuhr mit ihrer Hand zu seinen Schultern und zog ihn in ihre Arme. Schweigend hielt sie ihn fest, während er sein Gesicht an ihre Schulter lehnte. Sie wartete, bis er wieder ruhiger wurde und zog ihn dann zurück auf den Baumstamm, wo sie ihn niederdrückte. „Ich weiß, dass das schwer zu begreifen ist, Viktor, vor allem für einen Jungen, aber es gibt nichts, was dir peinlich sein oder für was du dich schämen musst. Du warst fünfzehn, nehme ich an, als das passiert ist, und hattest vermutlich auch noch keinerlei Erfahrung mit Mädchen, wie ich dich einschätze. Du bist nicht der Typ dafür, mit Mädchen rumzumachen. Die Frau hatte kein Recht dazu, dich anzufassen, wenn du das nicht möchtest. Und ich denke schon, dass man das einen Missbrauch nennen kann, auch wenn sie dich vielleicht nicht vergewaltigt hat. Du musst sie anzeigen, Viktor. So etwas ist strafbar, zumal du noch keine sechzehn warst."

„Das habe ich schon. Nach dem Unfall war ein Polizist im Krankenhaus. Dem habe ich davon erzählt."

„Das ist gut. Und dein Vater?"

„Dem kann ich es nicht sagen. Der ist sowieso schon enttäuscht von mir wegen meiner Angst vor Pferden."

„Quatsch. Herr Wächter liebt dich, genau wie er Fiona liebt. Manchmal ist es ganz gut, blind zu sein. Man kann die Gefühle und Gedanken aus der Stimme lesen. Und er ist nicht enttäuscht, weil du Angst vor Pferden hattest, höchstens weil du es ihm nicht gesagt hast. Außerdem arbeiten wir ja daran und du wirst bald keine Angst mehr haben. Aber er möchte bestimmt wissen, was da drinnen…", sie klopfte ihm sanft auf die Brust, „… so vor sich geht. Ihr kennt euch noch nicht so lange, deshalb merkt er es vielleicht noch nicht, wenn dich etwas beschäftigt. Aber denkst du nicht, dass er dir helfen möchte, deine Probleme zu lösen, deine Ängste zu bekämpfen?"

„Vielleicht hast du Recht."

„Ganz sicher sogar. Rede mit ihm, er wird dich nicht auslachen. – Aber was genau ist jetzt eigentlich beim Tanzen passiert, Viktor? Das habe ich immer noch nicht verstanden."

„Eigentlich nichts Besonderes. Die eine fand es wohl toll, mir an den Hintern zu grabschen. Da kamen plötzlich die Bilder wieder hoch und ich wäre am liebsten weggelaufen. Ich tanze besser nie wieder mit denen."

„Mit mir auch nicht?", fragte sie leise.

Viktor blickte sie erstaunt an. „Doch, wenn du möchtest", sagte er dann.

Gina nickte, zog ihr Telefon aus der Tasche und drückte auf einen Knopf. „Spiele Playlist eins", gab sie den verbalen Befehl ein und legte das Handy auf den Baumstamm. Während leise ein Lied zu spielen begann, zog sie Viktor von seinem Sitz und hob die Arme zu seinen Schultern. „Darf ich?"

Viktor nickte nur, doch durch ihre Hände an seinem Hals konnte sie die Bewegung spüren. Sie legte sanft ihre Arme um seinen Nacken und lächelte ihn an. Ein wenig zögerlich legte er auch seine Arme

194

um ihre Hüften und zog sie vorsichtig ein wenig näher, damit sie seine Bewegungen spüren konnte. Langsam fingen sie an, zu der Musik zu tanzen. Beim zweiten Lied legte Gina ihren Kopf an seine Schulter, doch ihre Nähe war ihm alles andere als unangenehm. Er senkte den Kopf ein wenig und konnte den leichten Duft nach Erdbeeren in ihrem weichen Haar riechen. Für einen Moment schloss er die Augen und genoss einfach die Musik und die Bewegung, bis sie schließlich gestört wurden.

„Viktor! Gina! Wo seid ihr?", rief es plötzlich vom Hof her.

Viktor öffnete die Augen und löste sich sanft aus Ginas Umarmung. „Wir sollten besser zurückgehen, bevor mein Vater eine Suchaktion startet."

Gina nickte, schaltete das Handy aus und steckte es ein. Dann gingen sie zurück in Richtung Platz, wo sie auf die anderen trafen.

„Da seid ihr ja. Wir haben uns schon Sorgen gemacht", wurden sie von Fiona empfangen. „Ist alles in Ordnung bei euch?"

„Logo. Wir waren nur ein bisschen an der Koppel und haben uns unterhalten", gab Gina Auskunft. „Im Reiterstübchen wurde es mir zu laut und zu warm."

„Na dann ist ja gut. Wir wollten jetzt in die Halle gehen. Kommt ihr mit?"

„Klar kommen wir mit. Ist es schon so spät?"

„Fast elf, großer Bruder."

Zusammen mit dem Rest der Truppe gingen sie in

die Halle und breiteten ihre Schlafsäcke und Isomatten sternenförmig um eine kleine, elektrische Laterne aus, die ein flackerndes Licht – ähnlich wie ein Lagerfeuer – abgab. Mit den Köpfen zur Laterne legten sich alle auf den Bauch und lauschten den Schauergeschichten, die Jan und ein paar andere ihnen vortrugen

Viktor beobachtete dabei Gina, die zu seiner Linken lag und ebenfalls lauschte. Ihre rechte Hand ruhte im Sand zwischen ihrem und seinem Schlafsack. Als sie an einer spannenden Stelle kurz zusammenzuckte, legte Viktor seine Hand auf ihre und drückte sie sanft. Ein Lächeln glitt über ihr Gesicht. Sie legte den Kopf auf ihren anderen Arm, sodass ihr Gesicht in seine Richtung zeigte. Auch er ließ seinen Kopf auf den Arm sinken und blickte sie an. Zu dumm, dass sie sich nicht mit Blicken verständigen konnten. So blieben nur die Hände, die sich sanft festhielten.

Langsam wurde es ruhiger, einer nach dem anderen verstummte und schlief schließlich ein.

REITSTUNDE

Auch Gina und Viktor entschwanden irgendwann in die Welt der Träume, doch ihre Hände hielten sich nach wie vor fest umschlossen. Das war auch noch so, als Viktor am nächsten Morgen die Augen aufschlug. Er spürte, wie Gina ihre Hand vorsichtig wegzog und richtete sich auf. Diese Bewegung registrierte ihr geschärftes Gehör sofort. „Viktor?", flüsterte sie, um die anderen nicht zu wecken.

„Ja. Alles in Ordnung?"

„Ja, ja, ich bin nur kein Langschläfer. Ich wollte Sunshine besuchen und ihm guten Morgen sagen."

„Darf ich mitkommen?" Anstatt einer Antwort streckte sie ihm einfach die Hand hin. Der Junge ergriff sie und gemeinsam gingen sie zur Hallentür, die sie möglichst leise aufschoben und durch den schmalen Schlitz schlüpften. Wenig später betraten sie den Stall, in dem bereits gearbeitet wurde.

Matthias war schon mit der Morgenfütterung fertig und fing gerade an, die Boxen der Tiere auszumisten, die er bereits auf die Koppel gebracht hatte. „Guten Morgen, ihr beiden. Na, wie war die Party.

„Ganz gut. Ich habe in der Halle super geschlafen. Ist Sunshine schon auf der Weide?", fragte Gina den

Pferdepfleger.

„Nee, der steht noch in seiner Box. Vielleicht wusste er, dass du vorbeikommst, denn er lässt sich Zeit mit dem Frühstück. Wenn ihr wollt, könnt ihr ihn nachher rausbringen, wenn er fertig ist. Ich habe gehört, dass du deine Scheu inzwischen überwunden hast, Viktor", ergänzte er in die Richtung des Jungen, der prompt wieder rot wurde.

„Soweit würde ich jetzt nicht gehen, aber ich bin zu mindestens nicht schreiend weggelaufen", grinste dieser.

„Jetzt hör' aber mal auf, Viktor. Du hast das für den Anfang super gemacht. Du wirst sehen, in ein paar Tagen denkst du nicht mal mehr darüber nach. Wir haben noch eine Woche, bis die Ferien zu Ende sind und ich habe mir in den Kopf gesetzt, dass du vor Ablauf dieser Woche reitest."

Viktor prustete los. „Du träumst wohl noch, junge Dame."

„Überhaupt nicht. Ich bin vollkommen Herr meiner Sinne." Damit ging sie weiter zum Stall ihres Pferdes und öffnete die Boxentür.

„Sie weiß, was sie will", stellte Matthias fest und machte sich wieder an die Arbeit.

Viktor folgte dem Mädchen und trat ebenfalls an die Stalltür. Sie stand dicht neben ihrem Pferd, hatte die Arme um es geschlungen und ihr Gesicht an seinen weichen Hals geschmiegt, während Sunshine genüsslich sein Futter verspeiste. Der Junge beobachtete die beiden eine Weile und stellte dabei fest, wie vorsichtig das große Tier mit dem blinden Mädchen umging. Als wenn er genau wüsste, dass sie nicht sehen konnte, wenn er zur Seite trat. Irgendwann drehte Gina sich um und streckte Viktor die Hand entgegen. „Nun komm' doch rein. Du störst schon nicht."

Manchmal war ihm das Mädchen richtig unheimlich. Trotz des fehlenden Sehvermögens bekam sie mehr mit, als viele gesunde Menschen es taten. Lächelnd trat er näher. „Guten Morgen, Sunshine", sagte er und streckte dem Pferd vorsichtig die Hand entgegen. Dieses hob den Kopf und berührte mit den Nüstern sanft die ausgestreckte Hand. Gina trat einen Schritt zur Seite, damit er näher an das Tier treten konnte, um es zu streicheln. Sunshine ließ sich das gerne gefallen. Er genoss es, Gesellschaft zu haben.

„Lust auf die nächste Lektion?", fragte Gina nun lächelnd.

„Was, wenn ich *NEIN* sage?", grinste der Junge zurück.

„Ein *NEIN* wird nicht akzeptiert. Wer *A* sagt, muss auch *B* sagen."

„Na dann", gab sich Viktor geschlagen. „Also, was soll ich machen?"

Gina deutete auf die Boxentür. „Vor der Tür hängt ein Halfter. Weißt du, was das ist?"

„Klar, ich bin schon ein paar Wochen hier, vergiss das nicht. Auch wenn ich keinen Kontakt mit den Pferden hatte, habe ich doch ein bisschen was mitbekommen." Er ging vor die Box, griff das Halfter und trat wieder zu der Freundin.

Sie tastete es kurz ab, öffnete es und zeigte Viktor dann, wie man es anlegte. Nachdem sie das Halfter anschließend wieder entfernt hatte, drückte sie es dem Jungen in die Hand. „Jetzt du." Sie wartete, bis er es angelegt hatte und fuhr dann mit den Fingern über den Pferdekopf, um den Sitz zu prüfen. „Ganz gut, für den Anfang. Nur hier muss es ein wenig nach hinten, damit es nicht scheuert. So... siehst du?"

„Alles klar. Brauchst du den Führstrick?"

Gina trat einen Schritt zurück. „Nee, aber *du*. Weißt du, wo du ihn einhakst?"

Viktor wusste es und während er das Pferd vor die Tür führte, ging Gina in die Kammer und kam mit ihrem Putzkasten zurück, den sie noch immer dort in einem Schrank stehen hatte. Sie stellte ihn auf eine Bank neben dem Eingang und ging an der Wand entlang, bis sie zum Anbinde-Haken kam. „Gibst du mir mal den Strick?", bat sie und zeigte Viktor, wie er das Pferd festbinden musste. Auch das versuchte er ein paar Mal, bis es richtig funktionierte. Gina spürte, wie er langsam sicherer wurde im Umgang mit ihrem Pferd. Er wirkte weniger nervös und bewegte sich nicht mehr ganz so vorsichtig und zurückhaltend. Während der nächsten halben Stunde zeigte sie ihm die Grundlagen des Putzens. Sunshine schien die ausgiebige Behandlung richtig zu genießen, denn er stand entspannt auf seinem Platz und hatte die Augen halb geschlossen. Nur bei den Hufen bat Gina Matthias um Hilfe, da es für sie schwer war, es dem Jungen richtig zu zeigen, weil sie selbst den Strahl nur fühlen und nicht sehen konnte. Der Pfleger erklärte sich sofort bereit, ihnen zu helfen und wenig später führte Viktor das Tier vollkommen selbstständig auf die Weide, während Gina an seiner äußeren Hand neben ihm herlief. Sunshine lief ausgelassen über die Wiese, als sie ihn losließen. „Beschreibst du mir bitte, was er macht?", fragte Gina, als sie am Zaun standen.

Das tat der Junge natürlich gerne und beschrieb ihr in allen Einzelheiten, was ihr Pferd auf der Koppel veranstaltete, bis dieses schließlich den Kopf senkte und anfing zu grasen.

In den nächsten Tagen bekam Viktor weitere Lektionen bezüglich des Umgangs und der Pflege eines Pferdes und wurde von Stunde zu Stunde selbstsicherer. Er fing an, sich auf dem Hof wohl zu fühlen und half auch mal Matthias oder seinem Vater im Stall mit, wenn Hilfe benötigt wurde. Florian hatte ihm für die Arbeit im Stall eine alte Reithose von sich gegeben, die er als junger Mann getragen hatte, damit er sich seine neuen Hosen nicht verdreckte. Damit fiel er auch viel weniger zwischen all den Reitern auf, die auf dem Sternenhof umherwuselten. Gina verbrachte fast den gesamten Tag ebenfalls dort. Am Donnerstag machten sie zusammen Sunshine fertig für eine kleine Reitstunde in der Halle. Florian erwartete sie bereits, befestigte das Pferd an der Longe, die er mitgebracht hatte und ließ ihn sich einige Runden austoben, bevor er ihn wieder anhielt, die Longe entfernte und auf dem Boden ablegte. Viktor zog die Steigbügel wieder herunter und Gina schwang sich in den Sattel. Als der Junge zur Tür laufen wollte, um auf der Tribüne Platz zu nehmen, hielt ihn Florian zurück. „Du kannst ruhig hierbleiben, Viktor. Ich brauche deine Hilfe."

„Okay", sagte sein Sohn verwundert, weil sein Vater sonst nie Hilfe mit Gina benötigt hatte.

„Gina möchte heute mal nicht geführt werden, sondern allein reiten. Und ich möchte, dass du nebenhergehst, um gegebenenfalls ein bisschen nachzuhelfen, falls Sunshine auf die Idee kommen sollte, zu vergessen, wo die Ecken sind."

Eine halbe Stunde lang durfte Gina durch die Halle reiten, mit Viktor an der Seite, der sogar neben ihr herlief, als sie ein kleines Stück trabte. „Du hast nichts verlernt, Gina", sagte Florian schließlich, als der Junge das Pferd in die Mitte der Bahn brachte, damit sie absteigen konnte.

„Danke. Es ist herrlich, wieder öfter zu reiten, auch wenn ich es natürlich nicht so genießen kann, wie früher. Ich muss mich zu sehr auf mein Pferd verlassen und habe natürlich nicht die Möglichkeit, Gefahren rechtzeitig zu erkennen. Dabei würde ich so gerne mal wieder durch die Felder reiten."

202

„Warte damit noch, bis du dich etwas sicherer fühlst. Vielleicht können wir dann irgendwann mal in der Gruppe reiten und dich in die Mitte nehmen. Aber das möchte ich vorläufig noch nicht riskieren."

Viktor hatte Gina geholfen, abzusteigen und zog nun die Steigbügel nach oben, wie er es von ihr gelernt hatte, als sein Vater ihn daran hinderte: „Lass' die Bügel noch unten, Junge. Der Dicke ist noch nicht fertig."

„Nicht?", fragte Viktor. „Reitest du ihn noch eine Weile?"

Florian grinste. „Nee, aber du."

Viktor starrte seinen Vater ungläubig an. Inzwischen hatte er zwar seine Angst tatsächlich abgelegt, auch wenn er manchmal im Umgang mit Sunshine noch etwas unsicher war, aber reiten...? Gina drehte sich zu ihm um und legte erneut ihre Hand auf seine Brust. „Ich habe dir gesagt, dass du ihn reiten wirst, bevor die Schule wieder anfängt. Und ich glaube, du bist bereit dazu. Du hast viel gelernt in den letzten Tagen und deine Angst ist verschwunden. Es wird Zeit für den nächsten Schritt. Es sei denn, du sagst mir hier und jetzt, dass du keinerlei Interesse an Pferden oder am Reiten hast."

„Das habe ich nie behauptet", meinte Viktor kleinlaut.

„Dann sind wir uns ja einig. Du brauchst keine Angst zu haben. Dein Vater ist dabei und du bist nicht der erste Anfänger, den er unterrichtet. Ich wünschte nur, ich könnte zusehen."

„Damit du mich auslachen kannst, wenn ich mich blamiere?", fragte Viktor amüsiert.

„Ich glaube nicht, dass du das tust. Und wenn, ist es auch nicht schlimm. Ich bin auch schon runtergefallen und habe am Anfang alles falsch gemacht, was man falsch machen konnte. Und trotzdem ist aus mir eine ganz passable Reiterin geworden. Nicht zuletzt wegen der Reitlehrer auf dem Sternenhof."

„Das hast du schön gesagt, Gina", stellte Florian gerührt fest. „Wir haben euch auch immer gern unterrichtet. Möchtest du auf die Tribüne gehen oder willst du hierbleiben?"

„Darf ich vielleicht die Longe halten? Dann spüre ich wenigstens, was Sunshine macht", fragte Gina.

„Ich denke, das bekommen wir hin. – Also los, mein Sohn. Bist du bereit, oder brauchst du noch einen Moment?"

„Wenn ich warte, mache ich nur einen Rückzieher. Also auf in den Kampf. – Sunshine, benimm dich bitte, sonst rede ich kein Wort mehr mit dir."

Gina grinste, drückte Viktor ihren Helm in die Hand und gab ihm einen kleinen Kuss auf die Wange. „Du schaffst das schon."

Nach wenigen Minuten saß Viktor das erste Mal in seinem Leben im Sattel und blickte sich um. „Mannomann ist das hoch. Von unten sieht das gar nicht so schlimm aus."

„Ist es auch nicht. Du wirst dich bald dran gewöhnen, Viktor. Aber als erstes müssen wir die

Steigbügel auf deine Größe anpassen. Du hast längere Beine als Gina." Florian trat näher, stellte die Bügel ein und korrigierte seinen Sitz. „Die Zügel kannst du erst einmal ignorieren. Im Moment geht es nur darum, das Pferd und dessen Bewegungen kennenzulernen und nicht das Gleichgewicht zu verlieren. Wenn irgendetwas sein sollte, halten wir sofort an. Alles klar?"

Der Junge nickte und hielt sich am Sattel fest, als Gina die Longe einhakte und ein paar Schritte zurücktrat. Florian nahm die kleine Peitsche auf und deutete Sunshine an, loszulaufen. Im ersten Moment kam sich Viktor vor, als würde er versuchen, auf einem Wackelpudding das Gleichgewicht zu halten, doch schon nach wenigen Schritten passte er sich den Bewegungen des Tieres an. „Gib noch etwas mehr Leine, Gina. Noch ein Stück. Ja, so kannst du ihn halten." Florian stand direkt neben dem Mädchen, um notfalls in die Longe greifen zu können. Gina konnte durch die Longe die Bewegungen des Pferdes spüren und stellte sich vor, wie Viktor wohl auf ihrem Pferd saß. Sie hatte das Gefühl, helfen zu können, was wiederum ihr selbst half.

Runde um Runde lief das Tier um die beiden herum, bis Florian es schließlich anhielt und umdrehte. „Wie fühlst du dich?"

„Gut", gab Viktor selbst überrascht zu. „Besser, als ich befürchtet hatte."

„Dann ist ja gut. Bereit für ein paar Übungen?"

„Ich hoffe..."

„Na, dann mal los, mein Junge. Gina, Vorsicht. Ich treib' ihn wieder an."

„Okay. Ich bin bereit", kam es von der Mitte und Florian tippte das Tier mit der Peitsche an.

„Wenn du dich sicher fühlst, lässt du die Hände einfach mal los", befahl Viktors Vater und kurz darauf ließ er tatsächlich los. Anschließend durfte er einige Übungen auf dem Pferderücken machen, die seine Beweglichkeit und das Vertrauen zu dem Pferd trainieren sollten. Sie bereiteten ihm keine großen Schwierigkeiten, sodass Florian beschloss, noch einen Schritt weiter zu gehen. Wieder hielt er Sunshine an, drehte ihn um und gab dem Jungen Instruktionen. Dann legte er die Bügel über Sunshines Hals, damit sie nicht gegen den Bauch des Tieres schlagen konnten. „Bereit?", fragte er dann und Viktor nickte, nun doch ein wenig nervös. Wieder trieb Florian das Pferd an, dieses Mal jedoch weiter, bis es zu traben begann. Erst hielt der Junge sich am Sattel fest, doch nach einer halben Runde ließ er ihn wieder los. „Das gibt es doch nicht", entfuhr es Florian leise.

„Was ist passiert?", fragte Gina, die ja nicht wissen konnte, was er meinte und sich nur wunderte, dass Florian ihr Pferd nicht anhielt. Normalerweise trabten Anfänger ein, zwei Runden, bevor sie das Gleichgewicht verloren und der Reitlehrer das Pferd zügelte.

„Passiert ist gar nichts, Gina. Überhaupt nichts! Viktor sitzt wie 'ne Eins."

„Ich wusste es!", gab das Mädchen zurück, nicht ohne Stolz in der Stimme.

Viktor hatte von dem Wortwechsel nichts mitbekommen, weil er sich so darauf konzentrierte, sich dem Tier anzupassen und das Gleichgewicht zu halten. Schließlich hatte sein Vater ein Einsehen und ließ Sunshine wieder in den Schritt fallen. „Das war gar nicht schlecht für den Anfang", lobte er seinen Sohn. „Und du bist ganz sicher, dass du noch nie geritten bist?"

„Ganz sicher. Der einzige Sattel, den ich bisher unterm Hintern hatte, war der meines Fahrrades. Wieso fragst du?"

„Ach, nur so", winkte Florian ab und hielt Sunshine schließlich an, damit Viktor absteigen konnte. „Schafft ihr es allein, oder soll ich helfen?"

„Wir kriegen das hin, denke ich. Nicht wahr, Gina?" Das Mädchen nickte und zusammen verließen sie wenig später die Halle. Florian blickte ihnen nachdenklich hinterher, als sich die Tür erneut öffnete und Finja eintrat. „Hallo Schatz", grüßte er sie und gab ihr einen Kuss. „Was führt dich denn hierher? Deine Stunde ist doch erst heute Nachmittag."

„Die Neugier", antwortete sie. „Ich habe gehört, wie du mit Gina gestern gesprochen hast und wollte mal schauen, wie es so klappt. – Eins ist jedenfalls sicher, Flo. Sollte irgendjemand noch irgendwelche Zweifel daran gehabt haben, ob Viktor dein Sohn ist, dann haben sich die gerade in Luft aufgelöst. Der

Junge sitzt besser im Sattel, als meine Reitschüler nach einem halben Jahr Training. So etwas habe ich noch nie gesehen und ich hatte weiß Gott schon viele Schüler."

„Dir ist die Verbindung also auch aufgefallen, Finja?"

„Natürlich ist es das. Der Junge hat Potential, Flo. Es ist eine Schande, dass er nicht wie Fiona hier aufwachsen konnte. Du solltest stolz auf ihn sein."

„Das bin ich, aber sage das bitte nicht zu laut. Die Kinder nähern sich gerade erst aneinander an und ich möchte nicht, dass Fiona wieder eifersüchtig wird, wenn sie mitbekommt, dass ihr Bruder ein Naturtalent ist."

„Wie willst du das denn geheim halten?"

„Ich habe keine Ahnung", gab Florian zu. „Aber eines weiß ich: Ich werde Viktor unterrichten, wenn er das will. Und dann sehen wir weiter."

„Tue das, Florian. Es wird euch beiden guttun, etwas Gemeinsames aufbauen zu können. Nur eine Bitte habe ich an dich…"

„Welche?"

„Vergiss darüber deine Tochter nicht", bat Finja.

„Das werde ich bestimmt nicht", erwiderte ihr Mann und war davon selbst überzeugt. „Wo wir gerade von ihr sprechen… Sag' mal, kennst du eigentlich diesen Jan?"

„Den Jungen, den sie kurzfristig noch eingeladen hat?"

„Ja", bestätigte Florian. „Er lag im Krankenhaus

mit Viktor auf einem Zimmer. Macht einen ganz netten Eindruck und ich habe das Gefühl, dass die zwei sich schon länger kennen."

„Das ist möglich. Er geht wohl auf ihre Schule; kommt jetzt in die Zehnte, wenn ich es richtig verstanden habe."

„Du hast dich mit ihm unterhalten?", fragte ihr Mann überrascht.

„Gezwungenermaßen", grinste Finja. „Er wird nämlich in der neuen Anfängergruppe mitreiten. Fiona hat ihn wohl dazu… sagen wir *inspiriert*."

Florian blickte seine Frau mit großen Augen an. „Du meinst, er hat sich in sie verknallt? Oh Mann, jetzt geht das auch noch los."

„Da wirst du wohl nicht drum herumkommen, mein Lieber. Sie ist jetzt vierzehn."

„Das fürchte ich auch", nickte er und legte ihr den Arm um die Schultern. Gemeinsam verließen sie die Halle.

SCHULSTART

In den letzten Ferientagen hatte Viktor noch die ein oder andere Reitstunde in der Halle mit seinem Vater und machte große Fortschritte. Florian sollte Recht behalten: Viktor war ein Naturtalent. Bisher hatten sie die Reitstunden geheim gehalten, doch nach den Ferien würde der Junge in den regulären Reitstunden mitreiten. Erst einmal würde er in die Anfängergruppe gehen, in die auch Jan kommen würde, doch fürchtete Florian, dass er sich dort schnell langweilen würde. Aber das blieb abzuwarten.

Auch Gina verbrachte die letzten Tage auf dem Sternenhof. Es war fast wie in alten Zeiten, bevor sie den Unfall hatte. Damals war sie in den Ferien auch nie zu Hause gewesen, sondern hatte zusammen mit Fiona trainiert, Ausritte gemacht oder einfach im Stall rumgehangen und beim Ausmisten mitgeholfen. Nun verbrachte sie mehr Zeit mit Viktor und Fiona mit Jan, der nach der Geburtstagsfeier ebenfalls fast täglich auf dem Sternenhof anzutreffen war. So wie Viktor von Gina in die Geheimnisse der Pferdepflege eingewiesen worden war, wurde nun Jan von Fiona unterwiesen.

Am Sonntag saßen die vier abends gemeinsam am

Grillplatz, der zum Hof gehörte, vor einem lustig knisternden Lagerfeuer, brieten Würstchen und Marshmallows und unterhielten sich über die Schule. Fiona würde am nächsten Tag in die neunte, Jan und Viktor in die zehnte Klasse des Gymnasiums kommen. Gina hingegen ging auf eine Schule außerhalb, die speziell für Kinder mit Behinderungen ausgelegt war. Dort besuchte sie eine Blindenschule mit sehr kleinen Klassen. „Ich glaube, dass ist, was ich am meisten vermisse, nach dem Unfall", sagte sie gerade. „Dass ich nicht mit meinen Freunden zusammen zur Schule gehen kann."

„Gibt es denn auf deiner Schule niemanden, mit dem du dich angefreundet hast?", fragte Jan neugierig. Er hatte sich erstaunlich schnell an das blinde Mädchen gewöhnt, obwohl er anfangs eine gewisse Scheu gezeigt hatte.

„Schon", gab sie zu, „aber nicht so richtig. Wir hängen in der Schule zusammen und machen auch mal Blödsinn im Unterricht und so, aber privat läuft da nichts. Die meisten sind so etwas wie eine eingeschworene Gemeinschaft, müsst ihr wissen. Sie bleiben gerne für sich, meiden den Kontakt zu normalen Menschen. Aber ich will das nicht. Ich liebe den Stall und die Pferde und könnte ohne sie nicht leben. Das ist mir in den letzten Monaten klar geworden."

„Warum hat es dann so lange gedauert, bis du wieder hergekommen bist?", fragte Viktor leise. Fiona trat ihrem Bruder gegen das Schienbein und warf ihm einen bösen Blick zu.

Gina hatte den Tritt und das unterdrückte Aufstöhnen ihres Freundes gehört und drehte ihren Kopf in Fionas Richtung. „Lass' ihn, Fiona. Er hat ja Recht." Sie drehte sich wieder Viktor zu und tastete nach seiner Hand. „Ich hatte ganz einfach Angst, zurückzukommen. Deshalb hat meine Mutter sich um Sunshine gekümmert und euer Vater war so nett, Sunshine hin und wieder zu reiten oder ihn in einer Reitstunde einzusetzen. Ich wollte nicht, dass man mich anstarrt, mich bemitleidet oder mir ständig helfen will. Ich wollte allein klarkommen. Deshalb bin ich immer nur heimlich in den Stall gegangen und habe Sunshine begrüßt und mit ihm gesprochen. Matte wusste Bescheid, sonst niemand. Bis du hier aufgetaucht bist und Fiona mich dann entdeckt hatte und schließlich auch euer Vater – an dem Tag, als… ihr diesen Streit hattet. Aber jetzt bin ich wieder gerne hier. Es ist schön, ein bisschen was von meinem alten Leben wiedergefunden zu haben – ein bisschen normal zu sein." Viktor drückte sanft ihre Hand, worauf ihr ein Lächeln über das Gesicht glitt. „Das werde ich in Zukunft vermissen."

„Warum denn?", fragte Fiona. „Du kannst doch auch weiterhin kommen. Paps hat mir erzählt, dass du gerne wieder ausreiten möchtest. Deshalb solltest du regelmäßig auf Sunshine reiten, um sicherer zu werden und wenn du dich gut genug fühlst, üben wir in der Gruppe zu reiten. Erst in der Halle und wenn alles klappt, können wir auch wieder ausreiten."

„Meinst du?", fragte Gina zweifelnd.

„Natürlich. Außerdem wird es Sunshine guttun, wieder regelmäßig geritten zu werden. Der rostet sonst irgendwann noch ein."

„Keine Sorge. Das wird nicht passieren. Er wird nämlich in Zukunft regelmäßig von Viktor in der Reitstunde geritten werden."

Fiona blieb der Mund offen stehen. „Du willst anfangen zu reiten?"

„Genaugenommen habe ich das bereits", gab ihr Bruder kleinlaut zu.

„Wann?"

„Seit Donnerstag. Da hat mich deine Freundin genötigt, auf ihr Pferd zu steigen", lachte er amüsiert über den perplexen Gesichtsausdruck seiner Schwester. „Und es hat total Spaß gemacht. Langsam fange ich an, dich und deine Eltern zu verstehen."

„Hey. Sie sind jetzt auch deine Eltern, großer Bruder."

„Ich weiß. Es ist für mich immer noch schwer, mich daran zu gewöhnen. Ich hatte ja vorher nie richtige Eltern", gab Viktor zu.

„Aber du hattest doch deine Mutter, oder?", fragte Jan, der nicht die ganze Geschichte kannte, sondern nur eine sehr zusammengefasste Version von Fiona erhalten hatte.

„Eine Mutter, die eigentlich nie da war."

Für ein paar Minuten herrschte Stille, bis Gina aufstand und Viktor die Hand reichte. „Gehen wir nochmal zu Sunshine, bevor ich abgeholt werde?"

Der Junge stimmte zu und die beiden verschwanden zwischen den Büschen, während Jan aufstand und das Feuer löschte. „Habe ich etwas Falsches gesagt, Fiona?"

„Nein, schon gut. Du musst wissen, dass das Leben mit Viktors Mutter nicht so ganz einfach gewesen ist. Ich kann dir dazu nicht mehr sagen, das müsste er schon selbst tun. Ich habe versprochen, es für mich zu behalten, was damals geschehen ist, also nimm' es bitte einfach so hin und frag' mich nicht danach. Ist das okay?"

„Schon gut. Ich wollte nicht in eure Familiengeschichte eindringen", antwortete Jan und klang ein wenig enttäuscht und zornig.

Fiona stand auf und ergriff seine Hand, um ihn zu sich umzudrehen. „Jan! Das hat nichts mit dir oder uns zu tun. Oder damit, dass ich dir nicht vertraue. Aber Viktor hat ein Recht darauf, selbst zu entscheiden, wem er diese Dinge mitteilt und wem nicht. Ihr kennt euch noch nicht lange, aber wenn ihr euch besser kennt, wird er es dir vielleicht irgendwann erzählen. Ich glaube, es belastet ihn sehr, was vor seinem Unfall passiert ist und er schämt sich dafür. Ich habe schon genug Bockmist gebaut, nachdem er hergekommen ist, um ihn jetzt erneut zu enttäuschen und zu verletzen. Bitte Jan, du musst mir glauben, dass es nicht böse gemeint ist."

Jan dachte einen Moment nach und nickte dann. „Schon gut. Genaugenommen geht es mich ja auch

214

nichts an. Vielleicht hast du Recht. – Ich sollte mich jetzt auch langsam auf den Heimweg machen. Immerhin muss ich noch ein Stück mit dem Rad fahren und es ist schon spät."

Fiona nickte und geleitete ihn noch zum Fahrradständer, wo er sein Rad losmachte und sich in den Sattel schwang. „Sehen wir uns morgen in der Schule?", fragte Fiona leise.

Jan drehte sich zu ihr um und lächelte. „Liebend gerne." Dann beugte er sich plötzlich zu ihr vor und gab ihr einen Kuss auf den Mund. Bevor Fiona noch begriff, was er getan hatte, war er auch schon davongefahren. Das Mädchen sah ihm noch nach, bis er am Ende des Parkplatzes auf die Straße abbog und ihrem Blick entschwand.

Derweil waren Viktor und Gina noch einmal in den Stall gegangen und das Mädchen legte ihre Arme um den Wallach, der genüsslich an seinem Heu knabberte. Viktor beobachtete die Freundin eine Weile. Die Art und Weise wie sie ihr Leben meisterte, flößte ihm den größten Respekt ein. Sie hatte Schlimmes durchgemacht und gab dennoch nicht auf, und ihre Liebe zu Sunshine wirkte irgendwie ansteckend. Noch vor einer Woche hatte er Angst vor dem Dicken gehabt und nun waren sie Freunde geworden und er konnte seinen Vater nun viel besser verstehen, der ihm damals im Krankenhaus gesagt hatte, dass er und seine Familie diese Tiere über alles liebten. Wie schön hätte es sein können, wenn er damals nicht bei seiner Mutter geblieben, sondern zu seinem Vater gekommen wäre? Wenn er hier aufgewachsen wäre... hier im Stall... zusammen mit Fiona und Gina... zwischen Pferden, Heu und dieser wunderschönen Landschaft. Vermutlich wusste Fiona das alles gar nicht zu schätzen, weil sie nie etwas Anderes kennengelernt hatte. Er schon; er war in einer völlig anderen Welt aufgewachsen und konnte all das hier auch nicht vermissen. – In diesem Moment nahm er sich vor, alles dafür zu tun, dass Fiona und er sich vertrugen, er würde Finja als seine Stiefmutter akzeptieren und sich Mühe geben, ein guter Reiter zu werden, um seinen Vater stolz zu machen und ihn nicht zu enttäuschen.

„Hey, träumst du?", wurde er plötzlich aus seinen Gedanken gerissen. Gina hatte sich umgedreht und war auf ihn zugekommen. Sanft legte sie ihm die Hand an die Wange.

„Ein bisschen vielleicht. Ich glaube, ich fange langsam an, mich hier zu Hause zu fühlen. So schwer es am Anfang auch war, umso schöner fängt es nun an, zu werden." Er machte eine Pause und fragte dann leise: „Sehen wir uns morgen Nachmittag nach der Schule?"

„Ich weiß nicht genau, ob ich kommen kann. Möchtest du das denn?" Viktor nickte und weil sie die Hand noch immer an seiner Wange hatte, fühlte sie die Bewegung und lächelte ihn an. „Ich werde versuchen, vorbeizukommen."

216

„Wo wohnst du eigentlich, Gina?"

„In Hude. Wieso?"

„Weil deine Eltern dich immer mit dem Auto abholen."

„Früher bin ich mit dem Fahrrad gefahren, aber das geht ja jetzt nicht mehr. Und einen Bus gibt es nicht bis hier raus. Meine Eltern möchten nicht, dass ich alleine von der Bushaltestelle hierherlaufe."

„Und wenn ich dich dort abhole? Wäre das möglich?", fragte Viktor nun.

„Vielleicht. Ich kann sie ja mal fragen."

„Gina!", rief es in diesem Moment plötzlich und das Mädchen senkte ihre Hand. „Du wirst abge-holt!"

„Ich komme!", rief sie zurück und ergänzte dann leiser: „Wir sehen uns morgen. Ich drücke dir die Daumen für die neue Schule."

Am nächsten Morgen war Viktor verständlicher-weise nervös. Da sein alter Schulrucksack beinahe auseinandergefallen war, hatten Finja und Florian ihm einen neuen besorgt, den er nun über die Schulter warf und zusammen mit seiner Schwester zum Bus lief. Beim Einsteigen stellte er fest, dass Fiona sehr beliebt zu sein schien, denn sie begrüßte den halben Bus, umarmte die eine oder andere Mitschülerin und fing an, sich zu unterhalten. Viktor war ihr deshalb nicht böse. Sie war nicht seine Baby-sitterin und er war alt genug, allein im Bus zu fahren.

Deshalb setzte er sich auf einen freien Doppelsitz und blickte aus dem Fenster. Dennoch blieb ihm nicht verborgen, dass er den einen oder anderen Blick auf sich zog. Was hatten die nur alle? Hatte er heute Morgen sein Hemd falschherum angezogen oder seinen Tee darauf verschüttet? Irritiert blickte er an sich herunter. Nein, es schien alles in Ordnung zu sein. Er prüfte seine Haare im Fenster, doch die lange Strähne verdeckte seine große Narbe gut – daran konnte es also auch nicht liegen. Die kleinere Narbe war inzwischen so verblasst, dass man sie kaum noch erkennen konnte. Dazu musste man schon direkt vor ihm stehen.

Eine viertel Stunde später kam Fiona zu ihm. „Wir müssen hier gleich raus, Viktor." Er nickte ihr zu und wartete, bis das Fahrzeug hielt, bevor er mit dem Rest der Schüler den Bus verließ. Als sie das Gebäude betraten, deutete Fiona nach links. „Das Sekretariat ist dort. Soll ich mitkommen?"

Viktor schenkte ihr ein Lächeln. „Ich denke, das bekomme ich auch allein hin. Danke Fiona. Außerdem wirst du, glaube ich, erwartet." Er deutete grinsend auf die andere Seite, wo Jan an der Mauer lehnte und zu ihnen herüberblickte.

„Na dann, auf in den Kampf, großer Bruder. Wir sehen uns später." Wieder nickte Viktor und begab sich anschließend ins Sekretariat, um den Termin mit dem Schulleiter wahrzunehmen. Wenig später klingelte es zur ersten Stunde und während Viktor noch auf einem Stuhl saß und wartete, erklang durch den Lautsprecher die Begrüßungsrede des Schulleiters. Erst, als diese verklungen war, wurde er in ein Büro gebeten. Hinter einem großen Schreibtisch saß ein älterer, untersetzter Herr mit Halbglatze und lächelte ihm freundlich zu. „Guten Tag. Mein Name ist Keppler. Sie müssen Viktor Tomanek sein. Herr Wächter hat mir vor den Ferien schon von Ihnen berichtet. Wie ich sehe, sind Sie inzwischen wieder fit?" Viktor war ein wenig irritiert, als er plötzlich gesiezt wurde und blickte den Mann kurz irritiert an. „Ihre Verletzungen, die sie bei dem Unfall erlitten haben", half der Mann ihm auf die Sprünge.

„Ach so, ja. Die sind soweit verheilt. Ich habe noch eine Orthese, die ich hin und wieder tragen muss, wenn ich Probleme mit dem Knie habe, aber sonst geht es mir wieder gut."

„Auch fit genug für den Sportunterricht?"

„Die Ärzte sagen ja. Und ich bin in den letzten Tagen sogar geritten – und da war auch alles in Ordnung. Also denke ich nicht, dass ich Probleme haben werde", teilte Viktor ihm mit.

„Dann ist ja gut. Ihr Vater hat mir erzählt, dass Sie bisher auf die Realschule gegangen sind. Deshalb – und auch wegen ihres langen Krankenhausaufenthaltes – halten wir es für sinnvoll, dass Sie die zehnte wiederholen. Das macht es Ihnen leichter, in den Stoff reinzukommen und das erforderliche Pensum zu schaffen. Sie kommen in unsere G10a. Das ist eine kleine Klasse und ich denke, sie werden sich bei Ihrem Klassenlehrer Herrn Dr. Engel wohlfühlen. Er ist ein erfahrener Kollege, wenn es um Schüler mit Vergangenheit geht, wie das bei Ihnen ja wohl auch der Fall ist."

Viktor schluckte innerlich. Erfahrener Kollege... Na toll, vermutlich im Alter des Schulleiters, Nickelbrille, mit allen Wassern gewaschen. Umso erstaunter war er, als Herr Keppler wenig später das Klassenzimmer von Herrn Dr. Engel öffnete und er sich einem Mann gegenübersah, der höchstens Ende dreißig war. Der südländisch angehauchte Mann war braungebrannt und hatte lange, dunkle Haare, die er ordentlich im Nacken zusammengebunden hatte. Er trug Jeans und ein weißes Hemd und schien supergute Laune zu haben, als er mit einem strahlenden Lächeln auf ihn und den Schulleiter zukam.

„Herr Dr. Engel? Ich bringe Ihnen Viktor Tomanek, Ihren neuen Schüler."

„Danke, Herr Keppler. Ich weiß Bescheid." Er reichte dem Jungen die Hand und der Schulleiter verschwand wieder durch die Tür. „Willkommen in der G10a, Viktor. Möchtest du dich kurz vorstellen oder soll ich das für dich übernehmen?"

„Vielleicht machen Sie das besser", sagte der Junge leise, dem es sichtlich unangenehm war, von allen angestarrt zu werden. Er ließ seinen Blick kurz über die Klasse wandern. Sie war wirklich nicht sehr groß. An einem bekannten Gesicht blieb er hängen. Jan saß am Fenster in der Nähe des Lehrerpults und nickte ihm zu. Gott sei Dank, wenigstens einer, der ihn nicht anstarrte und den er sogar kannte.

Der Lehrer war seinem Blick gefolgt und hatte die Begrüßung von Jan bemerkt. „Ihr kennt euch schon?" Viktor nickte. „Na dann würde ich doch vorschlagen, dass du dich neben Jan setzt. Er kann dir vielleicht ein bisschen behilflich sein am Anfang und dir erklären, wie es in unserer Schule so abläuft." Während Viktor sich seinen Weg zu dem Jungen bahnte, wandte sich Herr Dr. Engel wieder an seine Klasse: „Also, das ist Viktor. Er ist sechzehn Jahre und ging bisher auf eine Realschule in der Nähe von Würzburg. Aufgrund eines schweren Unfalls lag er mehrere Monate im Krankenhaus und wird daher die zehnte wiederholen, um den Anschluss nicht zu verpassen. Ich würde mich freuen, wenn ihr ihn ein wenig unterstützen könntet, damit er sich bald zurechtfindet an unserer Schule. – Viktor, wenn du irgendwelche Fragen hast, komm' einfach zu mir. Ich werde versuchen, dir zu helfen, wenn ich kann." Viktor nickte ihm dankbar zu, woraufhin sich der Lehrer wieder den Lernzielen der nächsten Wochen zuwandte. Viktor erfuhr, dass Herr Dr. Engel die Klasse in insgesamt vier Fächern unterrichtete: Mathe, Deutsch, Englisch und Sport. Er hatte noch nie einen Lehrer in mehr als zwei Fächern gehabt, fand das aber nicht schlimm. Der Mann war ihm irgendwie sofort sympathisch gewesen und dieser Eindruck änderte sich auch nicht in den nächsten Stunden, in denen sie Lernziele besprachen, gesagt bekamen, welche

Unterlagen sie brauchten, und ihre Bücher erhielten. In der Pause zeigte Jan ihm den Schulhof und den kleinen Kiosk, an dem man Getränke und Snacks kaufen konnte und sie trafen wenig später auf Fiona, die lächelnd auf sie zukam. „Na, Viktor, wie ist es bisher? Schon ein bisschen eingelebt?"

„Schwer zu sagen nach zwei Stunden. Aber ich denke, hier könnte es mir gefallen."

„Auf jeden Fall hast du bereits Eindruck hinterlassen", kicherte das Mädchen.

„Eindruck? Was meinst du?"

„Bist du eigentlich so blöd oder tust du nur so?", grinste nun auch Jan und legte den Arm um Fiona, während er in sein Pausenbrot biss.

„Scheinbar bin ich es, denn ich habe keine Ahnung, wovon ihr sprecht. Klärt mich bitte mal jemand auf?"

„Du hast also immer noch nicht gemerkt, dass einigen Mädels bald die Augen aus dem Kopf fallen, wenn sie dich sehen?", fragte Fiona amüsiert. „In meiner Klasse haben sie vor der ersten Stunde nur über *dich* geredet. Sie haben dich im Bus gesehen und es wurden bereits Wetten abgeschlossen, wer dich zu einem Date überreden kann."

„Das ist ein Scherz, oder?", brachte Viktor völlig überrascht hervor, ließ aber seinen Blick unauffällig über die Menge gleiten. Dabei fiel ihm auf, dass seine Schwester zu mindestens nicht komplett falsch lag, denn tatsächlich warfen einige der Mädchen verstohlene Blicke auf die kleine Gruppe und tuschelten miteinander.

Fiona schüttelte den Kopf. „Nein, das ist mein voller Ernst."

„Aber warum?"

„Manchmal bist du wirklich ein bisschen schwer von Begriff, oder?", stellte Jan fest. „Weil du verdammt gut aussiehst. Viel besser als ich oder die anderen Jungs in unserer Klasse."

„Das ist doch Quatsch. Was ist denn daran schon gutaussehend?", fragte Viktor und schob seine Haare ein wenig zur Seite. Jan kannte den Anblick schon, weshalb es ihn nicht störte.

„Die sieht man ja normalerweise nicht, weil du die Haare drüber hast."

„Ihr spinnt doch", stellte der Junge fest und drehte sich um, um sich allein ein wenig umzusehen.

Fiona seufzte. „Er wird schon noch begreifen, dass wir Recht haben."

Auch in der zweiten Pause blieb Viktor für sich und beobachtete die Schüler. Und tatsächlich kamen hin und wieder Mädchen vorbei, die ihm verstohlene Blicke zuwarfen; die eine oder andere versuchte sogar, ein Gespräch anzuknüpfen. Allerdings stellte er auch fest, dass das Interesse an ihm abebbte, als eines der Mädchen durch eine unbedachte Bewegung seinerseits die Entstellung in seinem Gesicht bemerkte.

Nach der Schule fuhren sie mit dem Bus nach Hause, aßen zu Mittag und machten ihre Hausaufgaben. Während Viktor noch an einem Ferienbericht schrieb, klopfte es an die Tür.

„Herein?"

Florian betrat den Raum und setzte sich auf die Bettkannte. „Darf ich stören?"

„Klar. Was gibt's?"

„Ich wollte dich fragen, wie dein erster Schultag war."

„Och, eigentlich ganz gut. Unser Klassenlehrer scheint sehr nett zu sein.

„Und die Schüler?", fragte Florian.

„Geht so. Ich bin mit Jan in einer Klasse. Sonst habe ich noch niemanden wirklich kennengelernt. – Du Florian, kann ich dich mal was fragen?"

„Natürlich. Was willst du wissen?"

„Fiona meint, dass die Mädchen Wetten abgeschlossen hätten, wer als erstes mit mir ausgehen darf, und dass sie mich anstarren würden, weil ich angeblich so gut aussähe. Das ist doch Schwachsinn, oder?"

Florian lächelte. „Nein, das ist es nicht. Das ist mir schon hier auf dem Hof aufgefallen. Du solltest dich besser dran gewöhnen, dass dir die Mädchen nachlaufen, mein Junge. Du wirst es nicht verhindern können."

„Doch, das kann ich. Ich würde mir gerne die Haare abschneiden. Mein Lehrer hat zwar auch lange Haare, aber alle anderen haben eine anständige Frisur."

„Ist es wirklich das, was du willst, Viktor? Ich

224

dachte bisher, du hast die Haare absichtlich länger gelassen, um…"

„Das stimmt auch. Sie war mir peinlich. Aber sie ist jetzt ein Teil von mir und ich werde mit ihr leben müssen. Also muss ich sie auch nicht verstecken."

„Dir ist aber schon klar, dass sie dich dann wegen der Narbe anstarren. Ist das nicht genauso schlimm?", wandte der Vater ein.

„Vielleicht. Aber daran gewöhnen sie sich schon."

„Also gut, wenn du wirklich willst, fahren wir morgen zum Friseur."

„Kann ich nicht gleich fahren? Ich kann Fiona fragen, ob ich ihr Fahrrad nehmen kann."

„Das scheint dir ja wirklich wichtig zu sein, Viktor. Also gut. Wenn du unbedingt willst, komm' nach den Hausaufgaben im Büro vorbei. Dann gebe ich dir Geld mit und du kannst in die Stadt fahren. Ich wollte eh noch kurz was mit dir besprechen. Ich habe ein paar Jugendzimmer rausgesucht und möchte, dass du sie dir ansiehst."

„Aber ich habe doch schon gesagt, dass mir das Zimmer ausreicht, so wie es ist."

„Das ist mir bekannt. Aber mir reicht es nicht. Es ist dein Zimmer und du wirst von nun an darin wohnen. Du bist kein Gast, der demnächst wieder abreist, sondern Teil der Familie. Also widersprich mir bitte nicht. Wenn du dich nicht entscheidest, werden Finja und ich etwas aussuchen." Damit verschwand er aus dem Zimmer und Viktor machte sich wieder an seinen Aufsatz.

VERÄNDERUNGEN

Eine halbe Stunde später klopfte er an das Arbeitszimmer seines Vaters. Als er eintrat, saß dieser an seinem Schreibtisch und sortierte einige Papiere. „Komm' rein. Ich bin gleich so weit."

Viktor blieb unschlüssig in der Mitte des Raumes stehen. „Papa?"

Florian fiel beinahe der Locher aus der Hand, als Viktor dieses kleine Wort aussprach, auf das er bereits seit Wochen aus seinem Munde wartete. Er stand auf und kam auf seinen Sohn zu. „Ja?"

„Ich wollte nicht... es tut mir leid, wenn ich dich verletzt habe. Das wollte ich nicht. Natürlich würde ich mich über ein eigenes Zimmer freuen. Ich hatte nur früher nie die Wahl. Manchmal komme ich mir vor, wie ein Schmarotzer, wenn ihr so viel Geld für mich ausgebt. Dabei bin ich doch so froh, dass ich bei euch... bei dir sein darf. Es hat eine Weile gedauert, aber jetzt finde ich es richtig schön, einen Vater zu haben, den besten, den ich mir wünschen kann. Ich... ich hab' dich lieb, Papa."

Florian konnte kaum glauben, was er da gerade gehört hatte. Gerührt nahm er seinen Sohn in die Arme. „Ich habe dich auch lieb, mein Sohn", sagte er leise. Kurz darauf führte er den Jungen an seinen

Schreibtisch und zeigte ihm einige Jugendzimmer, die er zusammen mit Finja herausgesucht hatte. Gemeinsam entschieden sie sich für ein Zimmer mit einem Bett, dass etwas höher als normal war und über mehrere Stauräume darunter verfügte, die durch kleine Türen verborgen waren. Dazu ein Kleiderschrank, ein Regal, eine Kommode und ein Schreibtisch mit zwei Schubladenschränkchen sowie ein kleines Sofa zum Chillen oder Lesen, ähnlich dem, wie es seine Schwester in ihrem Zimmer stehen hatte. Die Möbel waren kiefernfarben und wirkten hell und freundlich. Das dunkle Sofa bot dazu einen angenehmen Kontrast. Florian versprach, sich um die Bestellung der Möbel zu kümmern, sodass sie vielleicht schon am Wochenende mit dem Umbau beginnen konnten. Anschließend gab er seinem Sohn noch Geld für den Friseur und Viktor lieh sich Fionas Fahrrad aus, um in die Stadt zu fahren. Als er gerade zurück auf den Hof kam, fuhr ihm das Auto von Ginas Eltern entgegen. Die Mutter winkte ihm kurz zu und verschwand dann um eine Ecke.

„Gina!", rief Viktor dem Mädchen entgegen, die gerade auf dem Weg zum Stall war. „Schön, dass du kommen konntest."

„Hallo Viktor. Warst du unterwegs? Du klingst so außer Atem."

„Ich war kurz mit dem Fahrrad in der Stadt. Musste etwas erledigen. Warte einen Moment. Ich muss nur Fionas Fahrrad kurz wegbringen."

„Mach' das. Ich geh' schon mal zu Sunshine."

Wenig später trat Viktor zu ihr. „Morgen darf ich Sunshine das erste Mal in der Reitstunde bei Finja reiten. Ein bisschen Bammel habe ich ja schon."

„Brauchst du doch gar nicht. Was dein Vater erzählt hat, machst du dich doch ganz gut auf dem Pferderücken. Und die anderen sind doch auch Anfänger, soviel ich weiß."

„Schon. Aber mir wäre irgendwie wohler, wenn du dabei wärst."

Gina drehte sich zu ihm um und legte ihm die Hand auf die Brust. Das tat sie oft, weil sie so seine Bewegungen spüren konnte. „Wenn du willst, werde ich versuchen, zu kommen. Ich habe mit meinen Eltern gesprochen. Wenn du mich an der Bushaltestelle abholst, darf ich mit dem Bus herfahren. Wir müssen nur nach den Fahrtzeiten sehen."

„Super. Das können wir nachher gleich mal machen. Dann vereinbaren wir einfach eine Zeit und ich hole dich ab. So müssen deine Eltern auch nicht dauernd hin und her fahren. Wenn du willst, kann ich dich auch gerne mit dem Bus zurückbringen, dann müssen sie dich gar nicht fahren. Zurück kann ich notfalls auch laufen. So weit ist es nicht, wenn ich durch die Felder gehe."

„Klingt gut. – Sag' mal, wie war eigentlich dein erster Schultag?"

„Ganz okay."

Gina stockte. „Das klingt aber nicht sehr überzeugend." Sie wanderte mit den Fingern zu seiner Wange und stutze plötzlich. „Du hast dir die Haare abgeschnitten, richtig?"

Viktor nickte. „Deshalb war ich vorhin in der Stadt."

Gina ließ ihre Hand sinken, ergriff die seine und zog ihn hinter sich her aus dem Stall. „Komm' mit", sagte sie einfach und ging zielstrebig zu ihrem Lieblingsplatz auf dem alten Baumstamm. Dort zog sie ihn neben sich. „Was ist los?"

„Nichts. Ich wollte einfach wie alle anderen aussehen. Das ist alles."

„Viktor, bitte. Behandle mich nicht wie einen Idioten. Gestern noch wolltest du vermeiden, dass jemand die Narbe in deinem Gesicht sieht und heute schneidest du dir die Haare ab, um sie allen zu zeigen. Das muss doch einen Grund haben. Was ist in der Schule passiert?"

„Es ist gar nichts passiert, Gina. Es ist nur... ich möchte keine Trophäe sein, verstehst du? Ich habe keine Lust auf irgendwelche Mädchen, die mir ständig hinterherrennen und Preise auf ein Date mit mir aussetzten."

Ginas Mund verzog sich kurz zu einem Grinsen, doch ihre Stimme blieb ernst, als sie sprach. „Du wolltest mir ja nicht glauben, als ich dir gesagt habe, wie gut du aussiehst. Du bist schon ein merkwürdiger Junge, Viktor. Viele Jungs würden vor Freude in die Luft springen, wenn sich die Mädchen um sie reißen würden; sie sich jede aussuchen könnten, die sie haben wollen."

„Ich will aber keine haben. Ich will einfach, dass

sie mich in Ruhe lassen."

„Weil du Angst hast, jemand könnte dir zu nahe kommen? So wie es schon einmal passiert ist?", fragte Gina nun.

„Ja, vielleicht auch deshalb. Aber nicht nur. Ich möchte einfach nicht, dass mich jemand mag, weil er meint, dass ich gut aussehe. Ich möchte, dass mich jemand mag wegen dem, was ich bin oder was ich tue. Jemand der mich so akzeptiert – mit all meinen Narben und meiner Vergangenheit, den es nicht stört, wo ich herkomme."

„Ich weiß", antwortete Gina. „Mir geht es doch genauso."

Viktors Plan ging auf. Als er am nächsten Tag mit kurzen Haaren das Klassenzimmer betrat, ging ein Raunen durch die Reihen der Mädchen. Der Junge ignorierte das und setzte sich auf seinen Platz. Jan klopfte ihm anerkennend auf die Schulter. „Mutig", stellte er fest. Auch in der Pause ließen ihn die anderen nun in Ruhe. Er stellte sich in seine Ecke und beobachtete die Mitschüler, unterhielt sich mit Jan und seiner Schwester und blieb ansonsten alleine, was ihm nur recht war.

Am Nachmittag holte er Gina vom Bus ab und das Mädchen half ihm, Sunshine für die Stunde fertig zu machen. Um 16:00h ging er mit Jan und drei Mädchen im Alter von zwölf bis vierzehn Jahren in die Halle, wo Finja bereits mit Florian und vier Schulpferden wartete. Gina setzte sich auf die

Tribüne und lauschte, was dort unten in der Halle passierte. Während die Reitschüler aufstiegen und die Reitlehrer den Ablauf erklärten, betrat noch eine Person die Reithalle und setzte sich leise neben Gina. „Fiona? Seit wann schaust du denn bei den Anfängern zu?", fragte Gina verwundert.

„Ich muss doch sehen, wie sich unsere beiden Jungs anstellen", lachte ihre Freundin vergnügt und fing an, Gina zu beschreiben, was in der Halle vor sich ging. Bis auf Jan hatten alle schon einmal im Sattel gesessen und ihre Longier-Stunde bereits hinter sich. Deshalb nahm Florian den Jungen mit auf den hinteren Zirkel, um ihn erst einmal auf den gleichen Stand mit den anderen zu bringen, während Finja sich um die restlichen vier Schüler kümmerte und sie erst einmal einige Runden zum Aufwärmen im Schritt laufen ließ. Anschließend ging es weiter mit verschiedenen Übungen zum Treiben und Anhalten, Richtungswechsel und Sitzkorrekturen.

Fiona schaute im Wechsel Jan und Viktor zu. Jan hielt sich gut, war noch ein wenig unsicher, verlor aber die Angst mit Fortschreiten der Stunde. Florian war für das erste Mal im Sattel sehr zufrieden mit seinem Schüler. Finja war inzwischen dazu übergegangen, ihren Schülern das Leichttraben zu erklären und ließ sie nacheinander jeweils eine Runde leichttraben, was sie bald verstanden hatten, auch wenn die Kinder natürlich hin und wieder aus dem Takt kamen. Schließlich gab es noch eine

Lektion im Aussitzen und spätestens da begriff Fiona, dass sie Konkurrenz bekommen würde. „Wie oft hat er jetzt schon auf Sunshine gesessen?", fragte sie die Freundin schließlich.

„Du meinst Viktor? Drei oder viermal, wieso?"

„Weil der 'ne Wucht ist. Jetzt kann ich mich warm anziehen."

Gina hörte die Verbitterung aus ihrer Stimme und drehte sich zu ihr um. Ihre Hand suchte die der Freundin und sie drückte sie sanft. „Fiona. Hier geht es nicht um einen Wettstreit um die Liebe eures Vaters oder wer in was besser ist. Viktor mag ein großes Talent haben, nach dem, was ich gehört habe, aber du hast auch Talent. Und noch dazu hast du jahrelange Erfahrung im Umgang mit Pferden. Du bist hier aufgewachsen. Viktor macht das nicht, um dich zu ärgern oder um die Gunst eures Vaters zu kämpfen. Er macht es, weil ich ihn darum gebeten habe und weil ich wollte, dass er dazugehört. Er möchte dir keinesfalls deinen Platz im Herzen deines Vaters streitig machen, das musst du endlich begreifen. Ihr solltet am gleichen Strang ziehen und euch nicht ständig bekriegen. Überleg' doch mal. Es ist doch vielleicht auch schön, mit dem Bruder zusammen zu reiten und zu trainieren, wenn er irgendwann so weit ist. Früher haben wir das doch auch getan, ohne eifersüchtig zu sein, wenn einer von uns etwas schneller gelernt hat oder über ein höheres Hindernis gesprungen ist, als der andere. Wir haben uns sogar auf Wettkämpfen gegenseitig angefeuert, ohne auf den anderen eifersüchtig zu sein, nur weil er besser war. Also warum bist du es auf deinen Bruder? Du solltest dich freuen, dass er anfängt, deine Leidenschaft und die deiner Eltern zu teilen."

„Du hast ja Recht, Gina. Es ist bescheuert. Ich sollte stolz darauf sein, was er in der kurzen Zeit gelernt hat. Und er macht das wirklich gut. Er und Sunshine scheinen beinahe zu verschmelzen. Ganz ähnlich, wie es früher bei dir war."

„Muss ich jetzt etwa auch eifersüchtig werden", grinste die Freundin.

„Glaube ich nicht", antwortete Fiona. „Sunshine liebt nur dich, aber er akzeptiert Viktor. Ihr drei seid ein gutes Gespann."

Fiona schien Recht zu behalten. Viktor kam ausgesprochen gut mit Sunshine klar und sie wuchsen in den nächsten Wochen zu einer Einheit zusammen. Aber so liebevoll, wie das Pferd mit seiner Besitzerin umging, tat es das nicht bei seinem Reiter. Dennoch mochte Viktor das Tier sehr und genoss die Zeit, in der Gina und er sich um den Wallach kümmerten. Gegen Ende September verließ Viktor die Anfängergruppe und machte bei den Fortgeschrittenen mit, die ihm zwar an Reiter-erfahrung weit voraus waren, denen er aber bei der Bewältigung von neuen Aufgaben in nichts nach-stand. Fiona fand es spannend, seine Fortschritte zu verfolgen und hatte die Tatsache akzeptiert, dass ihr

Bruder sie irgendwann überflügeln würde, wenn er so weiter machte.

In der Schule legte sich die allgemeine Aufregung, die seine Einschulung mitgebracht hatte, wieder. Nachdem die Mädchen ihm erst hinterhergelaufen und nach seinem neuen Haarschnitt die kalte Schulter gezeigt hatten, fingen seine Mitschüler nun langsam an, die Person hinter dem hübschen Gesicht und der hässlichen Narbe kennen und schätzen zu lernen. Mit dem Schulstoff kam Viktor gut zurecht, da ihm vieles bereits aus dem letzten Jahr bekannt war. Allerdings gab es auch neue Lernziele, die er noch nicht kannte und das Lernpensum war ein völlig anderes, als es in seiner alten Schule gewesen war. Hin und wieder lernte er mit Jan zusammen für eine Arbeit oder er fragte sich mit seiner Schwester gegenseitig Vokabeln ab. Da sie keinen Nachmittagsunterricht hatten, blieb noch genügend Zeit, die sie im Stall und im Sattel verbringen konnten.

Nach den Hausaufgaben fuhr Viktor mit dem Fahrrad, dass er inzwischen bekommen hatte, zum Haus von Ginas Eltern, holte seine Freundin ab und fuhr mit ihr zusammen im Bus zum Sternenhof. Abends brachte er sie auf dem gleichen Weg nach Hause und fuhr mit dem Fahrrad wieder zurück. Das Mädchen genoss die Zeit mit den Freunden und den Pferden in vollen Zügen und Viktor sorgte dafür, dass sie regelmäßig auf Sunshine ritt. Sie waren sogar schon im Gelände gewesen, wobei Viktor jedoch die ganze Zeit die Hand am Halfter hatte, das sie dem Tier zusätzlich zur Trense übergestreift hatten, und neben dem Pferd herlief. Gina schwebte im siebten Himmel, als sie endlich wieder durch die Felder reiten konnte, wenn auch hauptsächlich im Schritt, von kurzen Trab-Einlagen unterbrochen.

Fiona und Jan waren inzwischen offiziell ein Paar und hingen ständig zusammen rum. Samstagabends gingen sie meistens ins Kino und hatten auch Viktor schon dazu eingeladen. Wenn Gina hätte sehen können, wären sie vielleicht sogar mitgekommen, aber so verbrachten sie die Abende auf ihrem Lieblingsplatz, bei den Pferden oder bei schlechtem Wetter in Viktors neuem Zimmer, das sehr hübsch geworden war. Stundenlang unterhielten sie sich über alles Mögliche und manchmal las Viktor ihr aus einem Buch vor. Gina hatte früher viel gelesen, aber jetzt musste sie sich mit Hörbüchern zufriedengeben, die es natürlich nicht für alle Bücher gab. Deshalb teilten die beiden diese Leidenschaft, indem sie es sich auf dem kleinen Sofa bequem machten und Viktor ihr vorlas.

Mit dem Oktober hielt auch der Herbst Einzug und es wurde deutlich kühler und regnerischer; es wurde früher dunkel und sie konnten nur noch selten zusammen an ihrem Lieblingsplatz sitzen und einfach die Stille der umliegenden Felder und Wälder genießen. Aber der Oktober hatte auch seine schönen Seiten, die Gina jedoch nicht sehen konnte. „Gehen wir noch ein bisschen spazieren?", fragte

Viktor eines Abends, nachdem Jan und seine Schwester mit dem Bus in die Stadt gefahren waren, um ins Kino zu gehen. „Nach den letzten Tagen ist es heute richtig schön draußen."

„Gerne", antwortete Gina und Viktor nahm sie an die Hand. Sie erzählte ihm auf dem Weg von der Schule und einem Projekt, das sie gerade begonnen hatten. Viktor lauschte interessiert. Er fand es immer spannend, zu erfahren, wie ein Schultag in einer Blindenschule so ablief, weil er sich selbst das nicht wirklich vorstellen konnte. Das sagte er ihr schließlich auch und sie lächelte ihn an. „Da habe ich dir wohl einiges voraus. Ich kenne beide Welten: die Welt des Lichts und die Welt der Schatten. Und ich kann mich in beiden zurechtfinden. Aber vielleicht kann ich dir meine Welt ein bisschen näherbringen, Viktor." Sie blieb plötzlich stehen und drehte sich zu ihm um. Dann legte sie wieder einmal die Hand auf seine Brust und sie wanderte zu seinem Gesicht. Mit der flachen Hand fuhr sie ihm über die Lider. „Schließe deine Augen."

Viktor wusste nicht, was sie vorhatte, doch er vertraute ihr inzwischen genug, um keine Fragen zu stellen. Unter ihrer Hand spürte sie, wie er die Augen geschlossen hielt. „Und jetzt konzentriere dich nicht auf das, was du siehst, sondern auf das was du fühlst, hörst oder riechst. Konzentriere dich auf die Umgebung und sag mir, was du wahrnimmst."

Viktor versuchte es. Er brauchte eine Weile, um

verschiedene Dinge auszumachen, aber schließlich sagte er: „Es riecht feucht und ein bisschen modrig; nach Erde und Bäumen."

„Sehr gut. Mach' weiter."

„Ich höre einen Windzug, der durch die verbliebenen Blätter weht. Sie knistern ein wenig, weil sie schon vertrocknet sind. Und ich höre ein Rascheln, wie wenn jemand durch trockene Blätter läuft. Aber es hört sich nicht nach etwas Großem an. Eher, wie etwas sehr Leichtes. Vielleicht ein Fuchs oder ein Eichhörnchen. Vielleicht auch eine Katze, die durchs Laub schleicht."

„Du hast Recht, es könnte ein Fuchs sein. Ich habe vor kurzem sein Bellen gehört. Was kannst du noch feststellen?"

Wieder brauchte der Junge eine Weile, dann fing er an zu lächeln. „Ich kann deine Nähe fühlen. Dein Körper strahlt Wärme ab; wärmer, als die Umgebung. Und deine Hand fühlt sich weich und angenehm an. Ich höre deinen Atem, wenn es still ist und das Rascheln deiner Jacke, wenn du dich bewegst." Er hob nun seinerseits die Hände und tastete nach ihrem Gesicht, folgte ihren Konturen und versuchte zu begreifen, wie sie es damals gemacht hatte, sich ein Bild von seinem eigenen Gesicht zu machen. Als er an ihren Mund kam, flog ein Lächeln über sein Gesicht. „Deine Haut fühlt sich weich an und du lächelst gerade. Das wunderschönste Lächeln, dass ich jemals gefühlt habe."

Gina senkte verlegen den Kopf, doch Viktor hatte noch immer seine Hände an ihren Wangen und hob ihn sanft wieder hoch. Er spürte die Hitze, die ihre Wangen plötzlich ausstrahlten und sagte: „Und ich weiß, dass du gerade rot wirst, auch wenn ich nicht weiß, warum." Mit immer noch geschlossenen Augen näherte er sich ihrem Gesicht und legte sanft seine Lippen auf die ihren. Sie waren ganz zart. „Und du schmeckst nach Erdbeeren", meinte er lächelnd, als sie sich voneinander lösten.

Jetzt endlich öffnete er die Augen wieder und stellte mit Schrecken fest, dass dem Mädchen Tränen in den Augen standen. „Gina? Was hast du? Hab' ich was Falsches gesagt? Es tut mir leid, wenn ich dich verletzte habe. Das wollte ich nicht. Ehrlich."

„Warum hast du das getan, Viktor?", fragte sie leise.

„Was? Was habe ich denn getan?"

„Mich geküsst."

Viktor dachte kurz nach. „Ich... ich weiß nicht genau. Es fühlte sich einfach richtig an. Es war wirklich nicht böse gemeint. Ich mag dich, Gina. Sehr sogar. Und ich dachte eigentlich, dass du mich auch magst. Es tut mir leid, wenn ich mich getäuscht habe. Dann vergiss es einfach und wir reden nicht mehr darüber."

Er drehte sich um, nun selbst gegen die aufsteigenden Tränen ankämpfend. Erstaunlich zielsicher schnappte sie sich seine Hand und zog ihn zurück. „Warum gerade jetzt, Viktor. Warum nicht früher?"

238

„Vielleicht, weil ich mich nicht getraut habe?", vermutete der Junge und sie konnte das leichte Zittern in seiner Stimme hören, als er sprach.

„Aber ich bin ein Krüppel. Ich werde vielleicht nie wiedersehen können, Viktor. Ich werde ein Leben lang Hilfe bei manchen Dingen benötigen, kann nicht ins Kino oder ins Theater gehen... oder Autofahren lernen... oder einkaufen gehen, ohne dass mich jemand begleitet. Warum ich, Viktor? Warum nicht eines der Mädchen aus dem Stall oder der Schule, mit denen du viel mehr unternehmen könntest? Ich verstehe das nicht. Warum ausgerechnet ich?"

„Weil ich mich in dich verliebt habe, Gina", gab der Junge leise zu. „Auch wenn mir das erst bei eurer Geburtstagsfeier klar geworden ist."

„Und ich dachte die ganze Zeit, dass du in mir einen Kumpel siehst, einen Leidensgenossen vielleicht sogar. Ich habe nie bemerkt, dass du mich als Mädchen magst, auch wenn ich es im Stillen gehofft habe. Du hast nie eine Andeutung gemacht, nie etwas gesagt, was mich aufhorchen ließ oder meine Hoffnung verstärkte."

„Du aber auch nicht, Gina", gab er zu bedenken.

„Ja, ich weiß", gab sie zu. „Ich hatte Angst, du würdest mich auslachen. Ein blindes Mädchen, das sich in den hübschesten Jungen der Stadt verknallt. Das entspricht doch nicht der Realität, sondern einem Märchen, einer schönen Geschichte. Ich war schon froh, dass ich in deiner Nähe sein durfte, dich ab und zu berühren oder deine Nähe spüren konnte, wenn wir mit Sunshine gearbeitet haben. Aber ich hätte nie gedacht, dass dieses Märchen…"

Gina brach mitten im Satz ab, als Viktor ihr Gesicht zu sich zog und ihr einen weiteren Kuss auf die Lippen drückte, den sie diesmal erwiderte, während sie ihre Arme um seinen Hals schlang. Ein wenig atemlos ließ er sie wieder los. „Glaubst du es jetzt?"

Gina nickte und schmiegte sich in seine Arme. Minutenlang standen sie schweigend am Waldrand, hielten sich einfach nur fest und genossen die Stille um sich herum. Dann ergriff Viktor ihre Hand und führte sie zu ihrem Lieblingsplatz, wo sie sich auf den alten Baumstamm setzten und er ihr den Arm um die Schultern legte. Sanft drückte er sie an sich und Gina legte den Kopf an seine Schulter.

„Ist es eigentlich schon dunkel?", fragte Gina schließlich in die Stille hinein.

„Ziemlich. Aber der Himmel scheint klar zu sein – kein Wölkchen am Himmel", antwortete der Junge.

„Weißt du, was ich am meisten vermisse seit dem Unfall?"

„Nein. Ich dachte bisher, dass es das Reiten war."

„Auch. Es gibt viele Sachen, die ich vermisse. Aber die meisten Dinge kann ich mit meinen anderen Sinnen sehen, wenn du so willst. Aber nicht die Sterne. Sie sind zu weit weg und die Erinnerung an sie verblasst immer mehr. Ich würde alles dafür geben, wenn ich sie mit dir zusammen sehen könnte."

„Vielleicht kannst du das nicht. Vielleicht auch nie wieder. Aber ich kann sie dir immerhin beschreiben, das Bild in deinem Kopf nachzeichnen, deutlicher machen, wenn du willst."

„Würdest du das tun?"

„Natürlich mache ich das für dich", lächelte der Junge, gab ihr einen Kuss auf die Nase und fing an, so detailgetreu wie möglich den Himmel und die Sterne zu beschreiben, sodass sich im Kopf des Mädchens Stück für Stück ein Bild zusammensetzte. Plötzlich stockte er. „Da ist eine Sternschnuppe, Gina. Schnell, wünsch' dir etwas." Viktor schloss kurz die Augen und wünschte sich, eines Tages mit ihr zusammen die Sterne sehen zu können.

Als er Gina eine Stunde später wohlbehalten bei ihren Eltern absetzte, verabschiedete er sich zum ersten Mal mit einem Kuss von ihr, der dem Mädchen ein glückliches Lächeln auf das Gesicht zauberte, bevor sie die Tür schloss. In den nächsten Tagen bekamen auch die anderen Bewohner und Besucher des Sternenhofs mit, dass sich etwas zwischen Viktor und Gina verändert hatte. Auch wenn ihre heimlichen Küsse im Verborgenen statt-fanden, spürte man deutlich das Knistern zwischen den beiden jungen Leuten und einige Tage später nahm Finja ihren Mann zur Seite, während sie beobachtete, wie Viktor und seine Freundin vor dem Stall Sunshine striegelten und sich hin und wieder neckten oder *versehentlich* die Hand des anderen

berührten. „Ich fürchte, jetzt haben wir zwei ver-
liebte Teenager im Hause, Flo. Ist dir das schon mal
aufgefallen?"

„Na ja. Dass Fiona sich in Jan verknallt hat, schon.
Das ist ja auch nicht zu übersehen. Die hängen ja
ständig miteinander rum. Ich hoffe nur, dass unsere
Tochter vernünftig genug ist, zu wissen, wie weit sie
gehen kann."

„Florian! Fiona ist gerade vierzehn geworden. Ich
denke nicht, dass zwischen den beiden mehr als
Händchen halten und Küsschen geben läuft. Aber
falls es dich beruhigt… ich habe mit ihr ein Gespräch
geführt. Und sie hat mir versprochen, mich bei
meinem nächsten Besuch beim Frauenarzt zu
begleiten. Nur, um vorbereitet zu sein, wenn es
irgendwann ernster wird zwischen den beiden. Und
Jan macht mir eigentlich bisher nicht den Eindruck,
als wenn er über eine Vierzehnjährige herfallen
würde. Aber wenn es dich beruhigt, kannst du ja in
einer stillen Minute mal ein Wort mit ihm reden.
Allerdings denke ich, du solltest vorher mal ein
ernstes Gespräch mit deinem Sohn führen."

„Mit Viktor? Der ist doch schon ein großer Junge."

Finja lachte. „Ja genau… und bis über beide
Ohren verliebt, wenn ich mir die beiden da so
ansehe." Sie deutete auf den Stall und Florian
bemerkte nun ebenfalls, wie Viktor dem Mädchen
etwas zuflüsterte und sanft ihre Hand berührte.

„Du meinst… er und Gina könnten…"

„Das weiß ich nicht, Flo, aber irgendwann

vielleicht. Deshalb solltest du mit ihm reden. Hast du denn ein Problem mit seiner Wahl?"

„Nein, eigentlich nicht. Ich mag Gina. Sie ist ein liebes Mädchen und hat ihm sehr geholfen."

„Aber sie ist blind", gab Finja zu bedenken.

„Das ist mir bekannt. Aber hat sie deshalb kein Recht darauf, von einem Jungen geliebt oder begehrt zu werden? Die Entscheidung liegt allein bei Viktor, ob er sich darauf einlassen möchte oder nicht."

„Weise Worte, mein Lieber. Es freut mich, dass du das so siehst."

GLÜCKSMOMENTE

Finjas Worte hatten Florian nachdenklich gemacht. In den nächsten Tagen achtete er mehr auf
das Verhalten seiner beiden Kinder und musste
seiner Frau schließlich zustimmen. Während Fiona
und Jan sich zwar Küsschen auf die Wange und
sogar den Mund gaben und händchenhaltend über
den Hof schlenderten, konnte man bei Viktor und
Gina spüren, wie die beiden voneinander angezogen
wurden. Auch sie hielten sich an den Händen, was
man aber auch damit erklären konnte, dass er Gina
führte, wenn sie unterwegs waren. Auch küssten sie
sich nicht vor den anderen und trotzdem waren da
kleine Gesten, Berührungen oder Worte, die beiden
ein Lächeln auf die Gesichter zauberten. Viktor war
ein gutaussehender Sechzehnjähriger, Gina ein
hübsches und intelligentes, junges Mädchen, dass
ihrem Alter schon immer etwas voraus war. Die
Vermutung, dass es zwischen den beiden etwas
Ernsteres wäre oder zu mindestens werden könnte,
verhärtete sich von Tag zu Tag.

Deshalb bat Florian seinen Sohn kurz vor den
Weihnachtsferien in sein Büro und gebot ihm, Platz
zu nehmen. „Habe ich etwas angestellt, Papa?",
fragte der Junge sofort.

Sein Vater lächelte freundlich. „Nein, mein Junge. Ich denke nicht. Aber ich würde gerne mal mit dir reden. So von Mann zu Mann, sozusagen. Für mich ist das auch etwas Neues, als nimm' es mir bitte nicht übel, wenn ich nicht gleich die richtigen Worte finde."

„Du machst mich neugierig", stellte Viktor fest. „Um was geht es?"

Florian wartete ein paar Minuten, bis er etwas sagte. „Bevor du zu uns gekommen bist… hattest du da schon mal etwas mit einem Mädchen?"

Viktor zuckte erschrocken zusammen, als ihm erneut die verhassten Bilder durch den Kopf schossen. Er zog plötzlich die Beine an den Körper und legte schützend die Arme um die Knie. Florian wusste nicht, was er von dieser Reaktion halten sollte.

„Du warst also schon mal mit einem Mädchen zusammen?", fragte er vorsichtig.

„Nein!", kam es vom Stuhl her und er schrie das Wort beinahe heraus.

Florian stand auf und trat auf ihn zu, ging vor ihm in die Knie und strich ihm sanft über den Kopf. Und plötzlich fiel ihm etwas ein, das Viktor vor Monaten gesagt hatte. „Die Sache im Kino, von der du nicht sprechen wolltest?", fragte er vorsichtig.

Viktor nickte und dann erzählte er seinem Vater, was damals geschehen war und wie er sich dabei gefühlt hatte. Florian nahm ihn tröstend in die Arme. Sein aufklärendes Gespräch hatte er völlig vergessen und vermutlich war es im Moment auch gar nicht notwendig. Er hatte aus den Worten seines Sohnes heraushören können, dass ihn diese Geschichte noch immer sehr belastete und er zu mindestens im Moment noch nicht dafür bereit war, mit einem Mädchen zu schlafen. Aber würde Gina das auch verstehen, wenn sie sich näher kamen? „Ich weiß, es ist schwer, darüber zu reden, Viktor. Aber manchmal ist es das einzige, was hilft. Ich habe das Gefühl, dass du Gina sehr lieb hast und sie dich auch. Vielleicht solltest du mit ihr darüber sprechen, was dir passiert ist."

„Sie weiß es, Papa", gab Viktor zu, während er sich das Gesicht trocknete. „Sie hat gespürt, dass da irgendetwas war, als ich nach einem kleinen Vorfall auf der Geburtstagsfeier weggelaufen bin. Und sie hat nicht lockergelassen, bis ich es ihr erzählt habe. Sie hat es verstanden."

„Dann ist ja gut, mein Junge. Hast du es auch der Polizei erzählt... damals im Krankenhaus?"

Viktor nickte. „Aber ich weiß nicht, ob ich es vor Gericht tun kann. Da sind so viele Menschen und vor allem diejenigen, die mir das alles angetan haben."

„Bis dahin sind es ja noch ein paar Wochen. Und ich verspreche dir, dass du nicht allein sein wirst. Ich werde mitkommen und an deiner Seite sein, wenn du magst. Sie können dir nichts mehr tun. Dein altes Leben ist vorbei und mit der Gerichtsverhandlung kannst du einen Schlussstrich unter die Ereignisse ziehen und nach vorne blicken. Aber ich bin froh, dass du mir endlich davon erzählt hast."

Viktor stand auf und umarmte seinen Vater erneut. „Danke, dass du für mich da bist, Papa."

Während Viktor das Zimmer verließ, setzte sich Florian wieder an seinen Schreibtisch und legte die Stirn auf seine auf der Platte verschränkten Arme. Er war froh, dass sein Sohn ihn ins Vertrauen gezogen hatte, gleichzeitig war er aber auch entsetzt über das, was geschehen war. Und er war überzeugt davon, dass dieses Ereignis seine Beziehung zu Gina beeinträchtigen könnte, falls er nicht darüber hinwegkäme. Vielleicht sollte er den Jungen zu einem Arzt bringen, mit dem er die Erlebnisse aufarbeiten könnte. Aber ob *ihm* das Recht sein würde?

Florian dachte noch immer über die Möglichkeiten nach, die ihm blieben, als es leise an der Tür klopfte und wenig später Finja den Raum betrat. Als sie ihren Mann zusammengesunken an seinem Schreibtisch sitzen sah, schloss sie die Tür wieder, kam auf ihn zu und legte ihm die Hand auf die Schulter. „War das Aufklärungsgespräch so schlimm?"

Florian schreckte auf und blickte seine Frau an. „Nein, ich habe noch gar nicht mit Viktor darüber gesprochen, Finja. Aber ich glaube nicht, dass es im Moment wichtig ist. In nächster Zeit wird da bestimmt nichts passieren."

„Wieso glaubst du das? Haben die beiden sich gestritten?"

„Nein, das ist es nicht." Florian machte eine Pause. „Bevor ich Viktor zu uns geholt habe, ist etwas passiert…"

„Der Unfall, ich weiß. Meinst du, er hat dabei Schaden genommen?"

„Nein, mit dem Unfall hat das nichts zu tun. Finja… Viktor wurde missbraucht… von einem Mädchen. Aber er ist alles andere als darüber hinweg. Und Gina weiß das auch." Finja starrte ihren Mann fassungslos an. „Deshalb glaube ich nicht, dass wir uns große Sorgen machen müssen. Aber ich werde trotzdem mit ihm reden. Doch heute konnte ich es nicht."

„Das verstehe ich, Florian. Und du hast vermutlich Recht."

Viktor fühlte sich irgendwie ein wenig befreiter, als er sich seinem Vater anvertraut hatte, auch wenn ihn das Gespräch innerlich aufgewühlt hatte. Er ging in sein Zimmer, legte sich auf sein Bett und starrte an die Decke, während er versuchte, seine Gefühle wieder zu sortieren. Ein paar Tage später hatte er sein Gespräch mit Florian fast wieder vergessen. Weihnachten stand vor der Tür und den letzten Schultag hatten sie ebenfalls hinter sich gebracht.

Viktor wusste, dass Gina am Mittwoch vor Weihnachten einen Arzttermin hatte und erst später auf den Hof kommen würde. Deshalb nutzte er die Zeit, um ein wenig allein in der Halle zu trainieren. Fiona kam ebenfalls mit ihrem Pferd in die Halle, um es zu bewegen. Während sie still vor sich hinarbeiteten, warf sie ihrem Bruder verstohlene Blicke zu und als er Sunshine in die Mitte lenkte, um ein paar Übungen zu machen, lenkte sie ihr Pferd neben das seine. „Wenn du so weiter machst, kannst du bald mit dem Springen anfangen, Viktor. Du bist echt gut geworden in letzter Zeit, und die Geschwindigkeit, mit der du Neues lernst, ist beinahe erschreckend."

Viktor grinste. „Jetzt übertreib' mal nicht, Schwesterchen. So gut wie du bin ich noch lange nicht. Und wenn ich ganz ehrlich sein soll, bin ich gar nicht so versessen aufs Springen."

„Nicht? Gott sei Dank!"

„Wie darf ich denn das verstehen?", fragte ihr Bruder amüsiert.

„Ganz einfach: dann brauche ich mir keine Gedanken darüber zu machen, demnächst von meinem Bruder vom Podest gestoßen zu werden. Aber Spaß beiseite. Warum willst du nicht springen?"

„Ich glaube, das ist einfach nichts für mich."

„Und was ist mit Dressur? Ich meine, ich habe dich mit Sunshine gesehen. Du machst das sehr gut. Okay, er ist jetzt nicht gerade das perfekte Dressurpferd; Sunshine war immer ein Spring- und vor allem Freizeitpferd, aber schlecht sieht das schon mal nicht aus. Vielleicht solltest du mal versuchen, mit einem anderen Tier zu trainieren. Eines, das für die Dressur ausgebildet wurde. Damit könntest du es weit bringen."

„Nette Idee, aber ich habe Gina versprochen, dass ich mich um Sunshine kümmere. Er ist das Pferd, das ich reite und wenn er eben kein Dressurpferd ist, werde ich wohl auch keine Dressur reiten. Obwohl ich mir das schon vorstellen könnte... irgendwann einmal."

Viktor wollte gerade weiterreiten, als ein Ruf von der Tür her schallte: „Tür frei!"

„Ist frei", kam es von Fiona zurück und Jan stürmte aufgeregt in die Halle.

„Viktor, Viktor! Du musst schnell kommen. Gina steht mitten auf dem Hof und sucht dich. Sie ist total aufgelöst."

Viktor blieb sofort stehen und sprang aus dem Sattel. „Kannst du den Dicken bitte trockenreiten, Jan?"

„Ja klar, gib her."

Der Junge drückte dem Freund die Zügel in die Hand und stürmte aus der Halle. Gina stand mitten auf dem Hof und Florian versuchte gerade, sie zu überreden, ihm ins Reiterstübchen zu folgen. „Gina!", rief Viktor ihr schon von weitem entgegen und das Mädchen drehte sich sofort in seine Richtung.

Sobald er sie berührte, flog sie dem Jungen in die Arme. „Halt mich fest, Viktor. Bitte, halt mich einfach fest", flehte sie. Er zog sie verwirrt in seine Arme und drückte sie an sich.

Florian schien ebenso verwirrt, wie er selbst, legte Viktor kurz die Hand auf die Schulter und sagte:

„Ruf' mich, wenn du Hilfe brauchst. Im Reiter-stübchen ist niemand. Ich sorge dafür, dass es so bleibt."

Viktor nickte ihm dankbar zu, wartete, bis das Schluchzen etwas weniger wurde und führte Gina dann in das warme Stübchen, wo er ihr ihre dicke Winterjacke auszog, die sie immer trug, wenn sie ritt oder im Stall war, und diese über einen Stuhl hängte. Dann legte er seine eigene ebenfalls über einen Stuhl, nahm Ginas Hand und führte sie zu einem alten Sofa, das in einer Ecke stand. Gina zitterte noch immer und schmiegte sich an seine Brust, als er den Arm um sie legte. Sanft gab er ihr einen Kuss auf die Haare, die wie immer nach Erdbeeren dufteten. Er hatte sich bereits so an diesen Duft gewöhnt, dass er ihn sogar roch, wenn er nur an sie dachte. „Was ist denn passiert, Kleines?", fragte er endlich.

Gina hob den Kopf ein wenig und atmete tief durch. „Ich war mit meinen Eltern beim Arzt", presste sie schließlich hervor. „Sie haben einige Untersuchungen gemacht. Und sie haben festge-stellt, dass es keine Hoffnung mehr gibt, dass meine Sehkraft von alleine wiederkommt."

„Ich verstehe", sagte Viktor und strich ihr erneut über die Haare.

„Nein, du verstehst überhaupt nicht, Viktor. Es gibt eine neue Operationsmethode. Eine Operation, die mir vielleicht das Augenlicht wiedergeben könnte. Sie ist kompliziert und noch nicht oft durchgeführt worden. Und vermutlich wird die

Krankenkasse sie nicht mal bezahlen. Aber es wäre eine Chance. Ein kleine Chance, ein normales Leben zu führen."

„Aber das klingt doch toll. Warum bist du dann so fertig?"

„Ich habe Angst, Viktor. Die Ärzte meinen, ich müsste mich bald entscheiden, wenn die OP Erfolg haben soll. Aber sie können uns keine Garantie geben. Meine Eltern haben etwas gespart, aber das wird vermutlich nicht reichen. Sie werden Sunshine verkaufen müssen und vielleicht sogar eines der Autos, und wenn die Operation dann schief geht, war alles umsonst. Du weißt, was mir Sunshine bedeutet. Was bringt es mir, wenn ich wieder sehen und reiten kann, aber mein Pferd verliere? Ich weiß nicht, was ich tun soll, Viktor. Hilf mir bitte. Ich habe Angst." Gina klammerte sich verzweifelt an Viktor fest und er selbst war zu perplex, um etwas sagen zu können, sondern hielt sie einfach fest, strich ihr über Kopf und Rücken und versuchte, sie irgendwie zu trösten. Dabei fiel sein Blick aus dem Fenster. Dicke Schneeflocken fielen vom Himmel; sie tanzten vor dem Fenster und Viktor wusste, dass Gina diesen Anblick geliebt hatte, als sie noch sehen konnte. Ihm kam eine Idee und nachdem Gina sich etwas beruhigt hatte, wollte er gerade etwas diesbezüglich sagen, als es klopfte und Fiona den Kopf hereinstreckte.

„Ist alles in Ordnung bei euch beiden?"

„Fiona! Gut, dass du kommst. Ich brauche deine

Hilfe. Kannst du Gina ein paar warme Reithosen und ein Paar Stiefel borgen. Ach, und ein paar Handschuhe braucht sie auch."

„Klar, kann ich das. Aber was hast du vor?"

Viktor deutete auf das Fenster, vor dem die Flocken immer dichter wurden. „Hol' bitte einfach die Sachen, Schwesterchen, okay? Bitte!"

„Ja, ich geh' ja schon", sagte das Mädchen und verschwand durch die Tür.

„Was hast du vor?", fragte Gina, während sie sich die Tränen abwischte.

„Ich werde dich entführen, damit du in Ruhe nachdenken kannst. Und vielleicht finden wir dann gemeinsam eine Lösung für dein Problem. Warte hier, bis Fiona kommt und zieh' dich um. Ich hole dich in einigen Minuten hier wieder ab." Er gab ihr einen zärtlichen Kuss auf den Mund. „Alles wird gut, Prinzessin. Das verspreche ich dir." Damit verschwand er durch die Tür und rannte über den Hof. Vor dem Stall fand er Jan, der gerade Sunshine angebunden und abgesattelt hatte. „Jan! Warte!"

Der Junge drehte sich überrascht um. „Wie geht es Gina?"

„Sie ist verwirrt und durcheinander. Ich möchte sie auf andere Gedanken bringen, und deshalb brauche ich Sunshine nochmal. Danke, dass du ihn trocken geritten hast. Ich übernehme ihn jetzt wieder." Viktor rannte in die Sattelkammer und kam wenige Sekunden später mit einer Schabracke und einem Voltigiergurt zurück, den er Sunshine sorgfältig umschnallte. Er schnappte sich das Pferd und führte es in Richtung Reiterstübchen, während Jan ihm ein wenig irritiert hinterherblickte.

Florian kam aus einem der Ställe. „Was hast du vor, Viktor?"

„Ich werde mit Gina einen Ausritt machen."

„Bei diesem Wetter? Und dann auch noch ohne Sattel? Bist du von allen guten Geistern verlassen?"

„Nein, Paps. Ich war noch nie so klar im Kopf. Gina träumt seit über zwei Jahren von einem Ausritt und sie liebt es, wenn die Flocken durch die Luft tanzen. Ich werde ihr diesen Wunsch erfüllen, ob es dir nun passt, oder nicht. Sie braucht das jetzt, um eine Entscheidung treffen zu können. Eine sehr wichtige Entscheidung."

„Aber es könnte sich zu einem Schneesturm ausweiten. Hast du daran schon mal gedacht?"

„Natürlich habe ich das", sagte der Junge. „Und wir werden in der näheren Umgebung bleiben. Falls es zu schlimm wird, kommen wir sofort zurück. Versprochen. Bitte vertrau' mir, Papa. Ich weiß, was ich tue."

„Genau das macht mir gerade Angst, mein Sohn. Nimm' bitte wenigstens dein Handy mit."

Viktor klopfte auf eine kleine Bauchtasche, die er auf dem Rücken trug. „Das habe ich hier drin. Mach' dir keine Sorgen. Ich bringe Gina heil zurück. – Kannst du Sunshine kurz halten und uns helfen?"

Florian nickte und nahm die Zügel des Tieres in Empfang, kontrollierte den Bauchgurt und klopfte dem Pferd sanft den Hals. „Ich verlasse mich auf dich, Dicker", sagte er leise.

„Bist du soweit?", fragte der Junge, als er das Reiterstübchen betrat.

Gina nickte. „Ich weiß nur nicht, wofür."

„Das wirst du gleich sehen." Viktor schnappte sich ihre Hand und zog sie hinter sich her nach draußen und zu ihrem Pferd.

Kalte Flocken flogen ihr ins Gesicht und kitzelten sie auf der Wange. „Schneit es?", fragte sie überrascht.

„Ja, das tut es und es ist wunderschön. Warte, ich setz' dir einen Helm auf." Er befestigte ihren Helm und setzte dann seinen eigenen auf den Kopf. Anschließend führte er sie zu Sunshine und half ihr beim Aufsteigen. „Du kannst dich am Voltigiergurt festhalten, Gina", teilte er ihr mit und winkelte sein Bein an, damit Florian ihm beim Aufsteigen helfen konnte.

Während Viktor sich zurechtsetzte, hielt Florian das Pferd ruhig und reichte anschließend seinem Sohn die Zügel. „Passt auf euch auf", meinte er noch, dann ließ er die beiden ziehen. Viktor lenkte das Pferd an einer der Koppeln entlang auf einen Feldweg, während Gina die sanften Bewegungen und die weichen Flocken auf ihrer Haut in vollen Zügen genoss. Der Schnee wurde immer dichter und um sie herum wurde es still. Die Geräusche des Hofes verklangen und die Schneeflocken breiteten sich wie eine Decke um sie herum aus, auch wenn sie noch nicht auf dem Boden liegen blieben, da dieser noch nicht kalt genug war. Hinter sich spürte sie den Körper des Jungen, der ganz dicht an sie herangerutscht war. Seine und ihre Oberschenkel lagen ebenfalls dicht nebeneinander, sodass sie jede Bewegung, jedes Treiben des Jungen spüren konnte. Auch er konnte spüren, wie sie sich wieder etwas entspannte. „Lass' dich einfach fallen, Kleines. Ich bin da", flüsterte er in ihr Ohr. Und sie tat es, lehnte sich vertrauensvoll in seine Arme, die an ihrer Seite vorbei die Zügel hielten und Sunshine durch den Schnee führten. Auch dem Pferd schien der Ausflug zu gefallen; der Schnee machte ihm nichts aus und das Gewicht der beiden jungen Menschen schon gar nicht.

„Wie habe ich das vermisst", sagte Gina plötzlich. „Diese Stille und der direkte Kontakt mit dem Körper des Pferdes. Als wenn wir drei eins wären." Sie drehte sich zu Viktor um und gab ihm einen Kuss. „Danke."

„Geht es dir wieder etwas besser?"

Gina nickte. „Viktor?"

„Ja?"

„Was würdest du dir wünschen? Soll ich die Operation machen oder nicht?"

„Es geht hier nicht darum, was ich möchte oder mir wünsche, Gina. Es ist allein deine Entscheidung. Ich werde sie akzeptieren, egal wie sie ausfällt."

„Wäre es dir egal, ob ich wieder sehen kann oder

nicht?", fragte sie nachdenklich.

Viktor schüttelte den Kopf. „Nein, natürlich wäre es mir nicht egal. Sicher würde ich mich freuen, wenn du wieder sehen könntest und ein normales Leben führen. Andererseits würdest du mich dann vielleicht nicht mehr als Freund haben wollen. Aber wenn du dann glücklich bist, wäre das okay."

„Du hast Angst, dass ich dich nicht mehr liebhabe, wenn ich dein Gesicht sehen kann? Viktor, das ist doch Schwachsinn. Vergiss nicht, dass ich es bereits gesehen habe. Zwar nicht mit den Augen, aber mit den Händen. Ich kenne deine Narbe inzwischen genauso gut, wie meine eigenen und ich weiß, dass sie zu dir gehört. Daran würde sich auch nichts ändern, wenn ich sie sehen kann."

„Bist du sicher?"

„Ganz sicher. Aber das ist so ziemlich das einzige, worüber ich mir sicher bin. Und vor allem bin ich mir nicht sicher, ob ich mein Pferd für mein Augenlicht opfern würde. Sunshine war damals der Grund, warum ich nicht aufgegeben habe; warum ich gekämpft habe, um wieder ein wenig Unabhängigkeit zu gewinnen. Er ist der Grund, warum ich hier bin und dass ich dich überhaupt kennengelernt habe."

„Vielleicht gibt es noch eine andere Möglichkeit. Möglicherweise kann ich meinen Vater überreden, Sunshine für mich zu übernehmen. Er würde zwar dann nicht mehr dir gehören, aber du könntest ihn jederzeit reiten und er würde hierbleiben können."

„Das ist lieb gemeint von dir. Aber wenn du ehrlich bist, brauchst du eigentlich ein anderes Pferd. Sunshine ist ein Springpferd, er war noch nie gut in der Dressur und nach den Erzählungen beim Unterricht zu urteilen, ist es genau das, was dir liegt, worin du extrem gut bist. Du verschmilzt mit deinem Pferd und hast selbst meinen Dicken Sachen machen lassen, die ich selbst nie hinbekommen habe. Aber er wird nie gut genug sein, um an Turnieren teilzunehmen."

„Das muss ich doch auch gar nicht", gab Viktor zurück.

„Oh doch, das musst du. Du darfst dieses Talent nicht vergeuden, Viktor. Nicht für mich und auch nicht für irgendjemand anderen."

Viktor senkte traurig den Kopf. So viel zu seiner Idee. „Und wenn wir ein Reiterfest veranstalten und Spenden sammeln würden. Wir könnten die anderen einbinden und Vorführungen einstudieren."

„Gute Idee, hat aber einen kleinen Haken."

„Wieso?", fragte er überrascht.

„Weil so etwas Zeit braucht, die wir nicht haben. Außerdem ist es Winter, falls dir das noch nicht aufgefallen sein sollte. Wer kommt schon mitten im Schneesturm auf einen Reiterhof für irgendeine Veranstaltung. So etwas muss man im Sommer machen, da kann man es mit einem kleinen Turnier verbinden und die Leute kommen auch. – Nein, Viktor. Das ist lieb gemeint, aber auch keine Option. So sehr ich mir das auch wünschen würde."

Viktor nahm die Zügel kurz in eine Hand und legte den anderen Arm um die Freundin. „Du darfst jetzt nicht aufgeben. Das musst du mir versprechen, Gina. Wann musst du eine Entscheidung treffen?"

„In einer Woche."

„Gut, das reicht. Gib' mir etwas Zeit und treffe keine voreilige Entscheidung. Eine Idee habe ich noch, aber dazu muss ich erst etwas klären. Vielleicht… vielleicht geht mein Wunsch dann in Erfüllung."

„Welcher Wunsch?"

„Das sage ich dir, wenn es klappt. Es wird langsam kalt und wir sollten wieder zurück. Vertraust du mir?"

„Von ganzem Herzen", lächelte das Mädchen.

„Dann halte dich bitte gut fest und mach' dich für einen schnellen Ritt bereit." Viktor trieb den Wallach an, erst zum Trab und auf einem geraden, mit Gras bewachsenen Feldweg dann in den Galopp. Gina jauchzte auf und fühlte sich für ein paar Minuten wie früher, wenn sie mit Fiona auf ihren Pferden durch die Landschaft jagten. Sunshine hatte einen gleichmäßigen Galopp, den man auch ohne Sattel angenehm sitzen konnte. Gina spürte die Bewegung und fühlte sich frei und unbeschwert. Und mit einem Mal waren ihre Ängste verschwunden; sie fühlte Hoffnung durch ihren Körper strömen. Die Hoffnung, dass alles gut werden und sie eine Lösung finden würden.

Viktor zügelte das Pferd und ließ es sich ausruhen, während sie die letzten hundert Meter zum Stall ritten. Gina legte sich auf den Hals des Tieres und umarmte es dankbar, bevor sie sich wieder aufrichtete und sich erneut zu ihrem Freund umdrehte, um ihm einen zärtlichen Kuss zu geben. Viktor schloss die Augen und ließ den Wallach einfach laufen, bis dieser von allein vor dem Stall stehen blieb.

„Paps? Ist es eigentlich strafbar, mit geschlossenen Augen zu reiten?", kicherte Fiona plötzlich. Viktor riss erschrocken die Augen auf und löste sich von seiner Freundin, während ihm die Hitze in die Wangen stieg.

„Aber sicher", antwortete der Vater mit einem lausbubenhaften Grinsen im Gesicht. „Mindesten zwei Ställe ausmisten wäre wohl eine angemessene Strafe, meinst du nicht?"

„Unbedingt. Aber nicht mehr heute. Die beiden sehen aus, als könnten sie eine Decke und einen heißen Tee ganz gut gebrauchen."

Viktor ließ die Zügel sinken und rutschte von Sunshines Rücken, bevor er Gina herunterhalf. „Aber erst müssen wir den Dicken versorgen", sagte er dann.

„Lass' mal, Brüderchen. Ich kümmere mich um den Dicken. Macht, dass ihr ins Haus kommt und euch aufwärmt. Ich sage Mutti gleich Bescheid, dass sie euch was Heißes zu trinken raufbringt. Deine Strafe kannst du auch morgen abarbeiten."

Viktor blickte seine Schwester überrascht an und

dann tat er etwas, dass er bisher noch nie getan hatte: er nahm sie kurz in die Arme. „Danke, Fiona. Du bist die Beste." Anschließend nahm er Gina in den Arm und führte sie zum Haus.

„Was ist denn mit dem los?", fragte Fiona völlig verdattert.

Florian kicherte leise. „Ich würde sagen: er ist verliebt."

WEIHNACHTSWUNDER

Im Haus angekommen, streiften sie die Jacken ab und ihre Stiefel von den eingefrorenen Füßen. Viktor reichte Gina ein paar Gästehausschuhe und schlüpfte dann in seine eigenen. In seinem Zimmer setzte er sie auf die Couch und holte eine Wolldecke, die er ihr um die Schultern schlang, bevor er seine eigene Bettdecke über ihre Beine ausbreitete und selber darunter schlüpfte, während sie sich eng aneinander kuschelten und der leisen Musik lauschten, die aus dem Radio klang. Ihre Füße und Beine fühlten sich an, als wenn tausend Nadeln hineinstechen würden, während das Blut ihre unterkühlten Glieder durchlief. Gina zitterte leicht, woraufhin er sie sanft in die Arme schloss.

Wenig später klopfte es an die Tür und Finja trat mit zwei dampfenden Tassen Tee und einer Wärmflasche ein, die Viktor dankend entgegennahm und Gina unter der Decke auf den Schoß legte. „Weißt du, was?", fragt Finja, während sie die beiden Tassen auf den kleinen Couchtisch stellte. „Manchmal bist du genauso verrückt, wie dein Vater es früher war."

„Ist das jetzt ein Kompliment oder eine Rüge?", grinste der Junge.

„Das weiß ich selbst noch nicht so genau, mein Junge. Falls ihr noch etwas braucht... ich bin unten. Ach, und Florian bringt dich nachher mit dem Auto nach Hause, Gina."

„Danke, Frau Wächter."

Den Rest des Nachmittages versuchte Viktor, Gina abzulenken, damit sie nicht ständig über die Operation und deren Finanzierung nachdenken musste. Der Tee tat ihnen gut und bald hatten sie sich wieder aufgewärmt. Fiona brachte vom Reiterstübchen Ginas Klamotten mit, die diese wieder anzog.

Am frühen Abend fuhren sie mit Florian zu Ginas Zuhause, wo der Junge kurz mit ausstieg und sie in den Arm nahm. „Mach' dir nicht allzu große Sorgen. Wir finden noch eine Lösung. Darf ich morgen kurz vorbeikommen? Ich hab' da noch eine Kleinigkeit für dich."

Gina lächelte und legte ihre Hand an seine Wange. „Natürlich. Wann immer du willst. – Und Viktor? Danke, dass du da warst, als ich dich gebraucht habe."

„Dafür sind Freunde doch da", gab er zurück.

„Du bist so viel mehr, als nur ein Freund", sagte sie leise und ihr anschließender Kuss bestätigte diese Aussage. Wie auf Wolken schwebend rutschte er kurz darauf auf den Beifahrersitz und bemerkte gar nicht das amüsierte Lächeln seines Vaters, der die Szene beobachtet hatte. Als sie wenig später auf dem

Parkplatz des Sternenhofs anhielten, drehte er sich zu diesem um. „Papa? Kann ich nach dem Essen kurz mit dir reden?"

Florian blickte ihn kurz nachdenklich an. „Natürlich kannst du das. Meine Tür ist immer für euch offen, Viktor. Das weißt du doch. Und es trifft sich ganz gut. Ich glaube, es wird Zeit, dass wir uns mal unterhalten. Ich würde auch gerne etwas mit dir besprechen. Oder sogar mehrere Sachen." Viktor horchte auf, woraufhin ihm Florian die Hand auf die Schulter legte. „Keine Angst. Es ist nichts passiert und du hast auch nichts angestellt. – Hoffe ich zu mindestens. Komm', lass' uns reingehen. Finja wartet sicher schon mit dem Essen auf uns."

Nach dem Essen halfen Fiona und Viktor der Mutter noch beim Abdecken, während Florian wie so oft abends in seinem Arbeitszimmer verschwand. „Kommst du mit ins Wohnzimmer, Viktor?", fragte Finja, als sie fertig waren. „Wir wollen uns einen Weihnachtsfilm ansehen."

„Nein, danke. Ich habe noch etwas mit Papa zu besprechen. Ein Andermal gerne." Damit verließ er die Küche und klopfte an die Bürotür.

„Ja?", kam es von drinnen und als Viktor eintrat, kam ihm sein Vater bereits entgegen. Er deutete auf die kleine Sitzecke und ließ sich auf einen der Sessel nieder. „Also gut. Was hast du auf dem Herzen?"

„Das ist etwas komplizierter. Vielleicht solltest du erst einmal anfangen. Du wolltest doch auch etwas besprechen."

„Das stimmt allerdings. Also gut. Fangen wir mit dem unangenehmsten Thema an. Wir hatten ja schon vor einigen Wochen zusammen gesprochen. Ich weiß, dass du... nennen wir es mal *schlechte Erfahrungen* mit Mädchen gemacht hast – oder zu mindestens mit einem Mädchen. Aber trotzdem habe ich das Gefühl, dass das zwischen dir und Gina etwas Ernstes ist. Und daran habe ich auch gar nichts auszusetzen, mein Junge – um das gleich vorweg zu nehmen. Es ist halt nur so, dass ihr beide in einem Alter seid, in dem euch kleine Zärtlich-keiten oder Küsse nicht mehr reichen könnten. Und deshalb denke ich, dass wir uns mal darüber unterhalten sollten."

Viktor konnte sich ein Kichern nicht verkneifen, als er bemerkte, wie sein Vater nervös mit seinen Händen spielte. „Papa...? Du kommst mir jetzt aber nicht mit Blümchen und Bienchen um die Ecke, oder? Und das ist auch gar nicht notwendig. Ich bin sechzehn und wir hatten bereits Sexualkunde in der Schule. Ich bin also aufgeklärt. Und falls es dich beruhigt: bisher haben wir die Möglichkeit noch nicht einmal in Betracht gezogen. Gina ist erst fünfzehn, Papa. Meinst du nicht, dass wir uns damit noch ein wenig Zeit lassen sollten?"

„Ich schon", grinste sein Vater verlegen, „...aber weiß ich, was in den verliebten Köpfen von heutigen Teenagern vorgeht?"

„Vermutlich nicht, da hast du Recht. Zumal mir klar ist, dass vielleicht nicht alle Jungen in meinem

Alter so denken würden. Aber eines kann ich dir versprechen: wenn es soweit ist, werde ich auch vorbereitet sein. Zufrieden?"

„Ja, natürlich", atmete Florian auf.

„Na gut, da wir das geklärt hätten, kommen wir zum nächsten Punkt. Du hast von mehreren Sachen gesprochen."

„Stimmt. Ich wollte dich etwas fragen, um genau zu sein. Finja und ich haben uns über dich unterhalten und wenn du damit einverstanden wärst, möchten wir gerne, dass du unseren Namen teilst. Du musst das nicht gleich entscheiden. Denke in Ruhe darüber nach, ob du dir vorstellen könntest, dass Finja dich adoptiert und du in Zukunft den Namen Wächter trägst. Wir wollen dich zu nichts zwingen – es soll deine Entscheidung sein und ich denke, du hast gerade bewiesen, dass du reif genug für diese Entscheidung bist. Nimm' dir die Zeit, die du brauchst. Immerhin bedeutet das auch, dass du die letzte Verbindung zu deiner Mutter abbrichst." Viktor nickte, sagte aber nichts. „Und noch eine Sache: wir alle sind uns einig, dass du ein unglaubliches Talent zum Reiten hast. Du hast in den letzten Monaten mehr Fortschritte gemacht, als andere mit jahrelangem, hartem Training. Und ich finde – und mit dieser Meinung stehe ich nicht allein – dass du deshalb ein eigenes Pferd bekommen solltest. Dazu müsste ich jedoch wissen, ob deine Interessen eher in die Dressur oder in Richtung Springen gehen. Oder vielleicht träumst du eher von der Vielseitigkeit oder Cross Country. Es gibt viele Möglichkeiten."

Mit offenem Mund starrte Viktor ihn an. „Du willst mir ein Pferd kaufen?"

„Vielleicht ist es dir noch nicht aufgefallen, mein Sohn, aber wir leben hier auf einem Reiterhof. Und da kommt es hin und wieder einmal vor, dass man ein Pferd kauft, ja."

„Aber ich reite doch Sunshine. Ich habe es Gina versprochen. Ich brauche kein eigenes Pferd."

„Du kannst Sunshine auch bewegen, wenn du ein anderes Pferd hast, mit dem du trainierst. Das ist nicht das Problem. Außerdem wird Gina immer besser beim Reiten mit ihrer Behinderung, und ich denke, sie kann Sunshine bald selbst in der Halle reiten. Er müsste dann nur ab und zu ein bisschen ausgepowert werden, da ich das Mädchen nicht galoppieren lassen werde. Und wenn es soweit ist, wird es vielleicht für den Dicken zu viel werden. Außerdem wird es voraussichtlich etwas dauern, bis wir das passende Pferd für dich gefunden haben. Also? Wo liegen deine Interessen?

„Wenn das so ist... Die Dressur würde mir ganz gut liegen, denke ich."

„Ja, das denke ich auch. Also gut. Dann werde ich mich mal umhören, ob sich etwas ergibt. – So, von meiner Seite aus war's das erst einmal. Jetzt bist du dran." Viktor zögerte mit seiner Frage. Sein Vater hatte ihm gerade einen nicht ganz billigen Vorschlag gemacht und nun wollte er ihn um noch mehr Geld bitten. „Was ist los, mein Junge? Hat es dir plötzlich die Sprache verschlagen?"

„Nein, aber ich weiß nicht, wie... Papa, wirst du für das Pferd, das du kaufen möchtest, das Geld nehmen, von dem du mir erzählt hast?"

„Du meinst den Unterhalt, den ich in den letzten Jahren angespart habe?" Der Junge nickte. „Hatte ich eigentlich nicht vor. Das kommt ein bisschen auf deine Wünsche an. Vielleicht einen kleinen Teil. Wieso fragst du?" Viktor stand auf und trat an das Fenster. Inzwischen hatte sich draußen eine dünne, aber geschlossene Schneedecke gebildet. „Ist es viel Geld, was du angesammelt hast?", fragte er das Fenster und vermied es, seinen Vater anzusehen, der sich nun ebenfalls erhob und auf ihn zu trat. „Genau weiß ich das im Moment gar nicht. Auf jeden Fall über 50.000€."

„Was?!?", rief Viktor völlig überwältigt und wirbelte herum. „So viel?"

„Wir reden immerhin von sechzehn Jahren, Viktor, und der monatliche Unterhalt für ein Kind sind schon ein paar hundert Euro. Aber jetzt mal Butter bei die Fische! Was ist los? Du fragst das doch nicht einfach so zum Spaß." Florian zog seinen Sohn wieder zu der Sitzecke und Viktor fing an, ihm von der Operation zu erzählen, die Gina ihr Augenlicht wiedergeben könnte und von der Angst der Freundin, ihr geliebtes Pferd für diese Möglichkeit opfern zu müssen.

„Sie schafft das nicht, wenn Sunshine gehen muss.

268

Und da hatte ich die Idee, ich könnte ihnen vielleicht helfen. Ich brauche das Geld ja nicht im Moment. Genaugenommen ist es viel zu viel und du kannst den Rest auch gerne zurückbekommen – für den Hof oder die Familie."

Florian schwieg und sein Sohn konnte sehen, wie es in seinem Kopf arbeitete. Er kannte die Familie Hofmann seit vielen Jahren, genaugenommen seit seine Tochter in die Schule gekommen war. Ginas Eltern waren nette und ehrliche Menschen, nicht reich, aber mit einem guten Auskommen. Und er glaubte, dass sie wirklich eines ihrer Fahrzeuge für ihre Tochter verkaufen würden, obwohl sie beide eigentlich benötigten, um zur Arbeit zu fahren. Das wiederum könnte jedoch bedeuten, dass einer von beiden seinen Job aufgeben oder sich etwas in der Nähe suchen müsste, da die Verbindungen mit öffentlichen Verkehrsmitteln nicht gerade berauschend waren. Eine Zwickmühle, wie er nur allzu gut wusste.

„Ist dir klar, dass sie dir das Geld vermutlich nie ganz zurückzahlen können?"

Viktor nickte. „Ich weiß, Papa. Aber es wäre mir egal. Versteh' mich bitte nicht falsch. Ich bin dir sehr dankbar, dass du es all die Jahre gespart hast und möchte es auf keinen Fall leichtsinnig verplempern. Aber ich habe mir schon öfter im letzten halben Jahr Gedanken darüber gemacht, was alles hätte passieren können, als ich den Wagen genommen habe. Ich weiß, dass ich zu dieser Zeit nicht zurechnungsfähig gewesen bin, aber das ist mir egal. Ich hätte trotzdem Menschen verletzen können, vielleicht sogar töten, wenn ich nicht so ein verdammtes Glück gehabt hätte. Vielleicht kann ich an Gina etwas gut machen, was ich damals angerichtet habe. Bitte, Papa. Gina kann doch nichts für ihren Unfall damals. Sie hat sogar meine Schwester gerettet. Was, wenn es damals Fiona gewesen wäre und nicht Gina? Würdest du dann nicht auch alles dafür tun, dass sie wieder gesund wird?"

„Natürlich würde ich das, Viktor. Und das weißt du auch. Aber hier geht es weder um Fiona noch um mich, sondern um Gina und dich. Ich möchte nur sicher gehen, dass du dir darüber im Klaren bist, welche Auswirkung dein Handeln haben kann. Niemand weiß, ob ihr zusammenbleibt oder nicht, auch wenn ihr davon im Moment vielleicht überzeugt seid. Gina stünde für lange Zeit in deiner Schuld – So etwas kann eine Beziehung belasten. Ist dir das klar?"

„Das Risiko muss ich wohl eingehen, Papa. Ich habe Gina nämlich sehr lieb und ich möchte, dass sie glücklich ist. Und das kann sie wiederum nur, wenn sie es wenigstens versucht – egal, wie der Eingriff letztendlich ausgeht."

Wieder betrachtete Florian seinen Sohn einen Moment nachdenklich und endlich nickte er. „Also gut, Viktor. Du bekommst das Geld. Aber ich komme mit, wenn du es ihnen gibst. Damit sie wissen, dass du meine Zustimmung hast. Ich wünsche mir genauso wie du, dass man Gina helfen kann. Dennoch musst du darauf vorbereitet sein, dass es auch schiefgehen kann und dass Gina dann einen Rückfall erleiden könnte, sich zurückzieht und niemanden mehr bei sich haben will."

Viktor nickte. „Ich weiß, Papa. Aber ich werde trotzdem da sein, wenn sie das tut – ob sie nun will oder nicht. Vielleicht ist es für mich sogar leichter, als für alle anderen, ihr zu helfen. Ich habe Gina so kennengelernt, auch wenn ich es anfangs nicht begriffen habe. Ich weiß gar nicht, wie sie vor dem Unfall war, kann mir vielleicht sogar nicht mal ansatzweise vorstellen, was sie alles verloren hat. Vielleicht fällt es ihr dadurch leichter, mich an sie ran zu lassen… Aber das wird nicht passieren, Papa. Gina ist stark – ich weiß, dass sie es schaffen kann."

„Ich wünsche es mir von ganzem Herzen, mein Sohn. Und wir werden alle an sie denken, wenn es soweit ist."

„Danke, Papa. Das werde ich dir nie vergessen." Er schlang die Arme um Florian und gab ihm einen Kuss auf die Wange.

Viktor konnte die ganze Nacht vor Aufregung nicht schlafen. Sie hatten beschlossen, am nächsten Tag – Heilig Abend – gemeinsam zu den Hofmanns zu fahren und Gina und ihre Eltern zu überraschen. Deshalb hatte er ihr auch keine Nachricht geschickt, um ihr die Neuigkeiten mitzuteilen.

Gegen Mittag war es dann endlich soweit. Florian

und Viktor verabschiedeten sich, um noch etwas zu erledigen, wie sie sagten. Sie hatten den beiden Frauen nichts von Viktors Wunsch erzählt, das war allein eine Sache zwischen den beiden männlichen Vertretern der Familie.

Frisch geduscht und fein gemacht fuhren Vater und Sohn zu dem kleinen Häuschen mit Garten, in dem Gina mit ihren Eltern und ihrem kleinen Bruder wohnte, einem sechsjährigen Wirbelwind, den Viktor bereits ein paarmal getroffen hatte, wenn er Gina zum Stall abholte. Der kleine Finn öffnete ihnen auch diesmal die Tür, nachdem sie geklingelt hatten, dicht gefolgt von seiner Mutter.

„Finn! Wie oft habe ich dir gesagt, dass du nicht einfach die Tür aufmachen sollst, wenn du nicht weißt, wer draußen steht."

„Aber das ist doch der Freund von Gina", verteidigte sich der Kleine.

„Aber das wusstest du doch vorher nicht. – Hallo Viktor. Du willst sicherlich zu Gina. Sie ist in ihrem Zimmer."

„Genaugenommen wollten wir beide zu Ihnen und Ihrer Tochter, wenn das möglich wäre", meldete sich nun Florian zu Wort und trat neben seinen Sohn.

„Herr Wächter? Das ist ja eine Überraschung. Kommen sie doch rein. Was verschafft uns die Ehre?"'

„Das würden wir gerne in Ruhe besprechen."

Frau Hofmann nickte und bat Florian ins Wohnzimmer, wo er auch Ginas Vater antraf, den er mit einem Handschlag begrüßte, während Viktor zu Ginas Zimmer lief und anklopfte.

„Herein", rief die ihm vertraute Stimme und als er das Zimmer betrat, war sie gerade dabei, den Verschluss eines dunkelgrünen Kleides zu schließen, das sich eng an ihren Körper schmiegte und sie sehr feminin aussehen ließ.

„Kann ich dir helfen?"

Gina drehte sich um und ein Strahlen breitete sich gleichzeitig auf ihrem Gesicht aus. „Viktor? Das ist aber eine Überraschung."

„Wieso?", fragte er, während er ein kleines Päckchen auf ihren Tisch stellte und anschließend ihren Reißverschluss hochzog „Ich habe doch gesagt, dass ich vorbeikomme."

„Ich habe irgendwie erst später mit dir gerechnet", antwortete sie und gab ihm einen Kuss.

Viktor schob sie auf Armeslänge von sich weg. „Hat dir schon mal jemand gesagt, wie schön du bist", fragte er leise, was dem Mädchen eine verlegene Röte ins Gesicht trieb.

„Nein, heute noch nicht", antwortete sie dann mit einem kecken Grinsen.

„Dann tue ich das hiermit, schöne Frau. Das schönste Mädchen weit und breit."

Gina boxte ihm in die Seite. „Übertreibe mal nicht so schamlos. Wollen wir uns setzen?"

„Keine Zeit", gab der Junge zurück und nahm ihre Hand. „Wir werden in eurem Wohnzimmer erwartet."

Ein wenig irritiert ließ sie sich von ihm nach unten führen und auf einen der Sessel drücken. Anschließend lief Viktor nervös hin und her, während ihn Herr und Frau Hofmann neugierig beobachteten. Auf den hilfesuchenden Blick seines Sohnes schüttelte Florian kaum merklich den Kopf. „Das musst du jetzt schon allein durchziehen, mein Junge!" Er lächelte ihm aufmunternd zu.

Gina konnte ihre Blicke natürlich nicht sehen, hörte jedoch Viktors Schritte und fragte schließlich: „Was ist denn los, Viktor? Du bist doch sonst nicht so unruhig."

Da trat Viktor an ihren Sessel, setzte sich auf dessen Armlehne und nahm ihre Hand. Seine Stimme klang rau und unsicher, als er anfing zu sprechen, wurde jedoch immer fester und selbstsicherer. „Also gut. Herr und Frau Hofmann, Gina hat mir gestern von Ihrem Besuch beim Arzt und von der neuen Operationsmethode erzählt. Ich weiß, dass es vielleicht die einzige Chance ist, die ihr das Augenlicht zurückbringen kann. Und sie hat mir auch erzählt, dass die Krankenkasse die Behandlung vermutlich nicht bezahlen wird, weil die Methode noch so neu ist. Ich weiß ebenfalls, dass die Behandlung sehr teuer sein und es schwer werden wird, das Geld dafür zusammen zu bekommen. Und ich weiß auch, was es für Ihre Tochter bedeuten würde, für diese Chance ihren geliebten Sunshine opfern zu müssen. Aber Gina hat diese Chance verdient. Sie muss sie unbedingt nutzen, egal wie die Operation letztendlich ausgeht. Die Ärzte müssen es wenigstens versuchen... Und deshalb sind mein Vater und ich heute hier."

„Viktor", sagte Gina leise und drückte seine Hand. „Ich habe dir gestern schon gesagt, dass Sunshine für dich nicht das richtige Pferd wäre. Du brauchst ein Dressurpferd, keinen Springer. Das ist wirklich lieb gemeint, dass ihr den Dicken übernehmen wollt, aber das wäre nicht richtig."

„Beruhige dich, Kleines", sagte Viktor sanft. „Deshalb sind wir gar nicht hier."

„Nicht? Aber wieso denn dann?"

„Weil wir euch helfen wollen." Er stand auf und drückte den völlig perplexen Eltern ein Sparbuch in die Hand, das Florian inzwischen auf seinen Namen umgeschrieben hatte, nachdem sein Sohn zu ihm gezogen war. Dann setzte Viktor sich wieder zu Gina und erklärte: „Mein Vater hat meinen Unterhalt all die Jahre auf ein Konto eingezahlt, damit er es mir oder meiner Mutter geben kann, falls er mich irgendwann finden sollte. Der Unterhalt von sechzehn Jahren liegt auf diesem Konto und ich brauche es nicht. Früher hätten wir es gebraucht, aber meine Mutter wollte es wohl allein schaffen und hat den Kontakt zu Papa vollständig abgebrochen – lange bevor ich geboren wurde. Ich werde vielleicht nie erfahren, warum, aber das ist jetzt auch egal. Auf jeden Fall ist das Geld da und ich möchte gerne, dass Sie es für die Operation verwenden, damit Gina die Chance bekommt, wieder gesund zu werden."

Frau Hofmann blickte sprachlos von Viktor auf das Buch in ihren Händen und versuchte verzweifelt, ihre Tränen zurückzuhalten. Ginas Vater starrte ihn mit offenem Mund an und Gina schluchzte an Viktors Brust, als er sie sanft in seine Arme zog. Währenddessen betrachtete Florian die Szene vor seinen Augen und wartete ab, bis sich der erste Schock gelegt hatte. Herr Hofmann war der erste, der die Sprache wiederfand, wenn diese auch etwas zittrig klang: „Das ist sehr nett von dir, Viktor. Aber das können wir doch nicht annehmen."

„Doch, das können Sie, Herr Hofmann. Ich habe das mit meinem Vater besprochen und wir sind uns inzwischen einig, dass wir es tun wollen. Er hat mich auch gewarnt, was passieren könnte und es ist okay für mich. Ich möchte Gina die Chance ermöglichen, egal was uns die Zukunft bringt. Und ich weiß, dass sie es schaffen kann."

Seine Worte strahlten so viel Zuversicht aus, dass Ginas Vater schließlich aufstand und ihn in die Arme schloss. „Danke, mein Junge. Das werden wir dir niemals vergessen. – Aber wenn wir das Geld annehmen sollen, dann nur unter einer Bedingung: wir machen einen Vertrag und du wirst es monatlich zurückbekommen."

„Das ist wirklich nicht notwendig, Herr Hofmann", versuchte Viktor zu widersprechen.

„Doch, das ist es, Viktor! Entweder wir machen

das mit Vertrag oder gar nicht!" Ginas Vater machte klar, dass er keinen weiteren Widerspruch akzeptieren würde, woraufhin der Junge schließlich nickte. „Also gut. Einverstanden. Hauptsache, Sie nehmen es an und Gina darf die Operation machen." Er reichte Herrn Hofmann die Hand.

„Heißt das jetzt...", kam ein leises Stimmchen zwischen den Tränen hervor.

„...dass du die Chance hast, wieder ganz gesund zu werden, mein Schatz", vollendete ihre Mutter den Satz und schloss nun ebenfalls Viktor in ihre Arme. „Junge, dich hat der Himmel geschickt. Du bist unser ganz persönliches Weihnachtswunder."

„Soweit würde ich jetzt aber nicht gehen", meinte Viktor verlegen und löste sich sanft aus der Umarmung der Frau, um wieder zu Gina zu gehen.

„Na komm', mein Junge. Wir sollten uns besser mal wieder auf den Weg machen und die Hofmanns allein lassen", mahnte Florian zum Aufbruch.

„Kann ich nicht noch ein halbes Stündchen bei Gina bleiben, Papa? Ich komme dann zu Fuß nach oder mit dem Bus, falls einer fährt."

Florian lächelte wissend. „Also gut, Viktor. Verschwindet schon, ihr zwei. Aber nicht zu lange."

„Nur 'ne halbe Stunde, versprochen." Viktor nahm Gina an die Hand und zog sie hinter sich her zu deren Zimmer, während Florian sich verabschieden und nach Hause fahren wollte. Doch da hatte er die Rechnung ohne die Hofmanns gemacht, die ihn kurz entschlossen auf eine Tasse Tee einluden, bis Viktor nach Hause gehen würde.

Davon bekamen dieser und auch seine Freundin jedoch nichts mehr mit, denn sie befanden sich bereits in Ginas Zimmer, wo Viktor das Geschenk vom Tisch nahm und es Gina reichte. „Ich habe dir noch ein kleines Geschenk mitgebracht. Ich hoffe, es gefällt dir."

Das Mädchen hatte noch immer nicht ganz ihre Fassung wiedergefunden. „Das ist… das ist furchtbar lieb von dir, aber ich würde es gerne später auspacken." Sie stellte es vorsichtig wieder auf den Tisch, zog Viktor in ihre Arme und gab ihm einen langen, zärtlichen Kuss. „Hat dir schon mal jemand gesagt, was für ein wundervoller Mensch du bist, Viktor Tomanek?"

Er grinste. „Nein, heute noch nicht."

„Dann tue ich das hiermit, du wundervoller Mann. Am liebsten würde ich dich nie wieder loslassen."

„Das musst du auch nicht, Gina", sagte er sanft und schloss sie in seine Arme.

Aus ihrer Stereoanlage klang wie immer Musik und als der nächste Song begann, legte sie ihre Arme um seinen Hals und fing an, sich im Rhythmus des Liedes zu bewegen. Viktor schloss sich ihr an und sie schmiegte ihr Gesicht an seine Schulter, während sie tanzten. Die Zeit verging leider viel zu schnell und Viktor musste an den Heimweg denken. Schweren Herzens löste er sich schließlich von seiner Freundin, gab ihr einen letzten, zärtlichen Kuss und verab-

278

schiedete sich von ihr.

Als er die Treppe hinunterkam, trat Florian aus dem Wohnzimmer. „Na, startklar?"

„Du bist noch da?", fragte Viktor verwundert. „Ich dachte, du wärst nach Hause gefahren."

„Wohl nicht, wie du siehst. Ich habe mit Ginas Eltern noch einen Tee getrunken. Aber jetzt sollten wir uns wirklich auf die Socken machen, bevor die Mädels eine Vermisstenmeldung rausgeben." Sie verabschiedeten sich und gingen dann zum Auto.

Dabei bemerkte der Junge, wie sein Vater das Sparbuch in die Innentasche seines Sakkos steckte. „Wieso nimmst du es wieder mit?", fragte er deshalb.

„Die Hofmanns möchten, dass ich es aufbewahre, bis sie wissen, welchen Betrag sie benötigen, um die Operation zu bezahlen. Und dann werden sie den Vertrag aufsetzen und vorbeikommen, damit wir alles regeln können. Zufrieden?" Viktor nickte nur.

JAHRESWECHSEL

Die restlichen Feiertage verliefen weitaus weniger aufregend, als der Heilige Abend und für Viktor waren sie ein wundervolles Erlebnis. Bisher hatte er Weihnachten wie jeden anderen Abend auch, allein zuhause verbracht. Wenn Christine es sich leisten konnte, hatte sie ein paar Tannenzweige in eine Vase gestellt und ihm ein kleines Geschenk – meist ein Buch oder eine CD – davorgelegt. Das war dann sein Weihnachtsfest gewesen. Nun hatte Viktor eine Familie, einen Weihnachtsbaum im Wohnzimmer und ein Dutzend Päckchen darunter liegen. Sogar im Stall hingen kleine Zweige und Weihnachtssocken an den Stalltüren, die Pferde bekamen ein paar extra Äpfel und Karotten und überall hörte man Weihnachtslieder trällern. Auch die Wächters sangen ein paar Lieder zusammen und verbrachten den Abend im Kreise der Familie. An den Feiertagen war es im Stall beinahe still. Nur wenige Einsteller kamen vorbei und kümmerten sich selbst um ihre Tiere. Daher hieß es für alle: anpacken! Aber es machte ihnen Spaß; mit Weihnachtsmützen auf dem Kopf machten sie sich ans Ausmisten und Füttern und genossen einfach mal den Hof ohne die sonst herrschende Hektik.

Am zweiten Feiertag kam Gina vorbei und verbrachte den Nachmittag mit Viktor in dessen Zimmer. Sie sprachen von der Operation, ihren Hoffnungen und Ängsten und der Junge versuchte, so gut er konnte, ihr die Ängste zu nehmen. Nach dem zweiten Feiertag fuhren die Hofmanns erneut in die Klinik, um mit dem Arzt alles zu planen und zu besprechen, sowie einige Voruntersuchungen anzustoßen. Anschließend stand der Termin fest: Gina würde am zweiten Januar operiert werden und dann würde es noch einige Tage dauern, bis die Ärzte feststellen würden, ob sie jemals wieder würde sehen können oder für den Rest ihres Lebens in der Dunkelheit leben musste.

Über die ganze Aufregung mit der Operation und deren Finanzierung hatte Viktor völlig vergessen, dass er ja eine Entscheidung treffen sollte bezüglich einer möglichen Adoption und der Namensänderung. Das fiel dem Jungen erst wieder einen Tag vor Silvester ein, als er abends in seinem Bett lag und nicht einschlafen konnte. Lange starrte er an die Decke und dachte über die Möglichkeiten nach. Sein Vater hatte Recht, der Name Tomanek war jetzt noch die letzte Verbindung zu seiner Mutter. Aber wollte er diese Verbindung aufrechterhalten? Genaugenommen hatte er seine Mutter nie wirklich gekannt und schon gar nicht verstanden. Sie hatte die Möglichkeit gehabt, hier zu leben – mit den Pferden und einem Mann, der sie geliebt hatte. Aber sie zog es vor, in ärmlichen Verhältnissen zu leben und auf den Strich zu gehen. Warum? Viktor wusste es nicht. Seine Mutter hatte es ihm nie gesagt, hatte ihm nie von seinem Vater erzählt oder ihm erklärt, warum er keinen Vater hatte. Sie hätte ihn damals zu Florian geben können, aber auch das wollte sie nicht und hatte Viktor damit zu diesem Leben gezwungen, das er so gehasst hatte. Er hatte bis vor einem halben Jahr keine Ahnung davon gehabt, was ihm verwehrt worden war und in gewisser Weise hasste er seine Mutter dafür. Nein, er wollte diesen Namen nicht länger tragen. Er wollte ein Wächter werden, ein Teil dieser Familie, auch was den Namen anging. Viktor Wächter – klang doch gar nicht so schlecht. Viel besser als Tomanek.

Viktor stand auf und ging die Treppe hinunter. Er hatte richtig vermutet: im Arbeitszimmer brannte noch Licht. Leise klopfte er an die Tür.

„Ja?"

„Darf ich kurz stören?", fragte der Junge.

„Klar, komm' rein. Ist alles in Ordnung? Ich dachte, du schläfst schon längst. Ich wollte auch gerade Schluss machen."

„Ich konnte nicht schlafen, weil ich über etwas nachgedacht habe."

„Deine Freundin, nehmen ich an?"

Viktor schüttelte den Kopf. „Nein. Diesmal ging es nicht um Gina. Ich habe über uns nachgedacht."

Überrascht deutete Florian auf die Sitzecke. „Über uns? Hast du wieder Schwierigkeiten mit Fiona? Oder bedrückt dich etwas anderes?"

„Nein, mit Fiona hat das nichts zu tun. Oder doch, irgendwie auch. Papa? Was würde Fiona denn dazu sagen, wenn ihre Mutter mich adoptieren würde? Hätte sie dann nicht einen Grund, eifersüchtig zu sein? Ich meine… du bist mein Vater, aber Finja ist genaugenommen nicht mit mir verwandt. Auch wenn sie jetzt bereits mehr Mutter für mich ist, als es meine eigene je war."

„Das hast du schön gesagt, Viktor. Und Finja mag dich; für sie bist du auch schon wie ein eigener Sohn geworden. Aber du brauchst dir keine Gedanken wegen Fiona zu machen. Genaugenommen kam die Idee sogar vor ihr. Sie findet die Vorstellung, einen richtigen Bruder zu haben, inzwischen nämlich ganz angenehm. Möchtest du es denn auch?"

Viktor nickte. „Ich glaube schon. Mama ist nicht mehr da, es kann ihr also egal sein. Sie hat mir all das jahrelang vorenthalten; hat mir meinen Vater vorenthalten. Ich verstehe das nicht. Warum hat sie so gehandelt? Warum hat sie mir das angetan?" Viktor konnte seine Enttäuschung nicht mehr zurückhalten und die Tränen quollen aus seinen Augen.

Florian schloss ihn in seine Arme und wiegte ihn sanft hin und her. Auch etwas, das Viktor früher nicht kannte. Seine Mutter hatte ihn kaum jemals so in den Arm genommen. Er fühlte sich geborgen und geliebt, wenn sein Vater ihn umarmte – ein Gefühl, das er jahrelang vermisst hatte, obwohl er es nie kennenlernen durfte. Schließlich wischte er sich entschlossen die Tränen weg, richtete sich auf und blickte seinen Vater an. „Ich möchte deinen Namen tragen, so schnell wie möglich und ich möchte, dass Finja meine Mutter wird. Dann können wir eine richtige Familie sein und niemand wird das in Frage stellen."

„Wir sind bereits eine Familie geworden, mein Sohn. Weil wir alle zusammen daran gearbeitet haben. Aber du hast natürlich Recht. Dann sind wir es auch auf dem Papier und keiner stellt dumme Fragen, weil du einen anderen Namen trägst. Allerdings wird eine Adoption einige Zeit in Anspruch nehmen."

„Wie lange dauert so etwas denn?"

„Ein paar Monate, vielleicht ein halbes Jahr", teilte Florian ihm mit.

„So lange muss ich noch mit meinem alten Namen rumlaufen?" Viktor war ein wenig geschockt. Jetzt hatte er sich gerade dazu entschlossen, dass er den Namen Tomanek nicht mehr haben wollte und dann das…

„Na ja, wenn es dir so wichtig ist, unseren Namen zu tragen, könnten wir das ja schon vorher beim Amt beantragen. Ich denke, die Namensänderung bekommen wir recht schnell über die Bühne, das sollte kein Problem sein. Wir haben deine Geburts-urkunde, in der ich erfasst bin und du bist alt genug, eine Entscheidung bezüglich deines Namens zu treffen. Wenn du willst, gehen wir morgen auf die Stadt und fragen einfach mal, was wir dafür tun müssen."

„Das wäre toll. Ich möchte das alles hinter mir lassen."

„Dann machen wir das. Aber jetzt solltest du versuchen, zu schlafen, Viktor. In ein paar Stunden müssen wir wieder an die Arbeit."

„Danke, Papa."

„Nicht dafür, mein Junge. Komm', wir gehen nach oben." Florian löschte das Licht und gemeinsam gingen sie die Treppe hinauf.

Am nächsten Tag fuhren sie tatsächlich auf die Stadt und beantragten dort die Änderung von Viktors Nachnamen. Es würde nur einige Tage dauern, bis Viktor den Namen seines Vaters tragen könnte. An Silvester war der Schnee wieder verschwunden. Der Himmel war den ganzen Tag klar und so beschloss der Junge, den Austritt mit Gina zu wiederholen. Dieses Mal konnten sie ihn noch mehr genießen, weil die Sorgen, die sie das letzte Mal belastet hatten, verflogen waren.

Allerdings waren sie auch an diesem Tag nicht ganz unbeschwert unterwegs. Gina wollte es zwar nicht zugeben, aber sie hatte Angst vor der Operation. Wenn etwas schief ging, war alles verloren – dann starb auch noch der letzte Funken Hoffnung in ihr. Und auch ihr Freund machte sich Gedanken über den Eingriff. Was würde passieren, wenn es nicht funktionierte? Würde er sich dann Vorwürfe machen müssen, dass er sie dazu regelrecht gedrängt hatte? Oder würde sie es ihm vielleicht sogar vorwerfen? Und noch etwas fing langsam an, an ihm zu nagen. Die Verhandlung vor Gericht würde in einer guten Woche stattfinden. Seine eigene Anklage war zwar inzwischen wegen geringer Schuld abgewiesen worden, aber er musste als Zeuge aussagen. Und das nicht nur wegen dem Mordanschlag auf den Ladenbesitzer, sondern auch bezüglich der sexuellen Nötigung im Kino – und das Ganze auch noch vor allen Leuten. Viktor hatte keine Ahnung, wie er das durchstehen sollte. Es war schon schwer genug gewesen, es seiner Freundin und seinem Vater zu erzählen. Aber dem Richter? Und noch dazu, während die dafür Verantwortlichen und vielleicht sogar einige Schaulustige im Saal waren? Noch immer schämte er sich zutiefst für das, was damals passiert war, obwohl es jetzt bald ein Jahr her war.

„Woran denkst du?", fragte Gina plötzlich in seine Gedanken hinein.

Viktor zuckte unwillkürlich zusammen. „Entschuldige bitte, Gina. Ich war nur kurz abwesend."

„Das habe ich bemerkt. Was ist los? Denkst du an die Verhandlung?"

„Ja, auch. Ich weiß nicht, ob ich das kann."

Gina griff ihm vorsichtig in die Zügel und hielt Sunshine an. Dann drehte sie sich zu ihm um und nahm sein Gesicht in ihre Hände. „Natürlich schaffst du das, Viktor. Du bist der stärkste Junge, den ich kenne, wenn es darauf ankommt. Du hast schon so viel durchgemacht in deinem Leben... da wirst du auch diese Verhandlung schaffen. Und du bist nicht allein. Dein Vater wird bei dir sein und in Gedanken bin ich das auch. Es wäre zwar schöner gewesen, wenn ich hätte mitkommen können, aber ich werde zu diesem Zeitpunkt noch in der Klinik sein. Trotzdem werde ich dir natürlich die Daumen drücken und vielleicht können wir vor der Verhandlung noch kurz telefonieren. Denk' einfach daran, dass es danach vorbei ist – dein altes Leben, die Angst vor diesen Typen und auch, was sie dir angetan haben."

„Ich weiß nicht, ob das je vorbei sein wird, Gina. Oder ob ich es jemals vergessen kann."

„Das wirst du, Victor. Ich werde dir dabei helfen."

„Wie darf ich denn das verstehen?", fragte der Junge überrascht.

„Genauso, wie es sich anhört. Ich kann dir helfen, deine Angst zu besiegen – Stückchen für Stückchen, bis sie verschwindet und du Berührungen zulassen kannst, ohne an diesen Tag zurück zu denken, sondern nach vorne zu sehen. Natürlich nur, wenn du mich lässt." Viktor sparte sich eine Antwort, sondern gab ihr nur einen langen, dankbaren Kuss auf den Mund, bevor sie schließlich weiter ritten.

Den Silvesterabend verbrachte die Familie zusammen mit der Familie Hofmann auf dem Sternenhof. Sie hatten im Reiterstübchen die Tische zusammengeschoben, sodass alle acht Personen Platz fanden, aßen zusammen und machten Ratespiele. Zwischendurch ging immer jemand nach den Tieren sehen, die sich gerne erschreckten, wenn irgendwo ein Böller abgeschossen wurde. Um Mitternacht stießen sie auf das neue Jahr an und verteilten sich danach in den Ställen, während draußen das Feuerwerk tobte. Nur Herr Hofmann war mit dem kleinen Finn nach draußen gegangen, um dem Schauspiel zuzusehen. Er hatte es nicht so mit Pferden.

Viktor befand sich im Stall, in dem auch Sunshine stand. Während Gina sich um ihren Wallach kümmerte, ging Viktor die Stallgasse rauf und runter, um nach den restlichen Tieren zu sehen, die dort standen, und wenn nötig einzugreifen, um ein Tier zu beruhigen. Die meisten waren jedoch recht entspannt und so kehrte er zur Box von Sunshine zurück. „Wann wird eigentlich die Box nebenan wieder belegt, Viktor?", fragte Gina gerade.

„Vorläufig gar nicht", antwortete er und Gina konnte das Grinsen auf seinem Gesicht an seiner Stimmlage hören. „Ich habe Papa gebeten, sie für mich zu reservieren!"

„Für dich?", lachte sie nun.

„Naja. Für mein zukünftiges Pferd. Er hat beschlossen, mir ein eigenes Tier zu kaufen – ein Dressurpferd. Und wenn sie sich halbwegs gut verstehen, würde ich es gerne hierhin stellen."

„Aber die Pferde von Fiona und deinen Eltern stehen im neuen Stall. Der ist doch auch viel moderner."

„Das ist mir bekannt. Aber dort ist aktuell nur eine Box frei. Falls eine zweite frei wird, können wir gerne beide dorthin umziehen."

„Das werden sich meine Eltern vorläufig wohl nicht leisten können, mein Lieber."

„Darüber mach' dir mal keine Gedanken, Gina. Das regeln wir schon. Immerhin gehörst du ja beinahe zur Familie. Und wer weiß... vielleicht irgendwann sogar richtig." Gina wurde knallrot, sparte sich jedoch eine Antwort und zog ihn in die Box. Ihr Kuss war sanft und doch leidenschaftlich, sodass Viktor alles um sich herum vergaß... bis er von einem Räuspern aufgeschreckt wurde. „Das nennt ihr also *die Pferde beruhigen*?", fragte Fiona mit einem breiten Grinsen im Gesicht.

Viktor drehte sich um und zog Gina mit sich auf die Stallgasse, bevor er die Boxentür schloss. „Ich weiß gar nicht, was du hast, Schwesterchen. Die sind doch alle ganz ruhig." Grinsend und mit Gina an der Hand ging er an ihr vorbei – zurück zu den anderen.

Zwei Tage später lag Gina im Operationssaal, während Viktor mit ihren Eltern im Wartebereich Platz genommen hatte und nervös mit seinen Händen spielte. Die Zeit verstrich quälend langsam, schien beinahe still zu stehen. Immer wieder schaute er auf die Uhr, die an der Wand hing, überprüfte die Zeit auf seiner Armbanduhr und starrte dann wieder auf seine Hände. „Du bist ja noch nervöser als wir", stellte Herr Hofmann nach einiger Zeit fest und seine Frau ergriff die Hände des Jungen. „Es wird schon alles gutgehen, Viktor."

„Ich weiß. Aber ich habe trotzdem Angst."

„Das zeigt nur, wie gern du unsere Tochter hast", stellte der Vater klar. „Und das ist auch völlig in Ordnung. Aber mach' dich nicht zu sehr verrückt. Sonst können wir dich gleich hier einliefern, wenn Gina fertig ist."

„Hätte ich auch nichts dagegen", grinste Viktor gequält.

„Aber auf getrennten Zimmern", gab die Mutter zu bedenken.

Viktor hob den Kopf und blickte in das freundlich lächelnde Gesicht neben ihm. Auch seine Mundwinkel verzogen sich zu einem Schmunzeln. „Dann reiße ich mich besser zusammen." Ginas Mutter nickte nur.

Als der Arzt endlich aus dem gesperrten Bereich trat, war Viktor der erste, der von seinem Stuhl aufsprang. „Die OP ist sehr gut verlaufen. Ihrer Tochter geht es gut und sie wird voraussichtlich in der nächsten halben Stunde auf ihr Zimmer gebracht werden."

„Und wann wissen wir...", fing der Junge an, bevor die Eltern überhaupt an eine Frage denken konnten.

„In einigen Tagen werden wir die Verbände entfernen können, junger Mann, so lange werden Sie leider noch warten müssen."

„Und wann können wir zu ihr?", fragte Frau

Hofmann.

„Sobald sie auf ihrem Zimmer ist. Aber sie wird vermutlich müde sein von der Narkose. Deshalb schlage ich nur einen kurzen Besuch vor. Ich denke, gegen Abend hat sie mehr von einem längeren Besuch."

„Danke, Doktor", sagte Ginas Vater daraufhin. „Kommt, wir gehen ins Zimmer und warten dort auf sie."

Im Krankenzimmer stellte sich Viktor an das Fenster und starrte nach draußen. Auch als Gina hereingerollt wurde, blieb er erst einmal dort stehen. Er wollte den Eltern den Vortritt lassen, die ihre Tochter auch gleich begrüßten und sie fragten, wie sie sich fühlte. Eigentlich sah Gina wie immer aus, wenn man mal von den Verbänden über ihren Augen absah. Außerdem hatte sie eine Infusion im Arm, sonst schien alles normal. Ihrer Stimme merkte man allerdings deutlich an, wie erschöpft sie war. Viktor hielt sich im Hintergrund, um die Familie nicht zu stören, bedachte die Freundin jedoch die gesamte Zeit mit liebevollen Blicken.

„Ist Viktor eigentlich auch da?", fragte Gina plötzlich, weil sich der Junge die ganze Zeit nicht gerührt hatte und sie ihn daher nicht hatte hören können.

„Ich bin hier, Gina", antwortete er vom Fenster aus.

„Warum kommst du nicht näher?"

„Ich… ich wollte nicht stören."

„Blödmann!", schimpfte das Mädchen. „Du störst doch nicht. Komm' her!"

„Wir lassen euch dann mal allein, mein Schatz. Heute Abend kommen Papa und ich wieder, okay? Ruh' dich ein bisschen aus."

„Klar, Mutti. Mach' ich. Bis später." Frau Hofmann umarmte ihre Tochter kurz und auch der Vater gab ihr einen Kuss auf die Wange, dann gingen die beiden zur Tür, während Gina die Hand nach Viktor ausstreckte. Langsam trat er an das Bett, setzte sich auf die Bettkannte und nahm vorsichtig ihre Hand. „Du hast ja eiskalte Hände, Viktor. Ist alles in Ordnung mit dir?"

„Du machst mir Spaß, Gina. Wurde ich operiert oder du?"

„Ich natürlich." Gina setzte sich auf und tastete nach seinem Gesicht. „Jetzt spuck's schon aus. Was ist passiert?"

„Überhaupt nichts ist passiert, Gina. Es ist alles gut. Ich... ich hatte einfach nur so eine scheiß Angst." So, jetzt war es raus.

Gina lächelte ihn an und wischte ihm mit dem Finger die Tränen weg, die ihm aus den Augen gekullert waren. Viktor schloss sie in seine Arme und hielt sie minutenlang einfach nur fest, froh, dass sie alles heil überstanden hatte. Dann legte er sie zurück in die Kissen und strich ihr die Haare aus der Stirn. „Du solltest jetzt wirklich etwas schlafen, Kleines. Der Arzt hat gesagt, du sollst dich ausruhen."

„Bleibst du noch ein bisschen bei mir?", fragte sie

nun und griff wieder seine Hand.

„Wenn du das willst…" Gina nickte und so zog er sich einen Stuhl näher, setzte sich neben das Bett und hielt ihre Hand, während das Mädchen langsam ins Land der Träume entschwebte.

Als sie das nächste Mal erwachte, saß er noch immer neben ihr, hielt nach wie vor ihre Hand und hatte seinen Kopf auf die andere gestützt, während er das Mädchen nicht aus den Augen ließ und ihm alles Mögliche durch den Kopf schwirrte. „Du bist noch da?", fragte sie verwundert. „Wie lange habe ich denn geschlafen?"

Der Junge hob den Kopf und ließ seinen Blick auf die Uhr fallen. „Etwa zweieinhalb Stunden, denke ich."

„Und du hast die ganze Zeit hier gesessen?"

„Natürlich. Aber jetzt sollte ich langsam mal los. Sunshine muss noch bewegt werden."

„Richtest du ihm liebe Grüße von mir aus?", fragte Gina mit einem Lächeln.

„Aber sicher. Und ich gebe ihm auch eine Karotte in deinem Namen. Das wird ihm gefallen. Morgen komme ich dich wieder besuchen, wenn du magst."

„Blöde Frage, natürlich mag ich. Vielleicht können wir dann auch ein bisschen spazieren gehen, wenn die Ärzte es erlauben."

„Mal sehen. Mach's gut, Kleines. Und gute Besserung." Er gab ihr einen Abschiedskuss und verließ leise das Zimmer.

Auch am nächsten Tag besuchte Viktor die Freundin im Krankenhaus. Sie wirkte schon wieder viel fitter und wenn die Verbände nicht wären, würde niemand wissen, dass sie erst einen Tag zuvor operiert worden war. Für Gina gab es keinen Unterschied, da sie die letzten zweieinhalb Jahre auch nichts gesehen hatte, und sie kam daher gut zurecht. Sie machten einen kleinen Spaziergang und setzten sich anschließend in die Cafeteria des Krankenhauses, um eine Tasse Tee zu trinken und sich ein bisschen zu unterhalten.

„Übermorgen wollen sie die Verbände abnehmen", teilte Gina ihm dabei mit.

„Ausgerechnet Übermorgen?", fragte Viktor enttäuscht. „Verdammt."

„Was ist los?"

„Übermorgen bin ich doch nicht da. Papa und ich fahren morgen Nachmittag nach Bayern runter. Am Donnerstag ist doch der Gerichtstermin in Würzburg. Wir kommen vermutlich erst abends wieder hier an. Ich wäre doch so gerne dabei gewesen, um dich zu unterstützen."

„Ich weiß. Ich hätte dich auch gerne dabeigehabt. Aber der Gerichtstermin ist wichtig und kann nicht verschoben werden. Vielleicht verschieben sie den Sehtest ja noch um einen Tag. Ansonsten kommst du einfach am Freitag vorbei. Vielleicht erkenne ich dich dann ja schon, wenn du in die Tür kommst – und zwar nicht an deinen Schritten, sondern an deinem Gesicht."

„Würdest du mich denn erkennen? Immerhin hast du mich noch nie gesehen, sondern nur mit den Händen ertastet."

„Ich denke schon. Ich halte einfach Ausschau nach dem gutaussehendsten Jungen, der mir begegnet."

„Na hoffentlich bist du dann nicht enttäuscht", gab Viktor leise zurück.

„Bestimmt nicht, Viktor. Es wäre mir auch egal, wenn du wie Quasimodo aussehen würdest. Das ist der Vorteil, wenn man blind ist. Du kümmerst dich nicht um das Aussehen anderer Leute, sondern beurteilst sie nach ihrem Inneren; nach ihren Gefühlen und Taten. Und genau das habe ich getan, als ich dich damals kennenlernte. Überleg' mal, wie lange wir uns schon kannten, als ich dich gefragt hatte, ob ich dein Gesicht berühren darf. Vorher hatte ich gar keine Vorstellung davon, wie du überhaupt aussahst."

„Solange du nicht schreiend wegrennst, ist also alles in Ordnung", lachte Viktor und gab ihr einen Kuss auf die Wange. „Dennoch finde ich den Termin doof. Warum muss dieser blöde Gerichtstermin auch ausgerechnet übermorgen sein."

„Das ist nun einmal nicht zu ändern. Machen wir einfach das Beste draus."

DIE HOFFNUNG STIRBT ZULETZT

Gegen zwei Uhr am folgenden Nachmittag holte Florian seinen Sohn aus dem Krankenhaus ab, fuhr mit ihm dann zur Stadt, um Viktors neuen Ausweis abzuholen, und machte sich anschließend mit ihm auf die lange Fahrt nach Bayern, wo er in einem kleinen Hotel ein Zimmer gemietet hatte. Abends telefonierten sie noch einmal mit zu Hause und Fiona und Finja drückten Viktor die Daumen für den nächsten Tag. Früh am nächsten Morgen machten sich die beiden fertig, Florian im Business-Anzug und Viktor mit Jeans, Hemd und Sakko. Beim Frühstück brachte der Junge keinen Bissen herunter und auch der Anruf bei Gina, bei dem sie sich gegenseitig Mut zusprachen, änderte nichts an seiner Nervosität, als sie um kurz vor acht das Gerichtsgebäude betraten und den Weg zum Gerichtssaal suchten. Dort trafen sie auch auf den Ladenbesitzer, der ebenfalls vollständig wieder hergestellt zu sein schien. Er begrüßte Viktor freundlich und setzte sich neben ihn auf eine der Wartebänke. Gegen halb neun wurde Viktor aufgerufen und betrat zusammen mit Florian den Saal. Ängstlich blickte er sich um, während er durch die Zuschauerreihen lief. Links vom Richtertisch saßen Monika, Sabine, Paul und Felix neben ihren Verteidigern und grinsten ihn spöttisch an. Sofort schien der Junge zu schrumpfen, als er Monika erblickte und sie eine eindeutige Geste in seine Richtung machte. Er blieb abrupt stehen und fing an zu zittern. „Viktor, es ist okay. Sie können dir nichts mehr tun. Komm', du musst da vorne an den kleinen Tisch", flüsterte ihm sein Vater zu und schob ihn weiter.

„Darf ich fragen, wer Sie sind?", wandte sich der Richter an Florian.

„Entschuldigung. Mein Name ich Florian Wächter; ich bin Viktors Vater", gab der Reitlehrer Auskunft.

„Wenn es ihrem Sohn hilft, können Sie gerne mit nach vorne kommen und sich neben ihn setzen", bot der Mann freundlich an. Viktor hob kurz den Kopf und nickte. Einen Richter hatte er sich eigentlich ganz anders vorgestellt. Älter und mit strengem Gesichtsausdruck eben; ein Mann, der einem das Fürchten lehrt. Doch dieser Mann wirkte nett, nicht älter als um die vierzig und lächelte freundlich. Florian führte Viktor zum Zeugentisch, während er sich beim Richter bedankte, und zog sich dann einen Stuhl neben seinen Sohn, auf dem er sich niederließ.

„Ihr Name ist Viktor Tomanek, inzwischen sechzehn…"

„Nein", unterbrach Viktor ihn leise.

„Wie bitte?"

„Ich heiße nicht mehr Tomanek. Seit heute ist mein Name Wächter, wie der meines Vaters", klärte der Junge ihn auf.

„Also gut. Viktor Wächter, geborener Tomanek, sechzehn Jahre, wohnhaft in Hude in Niedersachsen. Soweit korrekt?" Viktor nickte. „Gehen Sie noch zur Schule?"

„Ja, in die zehnte Klasse des Gymnasiums in Ganderkesee."

Felix fing an zu kichern, was ihm einen warnenden Blick des Richters einbrachte. „In Ordnung. Dann erzählen Sie uns mal, was an dem Tattag aus Ihrer Sicht passiert ist."

Viktor nickte und fing an zu erzählen, wie er einen Termin beim Klassenlehrer wahrgenommen und anschließend das Schulgebäude verlassen hatte, wo ihm die anderen dann auflauerten und in den Wald verschleppten; von der anschließenden Tortur mit den Bierflaschen und dem darauffolgenden Blackout. Dann berichtete er, wie er in dem Geschäft neben der vermeintlichen Leiche des Ladenbesitzers aufgewacht war und eine Pistole in der Hand hielt, sie anschließend fallen ließ und flüchtete. „Warum sind Sie geflüchtet?", warf der Staatsanwalt an dieser Stelle ein.

„Ich weiß auch nicht so genau. Ich habe einfach Panik bekommen, als ich den Mann und die Pistole sah. Und als ich dann auch noch die Sirene gehört und die Blaulichter gesehen habe, hat irgendetwas in meinem Kopf ausgesetzt. Ich wollte einfach nur noch weg. Ich wollte nicht für einen Mord verantwortlich gemacht werden, den ich nicht begangen habe. Ich war bereits davor von der Polizei wegen Diebstahl mitgenommen worden, obwohl ich nichts gestohlen hatte. Mir war klar, dass sie es wieder tun würden."

„Aber wenn Sie nicht geschossen haben, kann man das doch anhand der Spuren oder besser der *fehlenden* Spuren feststellen", warf der Staatsanwalt erneut ein.

„Soweit habe ich doch in diesem Moment gar nicht denken können. Ich war fünfzehn und hatte keine Ahnung von Verbrechensaufklärung."

„Das sieht man doch in jedem Krimi", meldete sich nun einer der Verteidiger zu Wort.

Viktor drehte sich zu ihm um. „Ich habe aber noch nie einen gesehen. Wir hatten kein Fernsehgerät."

„Und selbst wenn", kam ihm der Richter zu Hilfe, der gerade einen medizinischen Bericht aufgeschlagen hatte. „Bei der Menge Alkohol, die Sie im Blut hatten, war es ein Wunder, dass Sie überhaupt noch etwas denken konnten. Erzählen Sie bitte weiter."

Das tat der Junge und berichtete, wie er das Auto mit der geöffneten Tür und steckendem Schlüssel gesehen hatte und einfach eingestiegen war. Von der anschließenden Verfolgungsfahrt wusste er so gut wie nichts mehr, erst wieder, als die Polizisten bei der Straßensperre auftauchten, er in seiner Panik die Bremse nicht fand und schließlich den Wagen von der Straße lenkte. „Dann weiß ich nichts mehr. Ich bin erst später irgendwann im Krankenhaus wieder aufgewacht."

Der Richter nickte und verlas die Verletzungen,

die sich der Junge damals zugezogen hatte und welche dauerhaften Schäden in Form seiner Knieverletzung und der Narben zurückgeblieben waren. Anschließend trat der Staatsanwalt erneut an den Zeugentisch. „Wie genau haben Sie die Angeklagten eigentlich kennengelernt?" Der Junge berichtete von der Schule und wie er anfangs froh gewesen war, bei der Gruppe dabei sein zu dürfen, Computer zu spielen und abzuhängen, aber auch, wie er sich manchmal ein wenig fehl am Platze fühlte, wenn die anderen sich über Sex unterhielten, gewalttätige PC-Spiele spielen wollten und in verschiedenen Läden Dinge mitgehen ließen. „Und Sie haben nichts dagegen unternommen?", fragte der Staatsanwalt streng.

Viktor senkte den Kopf. „Nein, ich war zu feige. Ich hatte Angst, sie würden mich dann rausschmeißen."

„Hätten wir es mal getan", schimpfte Felix laut. „Dann könntest du hier nicht solche Lügen über uns verbreiten."

Florian bemerkte, wie Viktor zusammenzuckte und sich leise verteidigte: „Ich erzähle keine Lügen."

„Schon gut, Viktor", meinte nun der Richter. „Lassen Sie sich von den Angeklagten nicht einschüchtern. – Waren die Diebstähle der Grund für das Abfangen vor der Schule?"

„Auch. Sie hatten Angst, ich könnte meinem Lehrer etwas stecken von den Diebstählen oder der Sache im Kino."

„Halt dein verdammtes Maul, du Schlappschwanz!", zischte ihm Monika entgegen, was ihr ein Ordnungsgeld einbrachte. Aber sie hatte ihr Ziel erreicht. Viktor weigerte sich, zu erzählen, was im Kino vorgefallen war. Er zitterte heftig und Florian legte tröstend seinen Arm um den Jungen. „Du musst ihnen sagen, was damals passiert ist, Viktor", versuchte er ihn zu überreden, doch alles, was aus dem Jungen herauskam war ein verzweifeltes: „Ich kann nicht."

Der Richter merkte, dass der Junge zu viel Angst hatte und fragte schließlich: „Würden Sie es erzählen, wenn wir die Zuschauer bitten, den Saal zu verlassen?" Viktor warf einen ängstlichen Blick auf die Gang. „Um die Angeklagten kümmern wir uns schon", sagte der Richter daraufhin und schließlich stimmte Viktor zu. „Dann ergeht folgender Beschluss: die Vernehmung des Zeugen Viktor To… Viktor Wächter wird unter Ausschluss der Öffentlichkeit fortgeführt. Ich möchte Sie alle bitten, den Saal zu verlassen." Er wartete geduldig, bis die murrenden Zuschauer den Saal verlassen hatten und wandte sich dann an die Angeklagten. „Ich möchte von Ihnen kein Wort oder ähnliches hören, ansonsten werden Sie ebenfalls entfernt. Haben Sie das verstanden?"

Die vier nickten und der Richter forderte Viktor erneut auf, zu erzählen, was damals passiert war. Endlich fing der Junge an zu sprechen und berichtete in allen Einzelheiten, was an diesem Tag geschehen war. Als er geendet hatte und sich die Tränen abwischte, sprang Monika plötzlich ohne Vorwarnung auf und stürzte auf den Jungen zu. „Du verfluchter kleiner Wixer. Ich hätte dich damals mal richtig durchvögeln sollen, aber selbst dazu warst du ja zu doof."

Florian hatte blitzschnell reagiert, war aufgesprungen und hatte sich schützend zwischen die wütende Frau und seinen Sohn gestellt, sodass sie gegen ihn prallte, was dem durchtrainierten Reitlehrer jedoch vollkommen egal war. Im nächsten Moment hatte bereits der Sicherheitsmann, der ebenfalls hinzugeeilt war, die Frau ergriffen und legte ihr Handschellen an. Monika wurde zurück zu ihrem Sitz gebracht und dort fixiert, während der Richter ihr erneut ein Ordnungsgeld auferlegte. Viktor stand sichtlich unter Schock, woraufhin der Richter eine Pause anordnete und einen Sanitäter kommen ließ, der den Jungen wieder aufpäppelte. Nach der Pause musste Viktor noch einige Fragen beantworten und wurde schließlich aus dem Zeugenstand entlassen. Die Zuschauer durften den Saal wieder betreten und die restlichen Zeugen wurden verhört.

Anschließend zog sich das Gericht zur Beratung zurück, bevor der Richter schließlich das Urteil verkündete: schuldig in allen Punkten der Anklage. Viktor atmete innerlich auf – es war überstanden und er musste diese Idioten nie wiedersehen. Erleichtert verließen er und Florian das Gebäude und setzten sich in ein Café, um etwas zu Essen, bevor sie sich auf den Heimweg machten. Während sie auf ihr Essen warteten, checkte Viktor sein Handy – keine Nachricht. „Komisch", sagte er. „Gina hatte doch um elf den Termin. Jetzt ist es fast halb eins. Sie wollte mir doch schreiben, wie es ausgegangen ist."

„Vielleicht hat sich der Termin verschoben. Kann schon mal sein im Krankenhaus. Schreib' ihr doch mal, vielleicht meldet sie sich dann gleich."

Viktor befolgte seinen Rat, doch während des Essens kam keine Antwort. Auf dem Weg zum Auto versuchte er, sie anzurufen, aber sie ging nicht dran. „Sie wird bei einer Untersuchung sein", vermutete der Vater, hatte aber irgendwie kein gutes Gefühl. Die Rückfahrt dauerte fünfeinhalb Stunden, in denen Viktor regelmäßig Nachrichten schrieb – jedoch mit dem gleichen Erfolg. Langsam machte er sich Sorgen. Was war nur passiert? Florian bemerkte, wie er immer unruhiger wurde und hielt schließlich auf einem Parkplatz an. Während Viktor kurz auf die Toilette ging, rief er bei Hofmanns zu Hause an und sprach lange mit Ginas Vater.

„Was ist los?", fragte sein Sohn ungeduldig, da er aus den wenigen Wortfetzen seines Vaters nichts heraushören konnte.

„Also…", fing Florian an. „Die Untersuchung hat sich tatsächlich verzögert, aber das ist nicht der Grund, warum Gina nicht antwortet. Viktor, es sieht im Moment so aus, als wenn die Operation nicht erfolgreich gewesen wäre. Die Ärzte hoffen zwar, dass sich in den nächsten Tagen noch eine Besserung einstellt, aber im Moment sieht Gina gar nichts. Sie ist verständlicherweise völlig fertig und möchte niemanden sehen. Deshalb sind ihre Eltern vor einer Stunde nach Hause gefahren. Aber sie haben im Krankenhaus Bescheid gegeben, dass du zu ihr kannst, falls wir heute Abend noch vorbeikommen wollen, egal wie spät es ist. Möchtest du zu ihr?"

„Ja, bitte. Ich muss wenigstens mit ihr reden. Wenn sie mich dann wegschickt, okay. Aber ich muss es versuchen."

„Das dachte ich mir. In eineinhalb Stunden sollten wir da sein." Damit setzte er sich hinter das Steuer und fuhr wieder auf die Autobahn.

Gegen 19:00 Uhr erreichten sie das Krankenhaus und gaben im Schwesternzimmer Bescheid, da die Besuchszeit eigentlich vorbei war. Die Schwestern nickten und gaben Viktor die Erlaubnis, Gina zu besuchen. Leise betrat er das Zimmer, in dem nur eine Nachtlampe brannte und blickte sich um. Ginas Bett war leer. Das Mädchen hockte zusammen-gekauert in einer Ecke. Die Verbände hatte man abgenommen, aber sie hatte die Augen geschlossen. Im ersten Moment dachte Viktor, sie würde schlafen, doch als er auf sie zuging, hob sie leicht den Kopf. „Viktor?"

„Ja, Kleines, ich bin da", sagte er sanft und zog sie auf die Füße. Kaum stand sie senkrecht, als sie sich auch schon in seine Arme warf.

„Es war alles umsonst, Viktor. Wir haben uns etwas vorgemacht. Ich hätte dieser OP nie zustimmen dürfen. Jetzt fühle ich mich schlimmer, als damals nach dem Unfall. Ich hatte mich so darauf gefreut, wieder gesund zu werden und jetzt? Jetzt ist alles vorbei!"

„Nein, Gina, ist es nicht", widersprach Viktor und drückte sie sanft auf die Bettkannte. „Hör' mir zu, Kleines. Du darfst jetzt nicht aufgeben. Die Ärzte sagen, es kann sein, dass es einfach noch ein bisschen dauert. Aber du musst auch daran glauben. Gina, du bist stark, viel stärker, als ich es je sein werde. Du hast Fiona gerettet, den Unfall überstanden und deine Blindheit mit Bravour gemeistert. Du bist in den Stall zurückgekehrt, bist sogar wieder geritten, obwohl du nichts sehen konntest. Und du hast mir geholfen, meine Familie zu verstehen und lieben zu lernen, hast mir die Angst vor Pferden genommen und mich dazu gebracht, mit dem Reiten anzufangen. Du warst von Anfang an die Einzige, die mit mir geredet hat, als alle anderen dachten, ich sei ein Krimineller. Aber dir war das egal. Du hast nur deinem Gefühl vertraut. Es wird langsam Zeit, dass du anfängst, mir zu vertrauen und vor allem dir selbst. – Komm' schon, Kleines. Mach' endlich die Augen auf. Du hast so wunderschöne Augen." Viktor hob sanft ihren Kopf und endlich öffnete sie die Lider, die sie die ganze Zeit geschlossen gehalten hatte. Tränen quollen aus ihren Augen hervor, die ihr Viktor sanft wegküsste.

„So ist es besser. Du musst daran glauben, dass alles gut wird, Gina. Ich bin bei dir, egal wie es ausgeht. Das verspreche ich dir."

Viktor gab ihr einen zärtlichen Kuss auf den Mund, bei dem sie beide die Augen erneut schlossen. Als sie sie anschließend wieder öffnete, bemerkte er plötzlich eine Veränderung. Das erste Mal hatte er nicht das Gefühl, dass sie leicht an ihm vorbeiblickte. Ihre Augen waren genau auf die seinen gerichtet. War das Zufall? Dann hob sie plötzlich die Hand, blinzelte kurz und strich ihm sanft über die Narbe in seinem Gesicht, ohne sich vorher mit der Hand dorthin zu tasten.

„Gina?", fragte der Junge überrascht. „Kannst du etwas sehen?"

Gina nickte nur, unfähig etwas zu sagen. Erneut traten Tränen in ihre Augen, doch diesmal waren es Freudentränen. Ganz langsam wurde Viktors Gesicht deutlicher, wenn es auch immer noch verschwommen wirkte. Aber sie konnte sehen, wo die Narbe langlief, konnte erkennen, wo die Haare in die Stirn fielen und bemerkte sogar das Lächeln auf dem hübschen Gesicht. „Du siehst noch viel besser aus, als ich erwartet hatte", grinste sie endlich und Viktor sprang auf, hob sie hoch und wirbelte sie durch die Luft.

„Du kannst mich sehen? So richtig? Mit allem Drum und Dran?"

Gina nickte erneut. „Etwas verschwommen, wie durch einen Schleier, aber ja."

306

„Das ist der Wahnsinn!" rief Viktor strahlend. „Du hast es geschafft, Gina. Du wirst wieder ganz gesund und kannst dann wieder alles machen, was du willst: reiten, ins Kino gehen, Fahrrad fahren und sogar mit Fiona und mir zusammen zur Schule gehen. – Wir müssen sofort die Ärzte informieren... Und deine Eltern... und Fiona auch." Viktor war total aufgeregt, doch Gina hielt ihn zurück, als er aufspringen wollte.

„Warte, Viktor. Das hat Zeit bis morgen. Im Moment möchte ich nur eines sehen: dich! Du glaubst gar nicht, wie schön das ist, endlich den Menschen sehen zu können, den ich seit einem halben Jahr kenne, dessen Stimme mir vertraut ist und der mir so viel bedeutet. Endlich habe ich ein richtiges Gesicht dazu."

„Und du bist nicht enttäuscht?", fragte Viktor vorsichtig.

Prompt erhielt er einen leichten Hieb auf die Brust. „Natürlich nicht! Warum auch? Ich weiß zwar nicht, wie du ausgesehen hast, bevor du zu uns kamst, und das regelmäßige Training mit Sunshine hat vermutlich ebenfalls Spuren hinterlassen. Aber genauso habe ich mir dich vorgestellt: durchtrainiert, sportlich und elegant. Das steht dir übrigens ausgezeichnet, was du anhast."

Viktor stieg eine leichte Röhre ins Gesicht. „Ich werde es mir merken, wenn wir unser erstes Date haben." Viktor blieb noch eine Weile bei seiner Freundin, bis die Krankenschwester ihn schließlich doch rauswarf. „Ich komme morgen früh wieder, versprochen", sagte er beim Abschied, doch Gina schüttelte den Kopf. „Morgen früh kommen meine Eltern und ich hab' noch einige Untersuchungen. Komm' lieber erst nach dem Mittagessen, dann haben wir mehr Zeit und du kannst dich vorher um Sunshine kümmern."

„Wenn du meinst", gab der Junge zurück und küsste sie sanft, bevor ihn die Schwester mit einem ermahnenden Blick nach draußen beförderte, wo Florian noch immer auf ihn wartete. „Entschuldige, Papa. Es hat etwas länger gedauert."

„Schon okay, mein Junge. Mir hat die Pause ganz gut getan nach der langen Fahrt. Wie geht es Gina? Konntest du sie ein bisschen aufmuntern?" Sein Sohn fing an zu strahlen und erzählte ihm, was in der letzten Stunde passiert war. Florian freute sich sichtlich über die Neuigkeiten und bereute keine Sekunde, dass sie noch hergekommen waren. Sein Sohn war so glücklich, dass er auch seine eigene Müdigkeit vergaß und sie gut gelaunt zurück zum Sternenhof fuhren.

Veitans Auftritt

Gegen zehn Uhr am nächsten Tag bekam Viktor eine Nachricht von Gina:

☺ *Werde heute noch entlassen. Brauchst nicht ins Krankenhaus zu kommen. Ich komme zu dir auf den Hof ♥ Gina.*

Sofort schrieb Viktor zurück:

☺ *Super. Warte auf dich. Kann es kaum erwarten ♥♥♥ V.*

Nach dem Training putzte der Junge Sunshine besonders gründlich und hängte ein Herzlich-Willkommen-Schild über die Stalltür.

Gina konnte es kaum erwarten, auf den Hof zu kommen, nachdem ihre Eltern sie aus dem Krankenhaus abgeholt hatten. Sie drängelte so lange, bis diese endlich nachgaben. „Aber heute wird noch nicht geritten, junge Dame. Haben wir uns verstanden?"

„Ja, Mutti. Ich verspreche es."

„Und die Sonnenbrille bleibt ebenfalls auf deiner Nase. Zu mindestens draußen. Du weißt, was die Ärzte gesagt haben. Deine Augen brauchen Zeit, um sich an die Helligkeit zu gewöhnen. Du musst sie nicht gleich überanstrengen."

„Mutti, ich war dabei! Ich weiß, was der Arzt

gesagt hat. Mach' dir bitte keine Sorgen. Ich pass' schon auf mich auf, versprochen. Und Viktor bestimmt auch. Ich freue mich so, endlich alle wiederzusehen. Zweieinhalb Jahre habe ich die Pferde nicht sehen können – und die Reiter natürlich auch nicht. Und vor allem Sunshine möchte ich endlich wiedersehen."

Ihr Vater lächelte über die Aufregung seiner Tochter. Er konnte verstehen, dass sie viel nachzuholen hatte, nach der langen Zeit in der Dunkelheit. Aber gleichzeitig hatten er und seine Frau auch Angst, etwas falsch zu machen und den Heilungsprozess zu gefährden. Aber er wusste auch, dass Gina jetzt nicht mehr zu bremsen sein würde. Sie sprach sogar schon wieder davon, mit dem Springtraining anzufangen und mit Fiona zusammen auf Turniere zu gehen. Seufzend hielt er auf dem Parkplatz des Sternenhofs an. „Wir holen dich heute Abend wieder ab, Kleines."

„Nicht nötig, Papa. Viktor bringt mich bestimmt zum Bus. Ich habe mein Handy dabei, falls etwas ist."

„Also gut. Du gibst ja sonst keine Ruhe. Lauf' schon und viel Spaß", gab ihr Vater sich geschlagen und beobachtete zusammen mit seiner Frau, wie seine Tochter seit langer Zeit wieder einmal fröhlich hüpfend zum Hof rannte, bevor sie den Parkplatz wieder verließen.

Ginas erster Weg führte natürlich zum Stall, wo Viktor mit Sunshine bereits auf sie wartete. Sie flog

310

erst dem Jungen, dann ihrem Pferd um den Hals und drückte beide heftig. Viktor beobachtete, wie sie ihr Pferd liebkoste und anschließend jeden Zentimeter seines Körpers zu betrachten schien. „Ist er nicht wunderschön?", fragte sie schließlich.

„Genauso schön, wie seine Reiterin. Ich muss mir jetzt wohl ein anderes Pferd zum Üben aussuchen", grinste der Junge.

„Quatsch. Natürlich kannst du Sunshine weiter reiten, solange du noch kein Pferd hast. Ich bin dir so dankbar, dass du ihn so gut trainiert hast. Jetzt muss nur noch ich wieder richtig fit werden und den Turnieren im Sommer steht nichts mehr im Wege."

„Gina!", rief es in diesem Moment.

Das Mädchen wirbelte herum und erkannte Fiona, die auf sie zustürmte und sie in die Arme schloss. „Mann, Fiona. Du bist ja richtig weiblich geworden in den letzten Jahren. Ich hatte dich die ganze Zeit noch so im Kopf, wie du aussahst, als wir in die sechste Klasse gegangen sind. Habe ich mich auch so sehr verändert?"

„Aber hallo!", stellte Fiona fest. „Vielleicht sollten wir die Tage mal ein paar alte Fotos ansehen, dann wirst du staunen. Nur dass dein Babyspeck völlig verschwunden ist, während meiner ziemlich hartnäckig zu sein scheint."

„Erzähl' nicht so einen Stuss, Fiona. Du bist doch nicht dick. Vielleicht etwas kräftiger und muskulöser, als ich, aber dafür brichst du dir auch nicht gleich die Knochen, wenn du vom Pferd fällst. Du wirst sehen, wenn ich wieder regelmäßig reite, werden meine Muskeln auch kräftiger werden."

„Das sollten sie, sonst kannst du nämlich nicht mit uns mithalten, Gina. Komm', ich muss dir unbedingt Jan vorstellen."

„Aber den kenne ich doch schon", widersprach Gina.

„Nur seine Stimme, nicht sein Aussehen. Komm' schon, danach lasse ich dich auch wieder zu deinem Lieblings-Bewohner zurück."

Gina grinste. „Und wen genau meinst du damit?"

„Das wiederum musst du schon selbst entscheiden." Fiona warf ihrem Bruder einen frechen Blick zu und zog die Freundin hinter sich her.

Viktor konnte die Freude seiner Schwester verstehen, obwohl er natürlich auch gerne mit Gina allein gewesen wäre. Aber Fiona und sie kannten sich seit vielen Jahren und hatten viel nachzuholen. Er und Gina würden später auch noch Zeit füreinander haben. Lächelnd brachte er Sunshine zurück in seine Box, gab ihm ein paar Karotten und ging dann langsam in Richtung Reiterstübchen, wo er auf die drei Freunde traf. Gina verabschiedete sich gerade von Jan und verabredete sich für den Samstagvormittag mit ihrer Freundin zum *In-Erinnerungen-schwelgen*, wie sie das nannten. Sie hörte Viktor, bevor sie ihn sah, weil sie noch immer ihren restlichen Sinnen mehr vertraute, als ihren Augen. Das würde vermutlich auch noch eine ganze Weile andauern. Gina wandte sich zu Viktor und nahm seine Hand, die ihr inzwischen so vertraut vorkam. „Zeigst du mir dein Zimmer?", fragte sie leise und der Junge nickte.

Wenig später saßen sie auf seiner kleinen Couch. Nachdem sich Gina gründlich in seinem Zimmer umgesehen hatte, hatte sie nur noch Augen für den Freund, dem es beinahe ein wenig unangenehm war, dermaßen gemustert zu werden. Gina bemerkte das und lächelte ihn entschuldigend an. „Tut mir leid, Viktor, aber ich kann meinen Blick einfach nicht von dir abwenden. Es ist so schön, endlich ein richtiges Gesicht vor mir zu haben, dir in die Augen blicken zu können. Nicht nur deine Stimme zu hören und deine Hände zu spüren. Es ist, als wenn ich dich völlig neu kennenlerne."

„Ich bin aber noch immer derselbe, wie vor deiner Operation", antwortete Viktor und Gina strich ihm sanft über die Lippen, die sich dabei zu einem breiten Grinsen verzogen.

„Und doch ist alles anders", flüsterte das Mädchen und ihre Lippen trafen auf seine zu einem beinahe endlosen, zärtlichen Kuss, den Viktor ebenso genoss, wie das Mädchen.

Später gingen sie noch einmal durch die Ställe und als es dunkel wurde, warf Viktor einen Blick zum Himmel. Gina konnte das zufriedene Lächeln sehen, das sich auf seinem Gesicht ausbreitete, als er bemerkte, dass es eine klare Nacht werden würde. Er gab Gina einen Kuss und nahm ihre Hand, bevor er mit ihr in Richtung Felder ging. „Was hast du vor?", fragte Gina irritiert, da sie keine Ahnung hatte, wohin er wollte.

„Meinen Wunsch erfüllen", antwortete der Junge, was Gina noch mehr verwirrte.

„Welchen Wunsch?"

„Erinnerst du dich noch, als ich dir die Sterne beschrieben habe? Damals ist eine Sternschnuppe vom Himmel gefallen und ich habe dir gesagt, du sollst dir etwas wünschen. Ich habe mir auch etwas gewünscht: mit dir die Sterne sehen. Jetzt geht dieser Wunsch in Erfüllung und deshalb gehen wir jetzt aufs Feld, weg von den künstlichen Lichtern."

Gina blieb stehen und wartete, bis er sich umdrehte. „Das hast du dir wirklich gewünscht?"

„Ja, wieso? Ist das so ungewöhnlich?"

„Na ja, eigentlich schon. Immerhin wussten wir damals noch nichts von der neuen Operation, die mir das Augenlicht wiederbringen kann. Damals musstest du davon ausgehen, dass ich mein Leben lang blind bleiben würde. Ist dir kein Wunsch eingefallen, dessen Erfüllung wahrscheinlicher gewesen wäre?"

Viktor dachte einen Moment nach. „Vermutlich hätte ich viele Wünsche gehabt, die ebenso schwierig gewesen wären, vielleicht auch welche, deren Erfüllung tatsächlich wahrscheinlicher gewesen wären. Aber ich habe dein Gesicht in dieser Nacht gesehen, als ich dir den Sternenhimmel beschrieben habe, die Sehnsucht, die in deinen Augen stand. Da konnte ich einfach nicht anders. – Was hast du dir denn gewünscht?"

Gina grinste. „Genau das Gleiche. Ich wollte mit dir zusammen die Sterne sehen."

Viktor starrte sie einen Moment sprachlos an. Dann nahm er erneut ihre Hand und sie gingen zusammen weiter. Inzwischen war es stockdunkel geworden und als sie die Lichter des Sternenhofes hinter sich gelassen hatten, zeichneten sich am Himmel die ersten Sterne deutlich ab. Für den Jungen war es eine Freude zu sehen, wie Gina diesen Anblick in sich aufsog; sich gar nicht mehr davon losreißen konnte. Immer weiter liefen sie über die Felder, bis es um sie herum komplett dunkel war, und blickten nach oben, bis Ginas Handy die beiden aus ihren Träumen riss. „Verdammt, ist es schon so spät?", fragte Gina, als sie das Gespräch entgegengenommen hatte. „Tut mir leid, Mutti. Wir machen uns gleich auf den Weg." Sie legte auf und drehte sich zu Viktor um. „Danke, Viktor. Das war wunderschön. Aber jetzt muss ich dringend nach Hause. Bringst du mich zum Bus?"

„Ich komme sogar mit, wenn du möchtest."

„Das ist lieb, aber nicht nötig. Der Bus hält ja quasi vor unserer Haustür. Und dein Fahrrad ist ja nicht bei uns, das heißt, du müsstest dann auf den nächsten Bus zurück warten, was vermutlich eine Weile dauern wird."

„Na gut. Aber du meldest dich, wenn du zu Hause angekommen bist, okay?"

„Machst du dir etwa Sorgen um mich?", fragte

Gina amüsiert.

„Natürlich tue ich das. Ich möchte ja nicht, dass dir etwas passiert."

„Das wird es nicht, Viktor. Ich bleibe vorne beim Busfahrer. Immerhin weiß der ja nicht, dass ich inzwischen wieder sehen kann. Und von der Haltestelle sind es nur ein paar Meter bis nach Hause. Aber ich schreibe dir, wenn ich im Haus bin. Zufrieden?"

Viktor nickte und zusammen gingen sie zur Bushaltestelle.

Am Montagmorgen ging die Schule wieder los und zwei Wochen später kam auch Gina wieder auf ihre alte Schule, allerdings nur auf den Realschulzweig, da ihr zweieinhalb Jahre des Gymnasialzweig-Stoffes fehlten, die sie nicht mehr so schnell aufholen konnte. Ihre Sehkraft wurde von Tag zu Tag besser und bald konnte sie bei normalem Tageslicht auch ohne Sonnenbrille draußen sein. Sie fing wieder an, regelmäßig am Reitunterricht teilzunehmen, bis sie so sicher war, dass sie sogar beim Springtraining mitmachen konnte, wenn auch mit kleineren Hindernissen, als Fiona sie bewältigte. Sunshine war lange nicht mehr gesprungen und musste genau wie seine Reiterin erst wieder fit werden.

Viktor ritt nun im Unterricht verschiedene Pferde, mal den Wallach seines Vaters, mal eines der Schulpferde. Das hatte auch den Vorteil, dass er lernte, mit unterschiedlichen Charakteren klar zu kommen. Anfang März fuhren er und Florian zu einem Pferdehändler, der einige interessante Pferde im Angebot hatte, die sie sich ansehen und probereiten wollten. Insgesamt vier Pferde ritt Viktor in der geräumigen Halle, streng bewacht von dem Kennerblick seines Vaters. Es waren edle Tiere, doch alle nicht so ganz das Richtige für seinen Sohn, wie er fand.

„Ist das alles, oder haben Sie noch andere Tiere?", fragte Florian, nachdem Viktor von dem letzten Kandidaten abgestiegen war.

„Ich hätte noch einen Knabstrupper zu bieten. Allerdings ist der sehr eigensinnig, wie das eben bei dieser Rasse so ist. Ich bin mir nicht sicher, ob Veitan das Richtige für einen Jungen ist, der erst seit einem guten halben Jahr im Sattel sitzt."

„Versuchen wir es", beschloss Florian und der Händler machte sich auf den Weg zum Stall, um das Pferd zu satteln und in die Halle zu bringen.

Viktor kam auf seinen Vater zu. „Was meinte er damit, dass die Rasse sehr eigensinnig ist? Und was genau ist ein Knabstrupper? Das habe ich noch nie gehört."

„Knabstrupper sind eine Sache für sich. Sie sind äußerst gelehrig, aber sie haben auch ihren eigenen Kopf. Manche sagen, dass sich das Pferd seinen Reiter aussucht, nicht umgekehrt. Aber wenn sie ihren Reiter gefunden haben, sind sie sehr fleißig und anhänglich. Sie werden gerne für Zirkusnummern trainiert, geben aber auch ausgezeichnete Dressurpferde ab."

Wenig später kehrte der Pferdehändler in die Halle zurück, am Zügel einen Tigerschecken führend, einen Schimmel mit dutzenden von schwarzen Punkten. Auf den ersten Blick sah das Tier lustig aus, aber Florians geschulter Blick galt weniger den fröhlichen Punkten, als der Statur des Tieres und den wachsamen Augen. „Ein schönes Tier", stellte er fest, nachdem er mit der Hand über die Beine des Wallachs gefahren war. Viktor versuchte derweil, sich mit dem Pferd bekannt zu machen, das die beiden aufmerksam beobachtete. „Du solltest ihn mal ausprobieren, Viktor. Schau' mal, ob du mit ihm klarkommst."

Der Junge nickte, stieg in den Sattel und trieb das Tier an. Sofort merkte er, dass der Wallach anders unter ihm lief, wie die anderen Tiere, die er bisher geritten war. Er konnte es nicht beschreiben, doch er hatte irgendwie das Gefühl, als wenn das Pferd ihn testete, anstand umgekehrt. Die beiden Männer standen in der Mitte der Bahn, während Viktor und Veitan sich miteinander bekannt machten, verschiedene Gangarten ausprobierten und schließlich einige Dressurübungen machten. Dann blieb Viktor stehen und sprang ab. „Können wir den Sattel mal abnehmen?"

Der Pferdehändler blickte ein wenig irritiert auf den Jungen, stimmte aber zu, entfernte den Sattel und hing ihn über die Bande. Florian half seinem

Sohn auf den Pferderücken und trat anschließend wieder zu dem Besitzer. „Was hat der Junge vor?", fragte dieser verwundert.

„Das werden Sie gleich sehen", antwortete Florian nicht ohne Stolz in der Stimme. Er wusste, dass Viktor Gefallen an dem Tier gefunden hatte und ohne Sattel hatte er einen besseren Kontakt zu dem Pferd. Wieder ritt der Junge einige Runden im Schritt, Trab und Galopp, machte ein paar Handwechsel und andere Figuren und saß dabei wie festgeklebt auf dem Rücken des Pferdes.

„Und der reitet wirklich erst seit dem Sommer?", fragte der Pferdehändler überrascht. „So sitzen viele nach jahrelanger Übung nicht."

„So saß er schon in seiner ersten Reitstunde. Wir konnten es damals auch kaum glauben. Ich will meinem Sohn ja nicht vorgreifen, aber ich denke, wir haben sein Traumpferd gerade gefunden."

Seine Vermutung wurde bestätigt, als Viktor mit einem breiten Grinsen im Gesicht bei ihnen anhielt und vom Pferderücken sprang. „Der ist echt ein Traum, Papa", sagte er schlicht und Florian nickte zustimmend, nahm sein Handy in die Hand und rief seinen Tierarzt an, um ihn zu fragen, ob er direkt vorbeikommen könnte, um die medizinische Untersuchung durchführen zu können. Dr. Frank Giese versprach, sich gleich auf den Weg zu machen, während Florian mit dem Besitzer die restlichen Formalitäten besprach und Viktor sich noch eine Weile mit Veitan beschäftigte. Eine Stunde später tauchte der Tierarzt auf dem Gestüt auf, fühlte dem Pferd auf den Zahn und untersuchte es gewissenhaft, konnte jedoch keinerlei Mängel feststellen. Somit stand dem Kauf nichts mehr im Wege und am späten Nachmittag machten sich Viktor, Florian und Dr. Giese zusammen mit ihrem Neuzugang auf den Weg zum Sternenhof.

Florian hatte vor der Abfahrt mit seiner Frau telefoniert, damit die Box für das Tier hergerichtet werden konnte und infolgedessen wurden sie bereits von Finja, Fiona, Gina und Jan erwartet, die genauso aufgeregt waren wie Viktor, als der Wagen auf den Hof fuhr und vor den Stallungen zum Stehen kam.

„Und? Was ist es geworden?", rief ihnen Fiona schon entgegen, als die beiden Männer ausstiegen. „Ein Rappe? Oder ein Schimmel? Oder doch ein Brauner? Stute, Hengst oder Wallach? Mann, Jungs, macht es doch nicht so spannend. Ich platze gleich."

Florian warf seinem Sohn ein Grinsen zu, ging in aller Ruhe zu seiner Frau, um sie zu begrüßen und kam anschließend zu seiner Tochter, die nervös von einem Bein auf das andere hüpfte. Viktor war derweil zu Gina gegangen, hatte ihr einen Kuss auf den Mund gedrückt und fingerte nun an der Klappe des Anhängers herum.

„Fiona, Schatz, hab' Geduld. Wir wollen unseren Neuzugang doch nicht gleich verschrecken, oder?", mahnte Florian nun und hatte sichtlich Spaß daran, seine Tochter auf die Folter zu spannen. „Also... Veitan ist ein siebenjähriger Wallach und Viktor und er könnten ein tolles Team werden, wenn ich mich nicht irre. Auf jeden Fall wird er auffallen", fügte er grinsend hinzu, als Viktor gerade die Klappe nach unten gleiten ließ und den Blick auf ein gepunktetes Hinterteil freigab. Fiona drängte sich an ihrem Vater vorbei, um mehr sehen zu können.

Florian trat in den Hänger und half Viktor, das Tier auszuladen. Anschließend führte sein Sohn den Wallach auf den Hof, wo er von den Freunden bestaunt wurde und auch die Blicke anderer Stallbesucher auf sich zog. Veitan eroberte die Familie im Sturm, wie er dort auf dem Platz stand, mit stolz erhobenem Kopf und den intelligenten Augen. Gina trat als erste näher, um ihn zu streicheln. „Ein schönes Tier, Viktor. Und irgendwie passt er zu dir. Ich kann es kaum erwarten, ihn in der Halle zu sehen."

„Das wirst du, Gina. Aber nicht heute. Jetzt sollten wir ihn erst einmal in sein neues Zuhause bringen. Hilfst du mir?"

„Klar", antwortete das Mädchen glücklich, ging ihm voran in den Stall und half Viktor anschließend, die Transportbandagen zu entfernen und Veitan mit einigen Karotten zu verwöhnen, woraufhin Sunshine ein wenig eifersüchtig wurde und ebenfalls ein paar Möhren erhielt. Neugierig beschnupperten die beiden Pferde einander, zeigten aber keine Anzeichen von Aggressionen. Schließlich verließen die beiden Reiter zufrieden den Stall, um Veitan die Ruhe zu gönnen, die er sich verdient hatte.

Der Wallach war bald die Attraktion im ganzen Stall. Wie ein Lauffeuer hatte sich die Ankunft des Knabstruppers herumgesprochen und vor allem die jüngeren Kinder wollten unbedingt einen Blick auf das Pferd mit den lustigen Punkten werfen. Doch auch in der Bahn machte Veitan Eindruck. In der ersten Woche ritt Viktor den Wallach ohne Sattel, um ihn besser kennenzulernen und auch, weil er noch keinen eigenen Dressursattel hatte. Dieser wurde ihm erst noch angepasst. Schon ohne Sattel bildeten die beiden bald ein ansehnliches Team, doch als Viktor schließlich mit Dressursattel trainierte, zogen die beiden alle Blicke auf sich und mussten sich an die Tatsache gewöhnen, dass sie nur selten ohne Zuschauer trainieren konnten.

Zwei Monate nach Veitans Ankunft auf dem Sternenhof, nahmen er und sein Reiter an ihrem ersten Turnier teil. Viktor war jedoch viel zu nervös, um keine Fehler zu machen und erreichte lediglich einen fünften Platz. Für sein erstes Turnier war das jedoch gar nicht mal schlecht. Um eine Erfahrung reicher fuhren sie nach Hause und mit der Zeit wurde der Junge routinierter und strich seine ersten Erfolge ein. An seinem siebzehnten Geburtstag schaffte er es schließlich, einen soliden zweiten Platz zu belegen – nur ganz knapp hinter dem Sieger.

Als die beiden aus der Bahn ritten, wurden sie von Fiona, Florian und Gina in Empfang genommen, die mindestens ebenso strahlten, wie der Junge selbst. Florian klopfte ihm anerkennend auf die Schulter. „Du wirst immer besser, mein Junge. Wenn du so weitermachst, werden die Leute bald Angst vor euch haben."

„Übertreib' nicht, Papa. Ich bin noch ein blutiger Anfänger, im Gegensatz zu vielen anderen hier. Die meisten reiten schon viele Jahre und haben mir eine Menge an Erfahrung voraus."

„Aber die wenigsten haben dein Talent. Und sobald du selbst die Erfahrungen gesammelt hast, möchte ich nicht gegen dich antreten müssen", stellte Fiona fest.

„Das musst du ja sowieso nicht, Schwesterchen. Aber jetzt seid ihr erst einmal dran. Habt ihr eure Pferde schon vorbereitet."

„Sind ja schon auf dem Weg. Aber wir mussten doch erst einmal sehen, wie du dich so anstellst. Außerdem habe ich noch ein bisschen Zeit. Mein Wettkampf beginnt erst in knapp zwei Stunden."

„Aber Ginas nicht. Hilfst du ihr kurz, während ich Veitan in den Anhänger bringe?"

„Du kannst dich auf mich verlassen."

„Viel Glück, Kleines", wünschte Viktor noch, beugte sich zu Gina hinunter und gab ihr einen Kuss. „Ich drück' dir die Daumen."

Auch Gina und Fiona belegten an diesem Tag gute Plätze, sodass Florian mit Stolz behaupten konnte, dass seine Reitschüler den Sternenhof würdig vertreten hatten. Gut gelaunt machten sich die vier auf den Heimweg und wurden dort freudig empfangen. Zur Feier des Tages hatten einige Einsteller zusammen mit Finja eine Geburtstagsfeier vorbereitet und nachdem die Pferde versorgt und in ihre Boxen gebracht worden waren, ging der gemütliche Teil des Abends los. Es war Viktors erste Geburtstagsfeier, die er je bekommen hatte und der Junge genoss sie in vollen Zügen. Den halben Abend tanzte er mit Fiona und Gina, packte Geschenke aus und genoss einfach das gemütliche Zusammensein.

DER KAMPF GEGEN DIE ANGST

Auch in den folgenden Wochen fuhren Florian und seine Schützlinge von einem Turnier zum nächsten. Hin und wieder begleitete Finja sie oder auch Ginas Eltern kamen, um ihre Tochter und deren Freunde anzufeuern und zu unterstützen. Inzwischen kannte man Veitan und Viktor und die Mitstreiter fingen an, Respekt vor den beiden zu haben. Sie schienen von Wettkampf zu Wettkampf besser zu werden und waren zusätzlich ein richtiger Hingucker.

Bald wurde der Junge von jungen Mädchen umringt, die ein Foto mit ihm machen oder ein Autogramm haben wollten, was ihm einerseits schmeichelte, andererseits auch unangenehm war. Irgendwie fühlte er sich schuldig, wenn er einer solchen Bitte nachgab und hatte immer das Gefühl, sich anschließend bei Gina entschuldigen zu müssen, die ihm mehr als einmal sagte, dass es ihr nichts ausmachte, solange er wüsste, wem sein Herz gehörte. Also ergab er sich schließlich in sein Schicksal und erfreute seine Fans mit dem einen oder anderen Selfie, hielt die Mädels aber sonst auf Distanz.

Gina bekam langsam ebenfalls ihre alte Form zurück, kräftigte ihre Muskeln und ritt einen Erfolg nach dem anderen ein. Der einzige, der kein Interesse an der Teilnahme am Turnier hatte, war und blieb Jan. Er war einfach nur froh, wenn er allein mit Fiona oder auch zu viert mit seinen Freunden ausreiten konnte, unterstützte seine Freundin aber, wo er konnte und kam auch oft mit auf die Turniere, um ihr beizustehen.

So verging die Zeit bis zu Ginas sechzehnten und Fionas fünfzehnten Geburtstag wie im Flug. Die vier hingen ständig zusammen, gingen ins Kino, fuhren auf Turniere oder hingen im Stall rum, um zu trainieren, auszureiten oder einfach nur bei den Pferden zu sein. Gleichzeitig verbrachten die beiden Pärchen aber auch Zeit mit dem jeweiligen Partner. Vor allem Fiona und Jan kamen sich näher, wenn sie sich in Fionas Zimmer zurückzogen oder sich abends heimlich in eine leere Box im Stall schlichen. Florian und Finja waren darüber nicht gerade begeistert, wussten aber gleichzeitig, dass die beiden Wege finden würden, sich nah zu sein, falls die Eltern versuchen sollten, den Kontakt zu unterbinden. Die Liebe fand eben ihren eigenen Weg, fand Viktor und hoffte, dass seine Schwester es nicht irgendwann bereuen würde.

Doch die Beziehung seiner Schwester zu Jan ließ ihn auch über sein Verhältnis zu Gina immer öfter nachdenken. Gina hatte sich seit ihrer Operation nicht nur menschlich verändert und war fröhlicher und unternehmungslustiger geworden. Das regelmäßige Training und das Erwachsenwerden hatten auch ihren Körperbau verändert, der nun nicht mehr einfach nur schmal oder sogar dünn wirkte, sondern beinahe sinnlich. Hin und wieder ertappte er sich dabei, wie er sich vorstellte, sie zu berühren, davon träumte, ihr näher zu kommen, als er es bisher getan hatte. Gleichzeitig flammten dann aber auch Bilder in seinem Kopf auf, die er nicht sehen wollte; hörte er das gehässige Lachen, das er nie wieder hören wollte und fühlte sich beschämt und gedemütigt. Schon oft hatten sie auf seiner Couch in seinem Zimmer gesessen und Gina ließ ihre Hand sanft über seine Arme oder seine Oberschenkel gleiten, was jedes Mal dieselbe Reaktion hervorrief: Viktor bekam Schweißausbrüche, fing an zu zittern und zog sich zurück. Doch Gina wollte nicht aufgeben. Sie hatte sich in den Kopf gesetzt, ihm seine Angst zu nehmen – egal wie lange es dauern würde. Viktor fühlte sich schrecklich bei dem Gedanken, sie zu enttäuschen, doch er schaffte es nicht, diesem Fluchttrieb entgegenzuwirken. Sobald sie weg war und er allein in seinem Bett lag, wünschte er sich Gina zurück, träumte davon, mit ihr zu schlafen. Ein Teufelskreislauf, den er nicht durchbrechen konnte, egal was er versuchte.

Der August wartete noch einmal mit sehr heißen Temperaturen auf und nach dem Training waren Pferde und Reiter immer über eine erfrischende Abkühlung dankbar. Daher kam es vor, dass es hin und wieder in einer Wasserschlacht endete, wenn sie ihren Pferden die erhitzten Beine vorsichtig abkühlten, bevor sie sie zurück in den Stall oder auf die Weide brachten. Außerdem wurde das Training auf den Abend verlegt, wenn die Hitze ein wenig erträglicher wurde. Vor allem, wenn sie am nächsten Tag keine Schule hatten, nutzten Viktor und Gina die Zeit nach dem Training für ein wenig Zweisamkeit an ihrem Lieblingsplatz, der weit weg von dem Treiben des Reitbetriebes lag und an dem sie ungestört blieben.

So auch an einem Freitag Ende August. Nach einem anstrengenden Training und der anschließenden Pflege ihrer Pferde nutzten sie den noch herumliegenden Wasserschlauch für eine kleine Dusche, um ihre erhitzten Körper zu kühlen, bevor sie sich Hand in Hand auf den Weg zum Ende der Koppel machten. Viktors Shirt triefte vom Wasser und deshalb zog er es über den Kopf und hängte es zum Trocknen über den Zaun, bevor er sich in das weiche Gras unter den Bäumen gleiten ließ und die Arme hinter dem Kopf verschränkte. „Mann, bin ich geschafft. Papa meinte es echt gut heute. Ich bin fix und fertig", stöhnte er erschöpft, während Gina stehen geblieben war und ihren Blick sanft über seine feuchte Brust gleiten ließ, die in der Sonne zu glitzern schien.

Auch ihr Shirt war durchnässt und da sie hier allein waren, zog sie es einfach ebenfalls aus und hängte es neben das ihres Freundes. Viktor konnte dieser Anblick schon längst nicht mehr verlegen machen. Zu oft hatte er Gina im Bikini-Oberteil gesehen, um über einen BH die Fassung zu verlieren. Dennoch konnte er nicht verhindern, mit seinem Blick ihren Körper zu liebkosen, was Gina natürlich nicht verborgen blieb, während sie sich neben ihn ins Gras gleiten ließ und ihren Kopf sanft auf seinen angewinkelten Oberarm bettete und ihr Gesicht zu ihm aufblickte. „Viktor?", fragte sie leise.

„Ja?"

„Was kann ich tun, damit du mir vertraust?"

Viktor drehte den Kopf zu ihr um und blickte sie fragend an. „Was meinst du damit? Ich würde dir mein Leben anvertrauen."

„Dein Leben vielleicht, aber nicht deinen Körper. Du weichst immer noch aus, wenn ich dir zu nahe komme. Ich weiß, dass Dinge passiert sind, die du nicht loslassen kannst. Aber du musst anfangen, gegen deine Angst zu kämpfen. Ich kann dir dabei helfen, aber du musst es auch wollen. Hast du denn nie den Wunsch, mehr zu berühren, als nur meine Hände oder mein Gesicht? Mehr zu spüren als meine Lippen?"

„Doch natürlich", gab er schließlich zu. „Ich träume ganz oft davon, dich zu berühren, zu streicheln und…"

„Und warum tust du es dann nicht?" Der Junge schwieg und Gina ließ ihre Hand sanft über seine Brust streichen. „Weil du Angst vor der Reaktion deines Körpers hast, richtig? Viktor! Das ist völlig natürlich, wenn du Gefühle für jemanden hast. Dein Körper will dir einfach nur sagen, dass du erwachsen wirst. Und es wird nicht wieder so enden wie damals. Ich bin genauso unerfahren wie du; habe keine Ahnung, was passieren wird. Aber wir werden es nie erfahren, wenn wir uns weigern, unsere Gefühle zuzulassen. Niemand sagt, dass wir gleich den ganzen Weg gehen müssen. Aber ich würde deinen Körper gerne kennenlernen und ihn liebkosen und ich sehne mich danach, von dir berührt zu werden, zu fühlen, dass ich begehrenswert bin."

Viktor richtete sich halb auf, sodass das Mädchen sanft von seinem Arm rutschte. „Du hast ja keine Ahnung, wie begehrenswert du tatsächlich bist, Gina", flüsterte er und gab ihr einen Kuss auf die weichen Lippen.

„Dann zeige es mir", antwortete sie schlicht, als sie sich voneinander lösten.

Der Junge wusste, dass sie Recht hatte. Er musste anfangen, seine Dämonen zu bekämpfen und wer könnte ihm dabei besser helfen, als die Frau, die er liebte? Er hob seine Hand, ließ sie sanft über ihre Wange gleiten, dann über ihren Hals zu ihrer Brust. Gina richtete ihren Oberkörper auf und genoss die zärtliche Berührung. Ganz vorsichtig berührter er den BH, fuhr an ihm entlang und umrundete die sanften Hügel, die er verbarg. Gina ließ ihre eigenen Hände zu ihrem Rücken gleiten, öffnete den Verschluss und ließ das Kleidungsstück über ihre Arme rutschen.

Sofort fing Viktor an zu zittern. Bilder tauchten

vor ihm auf: ein Mädchen mit geöffneten Schenkeln, die ihre Bluse öffnet und den Blick auf ihre Brüste freigibt. Krampfhaft presste er die Lider zusammen, versuchte, die Bilder zu verdrängen, die die Wirklichkeit überlagerten. Mitten in der Bewegung stoppte seine Hand, wollte zurückzucken, wurde jedoch von einer anderen Hand festgehalten. „Viktor! Mach' die Augen auf. Es ist alles gut. Du kannst diese Bilder besiegen. Sieh' mich an. Bitte!"

Langsam öffnete er die Augen und erkannte Ginas Gesicht. Ihre Hand ruhte auf seinem Handrücken und führte sie zu einer ihrer nun nackten Brüste, die sich warm und weich anfühlte. Seine Finger fingen an zu kribbeln, als er sie berührte, sanft streichelte und schließlich anfing, mit ihnen zu spielen. Die Bilder in seinem Kopf verschwanden, wurden verdrängt von neuen Bildern und neuen Gefühlen, dem Wunsch nach mehr. Langsam ließ sich Gina wieder ins Gras sinken und zog Viktor einfach mit sich. Erst dann ließ sie seine Hand los, die jedoch weiterhin ihren Oberkörper erkundete. Gina schloss bei seinen Berührungen die Augen und genoss sichtlich die Küsse, die nun folgten, bis sie von einem Rufen aufgeschreckt wurden.

„Viktor! Gina! Das Abendessen ist fertig!", rief es vom Haus her und erschrocken richtete sich der Junge auf. Eine verlegene Röte stieg in sein Gesicht, als ihm klar wurde, wie lange sie hier gelegen hatten.

Gina lächelte ihn zärtlich an, zog seinen Kopf zu

sich und küsste ihn sanft auf den Mund. „Wir müssen wohl ein andermal weitermachen und ich kann es kaum erwarten." Lächelnd schlüpfte sie in ihren BH, zog ihr Shirt über den Kopf und reichte Viktor die Hand, der noch immer völlig perplex im Gras hockte.

„Na, komm'! Wir werden erwartet." Sie zog ihn hoch und reichte ihm sein Shirt.

„Gina… ich weiß nicht, was da gerade passiert ist…", fing Viktor an.

„Ich schon", unterbrach ihn Gina. „Du hast angefangen, mir zu vertrauen, Viktor. Und das ist mehr wert, als alles andere. Jetzt weiß ich, dass wir es schaffen können, deine bösen Geister zu besiegen."

Nach dem Abendessen begleitete Viktor Gina nach Hause. Sie fuhr inzwischen wieder mit dem Fahrrad zum Hof und damit sie abends nicht allein fahren musste, brachte er sie immer bis zur Haustür und fuhr dann zurück nach Hause.

In den nächsten Tagen gab sich Gina große Mühe, das neu gewonnene Vertrauen ihres Freundes nicht ins Wanken zu bringen. Wenn sie allein waren, ermunterte sie ihn, sie wieder zu berühren, wenn auch ein wenig diskreter, als dort auf der Wiese. Dennoch genoss sie seine Berührungen ebenso wie er es tat und er wurde auch nicht mehr so schnell nervös, solange sie ihre Berührungen auf seinen Oberkörper beschränkte. Gerne würde sie den nächsten Schritt wagen, doch immer, wenn sie es versuchte, schoss eine Mauer der Angst in die Höhe, die sie noch nicht durchbrechen konnte und Gina war feinfühlig genug, ihn nicht unter Druck zu setzen.

Viktor fühlte sich nach wie vor hin- und hergerissen zwischen seinen Gefühlen zu Gina und der Angst, die ihre Berührungen in ihm auslösten, zwischen dem Verlangen danach, ihr ganz nahe zu sein und der Befürchtung, sich erneut lächerlich zu machen.

Bei einem Besuch im Supermarkt ertappte er sich dabei, wie er vor dem Regal stehenblieb, in dem verschiedene Kondome angeboten wurden, doch als er ein paar Klassenkameradinnen näherkommen sah, senkte er schnell verlegen den Blick und eilte aus dem Geschäft. Danach traute er sich erst recht nicht mehr, einen neuen Versuch zu starten, weder zum Kauf von Kondomen noch zum Versuch, sich Gina zu öffnen. Seinem Vater wollte er sich auch nicht anvertrauen und seiner Schwester schon gar nicht, obwohl er die Vermutung hatte, dass sie bereits im Besitz eines entsprechenden Päckchens war.

Die Ferien waren schon wieder vorbei und Schule, Hausaufgaben und Training hatten die Jugendlichen voll im Griff. Dennoch schafften sie es, die wenigen Momente zu genießen, die sie entbehren konnten, und wenn es nur der gemeinsame Nach-Hause-Weg war, was an den Wochenenden auch mal etwas später sein konnte, weil sie nicht am nächsten Morgen wieder in die Schule mussten.

Auch an einem Freitagabend im September stiegen sie vor Ginas Zuhause ab. Das Mädchen drehte sich zu ihm um. „Kommst du noch kurz mit rein?", fragte sie leise.

Viktor nickte. Er wollte sich genauso wenig von ihr trennen, wie sie sich von ihm. Zu intensiv war der Wunsch nach ihrer Nähe und ein bisschen Zeit miteinander, als dass er einfach so gehen könnte. „Aber was werden deine Eltern sagen?"

„Dass ich mit meinem Freund in mein Zimmer gehe. Mensch Viktor! Wir sind sechzehn beziehungsweise siebzehn Jahre alt. Sie werden sich damit abfinden müssen, dass du mich hin und wieder besuchst. Wir sind beide alt genug." Sie führte den Jungen ins Haus und rief nach ihren Eltern. Doch niemand antwortete ihr. Auf dem Küchentisch fand sie eine Nachricht, dass ihre Eltern ins Theater gegangen waren und Finn bei einem Freund übernachtete.

„Sieht so aus, als wären wir allein", stellte sie grinsend fest.

„Dann sollte ich wohl besser wieder gehen, Gina."

Das Mädchen fing an zu lachen. „Hast du etwa Angst vor mir?"

„Nein, natürlich nicht", widersprach Viktor schnell. „Aber deinen Eltern ist es bestimmt nicht Recht, wenn sie wüssten, dass ich hier bin, während sie abwesend sind."

„Viktor, du bist echt süß", stellte Gina fest und gab ihm einen Kuss. „Aber meine Eltern sind klug genug zu wissen, dass es keinen Unterschied macht, wo wir uns befinden, oder ob sie anwesend sind. Wenn etwas passiert, passiert es so oder so." Sie nahm seine Hand und zog ihn mit sich die Treppe hinauf zu ihrem Zimmer.

„Du willst also wirklich…?"

„Nein, Viktor. Nicht heute. So weit sind wir wohl beide noch nicht. Alles, was ich will, ist, dass du mir vertraust. Alles andere kommt von selbst."

Sanft drückte sie ihn auf ihre Couch, ging zum Radio und stellte die Musik an, die sie beide liebten. Dann kehrte sie zurück und streckte ihm die Hand entgegen. Viktor nahm die Einladung gerne an und bald wiegten sie sind im sanften Rhythmus der Musik, während Ginas Hände vorsichtig Viktors Shirt über dessen Kopf zogen und anschließend über seinen Rücken glitten, was ihm ein elektrisierendes Gefühl durch den Oberkörper jagte. Dann zeichneten ihre Finger seine Brustmuskeln nach, die sich deutlich abzeichneten. Viktor ließ es geschehen, suchte nun seinerseits nach dem Bund ihres T-Shirts, um vorsichtig darunter zu gleiten und sich zu dem Verschluss ihres BHs vorzutasten, der wenig später zusammen mit ihrem T-Shirt auf dem Boden landete und ihm Gelegenheit gab, da weiterzumachen, wo sie vor einiger Zeit unterbrochen worden waren. Während sie den Oberkörper des anderen in allen

Einzelheiten erkundeten, sagte keiner von beiden ein Wort. Viktor spürte deutlich, wie das Verlangen nach mehr größer wurde und hatte gleichzeitig Angst davor, den nächsten Schritt zu wagen. Er fühlte sich hilflos, wusste nicht, wie er reagieren sollte und schob Gina schließlich sanft von sich weg, bevor sein Körper ihn in die gleiche peinliche Situation bringen konnte, wie damals. Gina glaubte zu wissen, was ihn bewegte und drückte ihn sanft auf das Sofa. „Es ist völlig in Ordnung, was gerade passiert, Viktor. Lass' es einfach zu. Ich werde dir schon nicht wehtun. Vertrau' mir."

Er wollte ihr so gerne glauben, ihr erlauben, alles mit ihm zu tun, was sie wollte, doch dann geriet er erneut in Panik, als er sich an die fordernden Griffe von Monika erinnerte, die sogar schmerzhaft gewesen waren. Sein Puls raste und sein Herz klopfte ihm bis zum Hals. „Sieh' mich an, Viktor!", forderte Gina sanft und drehte sein Gesicht so, dass er ihr in die Augen schauen musste. Er öffnete die Lider und versank in dem blau-grün ihrer Augen, die es schafften, ihn zu fesseln, während sie ihn nach wie vor liebkoste. Langsam verschwammen die Bilder in seinem Kopf wieder, was Gina deutlich an seiner Körperhaltung fühlen konnte. „Sehr gut", stellte sie fest. „Keiner wird dir etwas tun, was du nicht willst, Viktor. Ein Wort von dir, und ich höre sofort auf, okay?"

Viktor nickte, während er ihren Blick festhielt. Er konzentrierte sich auf das, was er sah und fühlte, nicht auf das, was sein Gehirn ihm vorgaukeln wollte. Ihre Hände wanderten tiefer, bis sie an den Außenseiten seiner Oberschenkel entlangfuhren, ihn streichelten und langsam auf die Innenseiten wanderten. Sie spürte, wie er sich verkrampfte, die Beine zusammenpresste und gleichzeitig entfachte sie ein Feuer in ihm, das er bald nicht mehr würde kontrollieren können.

„Entspann' dich", flüsterte sie und wagte einen neuen Versuch, während sich ihre Lippen zu einem leidenschaftlichen Kuss trafen. Sein Widerstand begann zu bröckeln, die Angst verflog und das Feuer breitete sich weiter aus. Als sie anfing, die Wölbung in seiner Hose sanft zu streicheln, wusste er plötzlich, wohin dieser Abend führen würde, wenn Gina nicht jetzt sofort damit aufhörte.

„Gina. Wir sollten das besser beenden, solange wir noch können", presste er – leicht außer Atem – hervor.

„Möchtest du das denn?", fragte sie mit einem verführerischen Lächeln auf dem Gesicht.

„Nein", gab er zu. „Aber ich war darauf nicht vorbereitet. Ich habe meinem Vater versprechen müssen, dass ich mich von meinen Gefühlen nicht überrumpeln lasse."

„Keine Angst. Ich habe, was wir brauchen", stellte sie lächelnd fest und zog ein Kondompäckchen aus ihrer Tasche.

Viktor traute seinen Augen nicht, hatte aber keine Zeit, weiter darüber nachzudenken, denn Gina stand langsam auf und zog ihn mit sich zu ihrem Bett. Ihre anschließenden Küsse und Berührungen schürten das Feuer in seinem Inneren immer mehr, bis er schließlich den Mut fasste, seinen Händen ebenfalls zu erlauben, ihren Körper weiter zu erforschen. So lange, bis sie schließlich spürten, dass sie beide bereit waren, dem Feuer nachzugeben, das in ihnen brannte. Und als sie sich vereinten, liefen Viktor Tränen der Erleichterung über die Wangen.

In diesem Moment wusste er, dass er Gina nie wieder loslassen würde. Ihre Liebe war langsam gewachsen und nun umso stärker. Sie hatten gemeinsam gegen Hass und Vorurteile gekämpft, seine Angst vor Pferden besiegt, ein Wunder heraufbeschworen und nun die Dämonen der Vergangenheit besiegt. Viktor wusste, dass sie zusammen alles schaffen konnten, solange sie sich gegenseitig vertrauten und an den anderen glaubten. Und dass sie das taten, daran hatte er keinerlei Zweifel mehr.

ENDE

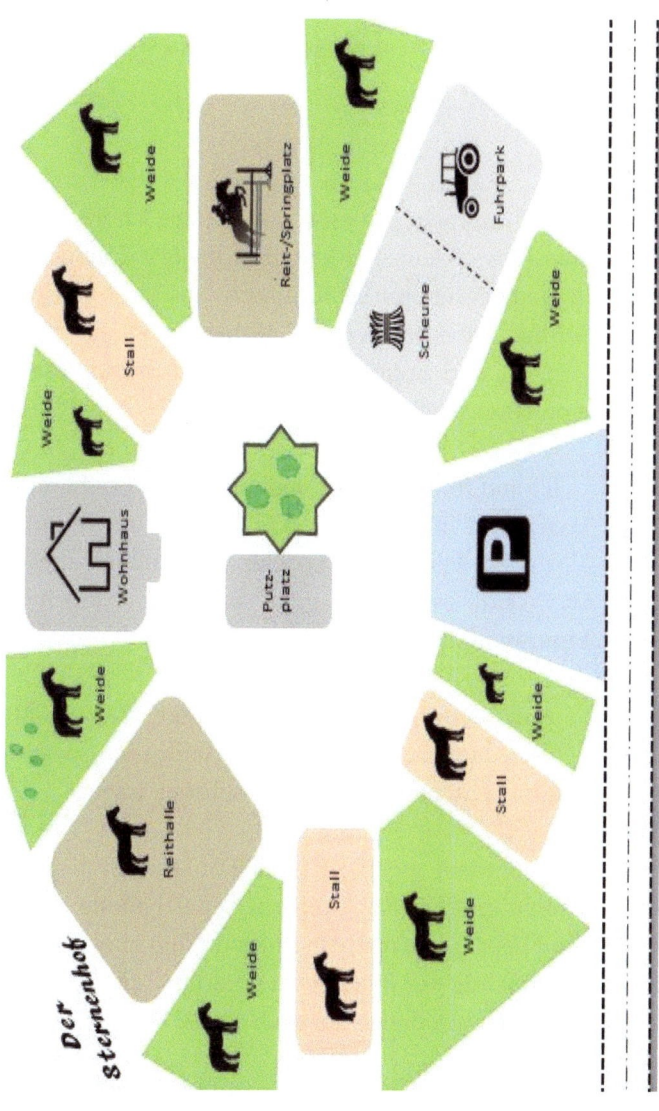

Der Sternenhof

Weide · Reit-/Springplatz · Weide · Fuhrpark · Scheune · Weide · Stall · Weide · Wohnhaus · Putz-platz · P · Weide · Weide · Reithalle · Stall · Stall · Weide · Weide

DANKSAGUNG

Vor nunmehr gut zwei Jahren habe ich mich dazu entschlossen, eine Leidenschaft, die fast dreißig Jahre in meinem Inneren schlummerte, ans Licht zu lassen. Seither habe ich viele Gefühle in meine Werke gesteckt und hoffe, dass diese auch meine Leser in eine Traumwelt entführen konnten.

Ich bin froh, dass mir meine Kinder diese Freiheit lassen und mich sogar tatkräftig dabei unterstützen. Vor allem bei meiner Tochter, die immer zur Stelle ist, wenn es darum geht, passende Namen für Figuren in meinen Büchern zu finden.

Außerdem möchte ich ihr und auch meiner Mutter danken, die immer zur Stelle sind, wenn es darum geht, neue Werke Korrektur zu lesen.

Außerdem möchte ich ein Dankeschön an meine beiden größten Fans außerhalb der Familie richten, ein Ehepaar aus meinem Wohnort, die immer wieder sehnsüchtig auf neue Bücher warten und vermutlich jedes Mal mit die ersten sind, die sie bestellen.

Fremde Menschen mit einer fiktiven Geschichte glücklich zu machen, macht mich als Verfasser dieser Werke ebenfalls glücklich. Danke, dass Sie mir die Treue halten und mich motivieren, weiterzumachen.

Zum Schluss möchte ich mich natürlich auch bei allen anderen Lesern bedanken, bei denen es mir hoffentlich geglückt ist, sie mit dieser Geschichte über Mobbing, Enttäuschung und Hass, aber auch die Liebe eines Vaters zu seinem Sohn in ein Land der Fantasie zu entführen.

Claudia Choate, September 2020

Bei diesem Buch handelt es sich um einen Roman. Ähnlichkeiten mit lebenden oder verstorbenen Personen sind rein zufällig und nicht beabsichtig.

WEITERE TITEL VON C. CHOATE

Verlorene Seelen 1 – Licht am Ende des Tunnels

Verlorene Seelen 2 – Ein Hundeleben

Verlorene Seelen 3 – Stumme Schreie

Verlorene Seelen 4 – Sprung ins Ungewisse

Verlorene Seelen 5 – Tiefe Wunden

Verlorene Seelen 6 – Haus Rosengarten

Verlorene Seelen 7 – Die Stimme des Schweigens

Flucht in die Freiheit

Engel gibt es doch

Weitere Titel von Claudia Choate

Verlorene Seelen
Bd.1 Licht am Ende
des Tunnels

432 Seiten
13,49 € / eBook 5,99 €

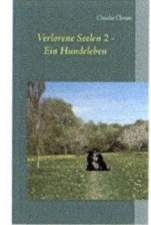

Verlorene Seelen
Bd.2: Ein Hundeleben

276 Seiten
9,49 € / eBook 6,49 €

Verlorene Seelen
Bd.3: Stumme Schreie

236 Seiten
8,49 € / eBook 5,49 €

Verlorene Seelen
Bd.4 Sprung ins
Ungewisse

357 Seiten
11,49 € / eBook 6,99 €

Verlorene Seelen
Bd.5 Tiefe Wunden

171 Seiten
7,49 € / eBook 3,99 €

Verlorene Seelen
Bd.6 Haus Rosengarten

316 Seiten
11,49 € / eBook 6,99 €

C. CHOATE

Verlorene Seelen 7
Die Stimme des Schweigens
ca. 382 Seiten

Jannis' Mutter ist schon lange tot; sein Vater hält ihn für faul und schlecht erzogen und in der Schule gilt der 9-Jährige als Autist mit Verhaltensstörungen, dessen Klassenlehrer die Vermutung äußert, dass der Junge misshandelt wird.

Doch da Jannis seinen Vater in keiner Weise belastet, glauben dem Pädagogen weder der Schulleiter noch das Jugendamt. Bis ein Nachbar aufmerksam wird und die Polizei ruft.

Danach kommt Jannis zu den Bergmanns auf den Sonnenhof und die Familie versucht mit viel Feingefühl und Verständnis hinter die Geheimnisse des Jungen zu kommen.

ISBN: 978-3-75192-443-6

C. CHOATE

Flucht in die Freiheit
ca. 688 Seiten

Der Halbindianer Justin Healing Fox Baker lernt bereits im jungen Alter von sechs Jahren die Wildnis der USA kennen. Er kümmert sich liebevoll um kranke Tiere und muss auf eine beinahe tödliche Art und Weise lernen, dass diese manchmal unberechenbar sein können. Doch als junger Mann glaubt er, seinen Weg deutlich vor sich zu sehen.

Die Zwillinge Alexa und Niklas Ravenhorst hingegen kommen aus gutem Hause und sind zwischen Dienstboten und Bodyguards auf einem Schloss in Deutschland aufgewachsen. Nach ihrem Abschluss träumen sie von ganz normalen Reiterferien in den USA – bis ihre Herkunft sie auch dort einholt. Ihre einzige Chance ist die Flucht, die beinahe tödlich endet.

ISBN: 978-3-75041-570-6

C. CHOATE

Engel gibt es doch
ca. 550 Seiten

Ob Engel wirklich existieren, ist vermutlich Ansichtssache. Wenn man den 20-jährigen Chris fragt, wäre die Antwort eindeutig ‚ja', auch wenn seine Kindheit ohne liebende Eltern, alles andere als schön war. Bei der 17-jährigen Sascha sieht das schon anders aus, denn das zurückgezogene Mädchen hat ihren Glauben an das Gute schon lange verloren. Mit einer seltenen Gabe gesegnet lebt sie fast ausschließlich für die Tiere, für die sie verantwortlich ist und hat außer ihren Eltern kaum soziale Kontakte.

Doch eine Geiselnahme, ein Mordversuch, der Ozean und eine einsame Insel führen die beiden zusammen. Ihrer Erinnerungen beraubt muss Sascha lernen, einem Fremden zu vertrauen, um den Weg nach Hause zu finden und ein neues Leben zu beginnen. Gut, dass ihnen der Tierpfleger Tom, der in Sascha so etwas wie eine kleine Schwester gefunden hat, und seine kleine Familie mit helfender Hand und guten Ratschlägen zur Seite stehen, wenn es einmal brenzlig wird.

ISBN: 978-3-75193-062-8